北京人在德国

昌宏 著

作家出版社

目录

害羞的老乞丐

开餐馆有一样好：能接触许多人，经历许多事。科尔总理在位时，经常去百货大楼顶层的餐厅用工作餐。年轻的卫生部长就要多走几步，到莱茵河边吃烤鸡。如果哪天他没吃烤鸡，而是点了牛肉或者鱼子酱什么的，那一定又在闹鸡瘟，而媒体也一定又在信誓旦旦，说疫情已被控制，鸡肉可以放心食用云云。

我家的餐馆门脸不高，搭两把梯子也够不到这些名人。它只让我见识了一个真正的德国民间，见识了几个骗吃逃单的人和几件意想不到的事。

先说骗吃。他是一个人来的。一进来就不说话，只用粗大的指节在餐牌上敲一敲，以引起注意，你必须为自己的疏忽道歉，然后低着声询问："您要甜酸鸭？还是广东鸭？"他不责怪你，甚至满怀善意地看着你，由着你猜。问他喝什么，也是这路数——眉目传情，你自己看着办。如果你那天刚好热情好客，情况就会变得非常被动。你给他端茶送酒，奉上炸鸭。你还叮嘱二厨把鸭子炸得嫩一些，因为你发现他少半截门牙。

接下来就是吃了，当然是他吃，你看着。他的吃相相当糟糕，不仅糟糕还贪婪，不仅贪婪还……干脆说就是把整个脑袋扎进盘子里，像一团瑟瑟发抖的棉絮。然而再抬起头来，那团"棉絮"上却不沾半滴汤汁，你又不得不佩服他。你问他是否来一个饭后甜点，蜜炸香蕉、冰淇淋红豆汁什么的。这时，他表现出难能可贵的诚实品格，从衣袋里掏出一个小本，抖一抖递给你。

也有说话的，多半是两个或两个以上的客人。付款时，两个人同时掏钱，抢着付账。男人塞给你一张百元大钞，女人马上塞过来一张50的。两个人在你眼皮底下撕扯起来，钞票也跟着撕扯，撕到最后，却连半个小费也不给你。你当然气不过，曲奇饼不送了，过年的话也都免了。看着他们的身影在莱茵河畔的雾霭里消失，你才猛然醒悟：刚才收了女人50马克，却按男人的百元大钞找回去零钱。至于手中的钞票何时从100变成了50，其间的乾坤大挪移戏法你再也回想不起来了。

说话的比不说话的还狠！

逃单的是两位"客人"，一位中午来，一位下午来。他们不是一伙的，也不会赶在同一天。没那么凑巧，也不会那么大意。

中午来的那位一进门就说他热爱中国文化，确切说是热爱中国的饮食文化。他说中国菜好吃，无论什么食材，只要稍微加一点咖喱粉就会营养倍增。他昂着头吃，嘴里像长出来一截油乎乎的、蠕动着的大肠，黄的。我冲进洗手间，把头扎进水池里，好容易把掉进眼里的咖喱粉洗干净。再回到大堂，他那桌空了，咖喱鸡吃剩下一半。看窗外，一个矫健的身影正沿莱茵河畔的龙爪槐绝尘而去。不就一顿饭吗，再跑出个阑尾炎来！

转过月他又来了，还坐在门口那张桌，里面有空座他不去，还点那份咖喱鸡。我这时才相信，他真的热爱中国文化。看着他汗津津的大腿常备不懈地放在桌子外面，又看见那腿上的条子肉早已蓄势待发，我告诉他这次要先付钱才给吃的。他指责我种族歧视，不公平。他义愤填膺，即将声泪俱下的一刻被我截住。我说上次您没交钱就跑了，跑得还挺快，这一腿的腱子肉我肯定是追不上的。他想了想，把钱付了。钞票在他手里搓了八遍，确定不是两张之后才撒了手。结完账，他身子一软瘫在椅背上，好像一点力气都没有了。他吃得很仔细，吃完又去刮盘子，刮了又刮，舔了又舔，吸干净所有的汤汁和油花。盘子送回到后厨，洗碗工激动得忘了老板立的规矩，冲进大堂非要看看客人长什么样儿。他说，要是客人们都这么吃，刷碗可省事了。

下午那位西服革履，像一位领导干部，没敢问他是哪个部委的。饭吃到一半他手机响了。当年，手机还是个稀罕物，可以说是身份的象征吧。他边走边讲，大摇大摆地出了餐馆，上了河岸，一跺脚人就不见了。我追到岸边，只看见一片河水茫茫，想必他早已风生肘腋，振翅于千仞之岗了。

骗吃和逃单纯属个别现象，这一点我必须承认，以免造成不必要的误会。它们都发生在千禧年之前那个漫长又无聊的夏季，并作为那个夏季仅有的几次有趣的回忆让我铭记至今。

我遇见过贼！贼人趁我忙着出餐，从吧台下面的柜子里偷走了我的钱包——跑堂的钱包里满是零钱，所以又大又沉，揣裤兜里像掖着个盒子炮，走起来在大腿上一拍一打，很不舒服。我就把钱包塞在吧台下面的柜子里。

幸好，厨师大刘那两天跑肚，必须频繁地光顾吧台后面的厕所。看到这一幕，大刘说了声："等等！（moment）"贼人像田径场上的运动员听到了发枪令，撒腿就跑。大刘在他后面紧追不舍，一边追他还一边喊："警察（Polizei）！警察！"他就会这两句。德国也有好心人。有个青年骑车追上贼人却不捉贼，他跟贼人商量："还给人家吧，您又没什么损失。"贼人碍于情面，将钱包放到路边，远远地指给大刘，自己没事儿人似的晃着膀子去了。

遇见贼报警也没用，警察来了登记姓名地址，遇见惯犯还要寒暄几句："您又回来了？""啥时回来的？""这回待多久啊？"

把贼人抓起来？警察没那么傻。抓进去还得管饭，监狱修得像星级宾馆，带健身房的那种。

千禧年之后的那个秋天，餐馆生意异常清淡。我整个晚上闲坐在大堂，幻想着大门嘎吱一响，呼啦啦进来一屋子客人。快打烊时，大门终于一响，走进来一个人。他显得很苍老，看不出年龄。脸上刻满岁月痕迹的人都很难看出真实的年龄。我看见他脸上有几个凸出来的肉球，肉球里聚集着数量可观的粉刺，有黑的也有蓝的，像趴着几只苍蝇。

我说："下班了。"

他小声问我："还有剩米饭吗？一碗就行。"

来了个要饭的！我想起还有剩菜，就问他想不想吃菜。他说不吃，有米饭就行。

他用质朴的语言告诉我：他饿了一天，只想吃口热的。我信了。我相信一切质朴的语言。可大刘和二厨小个儿不信。大刘说："这家伙肯定是个贼！谁不想吃好的？哪儿有不喜欢吃菜的？人家骗着逃着偷着都要吃一口好的，凭什么就他特立独行？"小个儿也说："对！这也太不合情理了！"

大刘还说，刚才老乞丐进门时，很明显地朝吧台里边望过一眼，这不是贼吗？

我打好一盒米饭，举高点给他看见。他似乎很反感我的耐心周到，低着头说："够了够了。"我用大勺把米饭往下按一按，就弄出一个空间，问他是否再来一勺北京汤，北京汤里有木耳、蘑菇、碎肉和蛋花，又酸又辣特别下饭。他更不敢看我，脸憋得通红，脸上的几只"苍蝇"更显得蓝了。他几乎是愤怒地冲我吼："够了！我只想要一碗剩米饭！"

我看着他接过米饭，小心护在胸口，转身消失在夜幕里。与我见过的那些活得不管不顾的人不同，他知道害羞，只为讨一碗剩米饭。

那个秋天，老乞丐以每周两次的频率光顾我的小店，他只在餐馆打烊时来，他只要剩饭不要菜。那个秋天，餐馆的啤酒园干干净净的，里面没落下一片树叶。枯枝败叶似乎都学会了定点降落，避开门前的街道和啤酒园落去了别处。那个秋天，大刘看见老乞丐裹紧一条毛毯睡在步行街的屋檐下。小个儿看见老乞丐钻进睡袋躺在莱茵河的桥洞里。大刘和小个儿也都相信，他只是一个会害羞的老乞丐。

一个乞丐会害羞，这多少让我感到新奇，就借着每次盛饭的机会与他说话。老乞丐原是东德一家国营工厂的职工。两德统一前，一个恐慌的、投机的夜晚，老乞丐被黑市贩子以1：10的汇率骗走了毕生的积蓄。两德统一后，东、西德马克的汇率被一夜间硬拉到1：1，许多东德企业因为产品销价的"突然暴涨"陷入困境，老乞丐的工厂倒闭了。他流浪到了西部，靠做洗衣房、清洁工、卖牛角面包过活。几年前他又失业了，再找工作，雇主嫌他年龄太大。领养老金，劳工局又说他太年轻（不到60岁）。他有儿子也有孙子。儿孙们都住在柏林。每年圣诞节，他都要给孙子寄礼物。

"他那时这么大。"老乞丐用手比画着孙子的体量，"我把他抱在怀里。他就瞪着眼看我，用小脑门顶我。"老乞丐呵呵地笑着，牙齿像被水泡碎的米粒，随时有可能脱落下来。

"要是那小家伙还在的话，我就什么烦恼也不会有！"老乞丐说，"什么烦恼也不会有！"

我一惊，问："孩子出事了？"

"孩子没出事。"老乞丐说，"是我出事了。房子没有了，他们就不来看我了。"自从被房东赶出来，老乞丐一直露宿街头。

我问过他如何谋生，老乞丐狡黠地一笑，说："我的钱都是从街上捡来的。"我见过他当街乞讨。他守在歌剧院门前的一条甬道旁，身边放着一顶翻开的帽子。我感觉他不像在乞讨，倒像是等待一个来自朋友的问候。我甚至感觉，给他一个问候或者拥抱似乎比给一个铜板更能让他欢喜。

他的"生意"不好，这是可以想见的，我倒有点儿喜欢他了。有一回，我悄悄在米饭里埋了一个鸡腿。第二天他就找上门来，手里抓着一把碎币，非要把那钱塞给我。可那是怎样的一只手啊，如果有谁想用一个画面说明白"疼痛"这个抽象的概念，那只手再合适不过了。

出于同情，我拒绝了他。老乞丐愤怒地走到屋外，把那把碎币哗啦啦丢进老虎机里。我在博彩公司没有股份，那台老虎机只是偶然被安放在我的餐馆门前。那是一个秋去冬来的清晨，此后，老乞丐再没有光顾过我的餐馆。

那个冬天仿佛被秋天的悲伤气氛感染，来得特别寒冷。几周的风雪交加，几周的气温骤降，直降到零下10度，啤酒园里结起了坚冰，玫瑰花冻死了两株。那是我记忆中最寒冷的冬天。清晨，急救车停在桥洞里，拖起一只冻僵的睡袋。步行街上，几个人忙着抬走一具永远不会自己打开的毛毯。大刘说："还不如犯点儿事让警察抓进去呢。"

小个儿说："可他是一个害羞的乞丐。"

一连两个月，老乞丐都没有露面。步行街和桥洞里再没有看见他的身影。

有天晚上，大刘抽了一会儿烟，突然说："老乞丐有两个月没来了。"

小个儿拎起烧得吱吱作响的铁壶，给茶壶里添水，也说："老乞丐有两个月没来了。"

"敢打赌吗？"大刘瞪着小个儿。

"赌什么？"小个儿瞪着大刘。

我心里咯噔一下。

外面的雪在下，外面的风在吼。餐馆大门像老人松动的牙齿，嘎吱吱响个不停，却没见一个客人进来。

大刘的眼圈红了。

小个儿的眼圈红了。

我的眼圈也红了。

那个冬天，老乞丐再没有来过。

来年春天，一个阳光灿烂的上午。河堤上走过来一群乞丐，他们蓬头垢面，满面春风。他们围坐在餐馆最漂亮的一张圆桌前，所有的顾客都投过来惊恐的目光。老乞丐咧开嘴笑了，牙齿依然像被水泡碎的米粒，随时有可能脱落下来。他手里举着一个东西，就像我那时举起米饭给他看一样。那东西在他手中闪闪发亮，我认出来，是两把钥匙。

"我有养老金了！有房子了！"他把两把钥匙高举过头顶，转过身，好让每一个人都能看到。

想起上一个冬天，我心里难过，说："那时，我们都以为您……"

老乞丐眨巴着眼，就像乌鸦抖动着被雨水淋湿的翅膀。

"零下 20 度冻不死我，我一定要活到六十岁！"

备注：故事发生在二十年前。如今，德国人的退休年龄已经延长到了六十七岁。

科隆之恋

　　玫瑰星期一过后，科隆开始下雨，一连下了五天。小石子路被狂欢节的彩车碾压，又经雨水洗礼，笑语欢声已逝，唯有最细小的彩纸糖块依旧在。

　　两个男人从春晚会场里出来，走在街上，一个说，火锅店又换了新主人。另一个说，是第三位吧？两人就都一愣，看见《西部华侨报》的女记者从会场追过来，小羊皮靴在街灯下躲着水洼，一蹦一跳的，仿佛又回到了自由的草原。女记者边跑边喊：冯军、李浩，你们等一下！

　　叫李浩的男人摸了摸兜儿。刚才在会场，女记者说采访冯军，却把话筒递给李浩。李浩说我不要，可女记者硬往他手里塞。

　　女记者满脸喜色，一上来就说：吃年夜饭吧，我请客！

　　春节和狂欢节就像一对孪生兄弟，经常赶在一块儿。德国人不过春节也不放假，华人办春晚就要等几天，好赶在个周末。按农历，破五都过了还吃什么年夜饭？可晚会又不管饭，两个男人也确实饿了，才约好一块儿吃个宵夜，不想半道杀出个外人。

　　见无人响应，女记者又说：前边有家火锅店，肥牛羊腰小龙虾……还新添了鹿肉，可好吃了。说到鹿肉，她朝冯军眨了眨眼。

　　冯军是科隆有名的富二代。前些年，他旷课飙车耍女友，狂飙突进过一阵。他要过许多女友，也不问她们是哪国人。如果要他把那些五颜六色的国旗都拿出来晒一下，"八国联军"早凑齐了。事情往往会这样，自从遇见教授的女儿萨宾娜，冯军突然像变了个人——幡然悔悟了。半年前他通过论文，还找到了工作。别人点灯熬油悬梁刺股都还没毕业没找到工作，他一个"浪子"倒什么都有了。为此，哥儿几个都好奇地打听，说这里面藏着腐败藏着不可告人的秘密。女记者一定也冲这个来的。

　　冯军看一眼李浩，对女记者说：要请，也是我来。李浩两只脚蹬在马路牙子上一笑，比正月的空气还冷。女记者也不看李浩，她只看着冯军，说：都别争，这回是公事，有稿费。

　　《西部华侨报》的发行量虽然不大，却在北莱茵州享有不可撼动的地位。最近说是得到了一笔赞助，要办一个什么专栏。女记者刚才说过这事，可那时会场里乱糟糟的，谁都没听清楚。

　　火锅店开在莱茵河边，迎面一条干道，两边都有车过来，都开得挺快。风水先生说这地方不聚财，可租金好呀。店还是开起来了，自助，肉菜生鲜敞开了吃，吃不完就丢着。锅里废着一斤二斤的肉片，碟子碗里扔着生鲜水果，都是雇人洗净切好侍弄过的。跑堂来了一伸胳膊，呼啦啦都往泔水桶里收。德国的食材不便宜，人工更贵。老德国说看着心疼，说没见过这么败家的。店主生着一张娃娃脸，整天抱个笔记本坐在角落里打游戏，眼睛从不往大堂里瞥一下，仿佛那边扔掉的，都不是他真金白银买来的。有人说"娃娃脸"心大，说他开店不为赚钱只为玩。想想也对，德国的日子过得清苦，也确实没有什么好玩的。

　　可没过半年，火锅店的流水像牛市里的股票，噌噌往上蹿，名气盖过了别人惨淡经营一辈子的老字号。法国、荷兰那边都有人过来吃。这节骨眼上，"娃娃脸"把店卖了，赚得盆满钵满。

钱还可以这么赚?!

火锅店像刚经过一场桑拿,浑身的汗怎么擦也擦不净。餐桌、地板上都是水,跑堂忙着翻台,二厨也出来收泔水。看食材,肥牛羊腰小龙虾剩下不少,只是没看见鹿肉。饮料是口味相似、色彩不同的三色糖水,红绿灯似的靠墙边站着。墙上一行大字:"免费畅饮"。女记者皱了下眉头,说,还是喝啤酒吧。

三个人靠窗户坐好,女记者把事儿又说了一遍,意思是开个专栏。专栏名挺长,不知是哪位文豪的手笔。女记者说了两遍:科隆华人华侨暨留学生情感生活系列报道。她停了一下,补上一句:我打听过,二位都是有故事的人,随便讲一个,就算帮我组稿了。听女记者这么一说,两个男人都面露难色,又不好推辞,就像下雨天攀上了科隆大教堂,露天的台阶又高又滑,还不好下来了。

冯军说,专栏名有点绕,不如叫"科隆之恋"的好。李浩也说,科隆之恋好,科隆之恋好!女记者化过妆,看不出年龄,但肯定更为年长。她眯着眼,眼角聚起一层脂粉,说,好是好,可谁敢说这鬼地方也他妈有爱情?用的是问句,口气却不容置疑。两个男人都知道遇见了过来人,都闭上了嘴。冯军把腰板向后靠着,像是躲避火锅里冒出来的热气。李浩则探头向前,看着从锅底翻上来的肉片点头。

看着就要冷场,女记者举起酒杯:走一个!

酒过三巡,肉也吃了几轮,三个人脸上都见了汗。女记者点起一支烟,说:我先讲一个故事暖场,是我一姐们,论年龄,大你们很多。哎,你俩接着吃啊接着吃。

一

我姐们叫苏菲,嫁到德国那年还是个颇有姿色的少妇。老公大她很多。大很多不是问题。老公睡觉时爱打呼噜,震得玻璃哗哗响。震得哗哗响也不是问题。她家住独栋别墅，房间有的是，分开睡吵不到她。

苏菲有两个闺蜜，都是留学生。俩闺蜜平时忙上学忙打工忙带孩子，忙得摸不见人影，除非你答应帮她俩带孩子。可苏菲自己没孩子，也不想帮别人带孩子，麻烦！她就来约我。我俩都是外嫁女，一来二去也就走近了。

苏菲每天睡到自然醒，什么都不用忙。两年后在华人春晚相遇，苏菲美艳如初，人人羡慕。看那俩闺蜜，再造了一般！关于那次相遇，苏菲说过好多次。

凭着女人的直觉，我感觉苏菲过得不好，否则她不会总拿别人的窘迫说事儿。她有时会突然盯住一个地方发呆，好半天才转过神来。我问过她，她不说。有一回反倒来劝我，说人要知足，日子才过得去。又说：你不可能得到他的全部，想都别想！

没有压力的日子快得像流水。圣诞节过去是新年，接着是复活节、五月节。德国统一日（德国国庆）的焰火刚刚熄灭，万圣节的南瓜灯又在楼道里亮起。马丁节的歌声还在耳边萦绕，圣诞老人又悄悄爬上孩子们的窗棂。一年就这么过去了。时光飞逝的感觉很难用语言描述，仿佛一年能把自己压缩成几个节日和一个不太长的假期，嗖一下就过去了。七年，就像七个闪电消失在天空，却连一滴雨也没给苏菲落下来。

国内的变化实在太大了，看新来的留学生就知道。两个闺蜜都毕业了，一个回国，去大学教书，一个在德国公司高就。孩子文凭事业，一个不少也一个没耽误。苏菲摊开两手，看见了失落。她也想出去闯。

她老公说：你出去闯，家里的活儿谁干？她家住着三层别墅，外带一个不太小的花园。苏菲周一擦玻璃，周二拖地板，周三周四在花园里除草，周五洗床单被单……干到周五，算是干完了。下周打开窗户一看，玻璃灰了，地板脏了，花园里莺飞草长，新的一轮又开始了。

苏菲说：你退休了你干呀！

苏菲在一家中餐馆做跑堂，她老公雇来一对儿男女学生做家务。那个月，苏菲出门，她老公出门。苏菲骑车，她老公开车。苏菲上白班儿，她老公就早起；苏菲上晚班儿，她老公也跟着熬夜。那个月，老人家的生物钟乱了，晚上不再打呼，改磨牙了。

中餐馆员工都喜欢她老公。老头儿不招人烦，每天笔管条直地坐着，该吃吃该喝喝，还不少给小费。别的客人聊天看报看窗外的风景。她老公不聊天不看报，也不看风景，一双老眼只盯着苏菲，看她给谁端茶送饭，对谁嘘寒问暖，又朝谁捂嘴娇笑。

那个月，她老公坐着"花大钱"，苏菲跑着挣一点儿小钱。后来连领班都看不下去了，问苏菲是否会做饭。

苏菲说会呀，还二级厨师呢。

领班说这又何苦，你受累挣钱，他花钱受累。就是个年轻人，坐一整天也受不了，不如把那钱给你挣呢。苏菲说：他不会给我钱的。领班不信，问，他可是你老公？

苏菲说，是啊。

饭钱他给不？

饭钱他给。

回国的机票、礼物，他给不？

这钱他给。他这人要面子，可我也不老回国呀。

领班说，等会儿你过去结账，看他敢不给小费！

领班把账单用小盘托了，上面压一杯梅酒，想想，又压上一块曲奇饼干。给其他客人，送一样儿也就够了。

老人家早已在桌角摆起硬币，少说有5欧元，只等你拿着刷卡机找他按密码，才悄悄把硬币塞进你手心里。天底下，谁不喜欢这样的客人？

领班教苏菲如何刷卡，又告诉她这是一张金卡，有钱人用的。

苏菲问多有钱。领班也说不准，说大概在德国买一辆车，回国买一套房，都没有问题。

苏菲从未见过这么值钱的卡片。她夹住那卡片，金光就从手指间一闪一闪地流出来。苏菲用拇指在她老公的姓氏上面摩挲，幸福感像蜜水一样涌上心头。那姓氏如今也是她的。七年，一个年轻女人的七年！她想起了母亲住的平房。平房里没上下水，冬天冷夏天热。母亲说，早就想换楼房呢。

领班说，把刷卡机送过去，就能拿到小费了。苏菲这么做了，很快就笑着回来，手里攥着一小把硬币。领班说这就对了，哪有老公不给太太家用的，你又小他那么多。

老人家笑着跟过来，像一位慈祥的圣诞老人，说，那小费，我没说给你呀。

苏菲说，可我一直在为你服务呀。

老人家：哪有妻子向丈夫要小费的？他掂了掂硬币，一抖手倒进钱夹。

苏菲一跺脚，冲着领班喊：我说过，他不会给我的！

那晚，苏菲睡得很好。夜色朦胧，苏菲看见一只袋鼠跑进花园，它蹦过了水塘，蹦上了楼梯。她听见隔壁房间传来一声骇人的吼叫。接着，那只袋鼠走进了苏菲的房间，挺着圆滚滚的肚子来到床边，虎起脸看她。那时，天还没有大亮，撩开窗帘还能看见外面的星光。苏菲问：你怎么还蹦上楼了？袋鼠说：金卡不见了！说着，扑过来就扯苏菲的被子。苏菲没穿睡衣，惊出来一身冷汗。袋鼠上下乱摸，爪子挺凉，吓得苏菲光着身子满床乱爬，惊叫声把一楼的猫都吓醒了。谁能想到，金卡竟然就藏在苏菲的枕头底下！这回真把她吓醒了。老人家掐着金卡，像掐住一个贼人，嘴里念叨着走了。

金卡怎么会落在自己的枕下？搞得跟偷似的。结婚七年，苏菲一直恪守做人的准则。虽然，亲友们也话里话外点她；虽然，她早想给母亲买一间楼房，可她从未开过口，更甭说"偷"了。

开口又能怎样？他准还那句话：我跟你结婚，又不是跟你的一家人结婚！

一整天的精神恍惚，到了掌灯时分，苏菲算想明白了：我俩是夫妻呀。我的是他的，他的也是我的。用，也是用自己的。放下了不安就放下了羞愧，苏菲甚至大胆地把这想法说了出来，她想她老公会一耸肩，会笑着摇头，然后用手指刮她的鼻子。他都这么做了。苏菲还想继续逗他，就说：我想知道这金卡的密码。笑容凝固在老人家脸上。苏菲再问，老人家收起笑容，摇着头说：这是私人财产。

那一晚，又是月光如水，苏菲又失眠了。与以往的无数次失眠不同，这回是真伤心了。苏菲辞掉了工作，家务也不做了，就这么闲着吃他。

女记者突然停住，一张好嘴也结巴了，说，你们……那个什么……

两个男人正听得起劲，都说没有什么。

女记者灌下一大口啤酒，使出点儿力气，说，你们可曾看过成人节目？

冯军说，笑话，都什么岁数了？

女记者也笑了，说，下面的事，十八岁以下不宜。就这么讲？

李浩说好着呢，就这么讲！

那我就讲了。"金卡事件"过去了半年，一天，苏菲的老公突然跑来找我。他那天头发乱得很，穿一件橘红色带亮片的衣服，一进门就到处看，问：约翰在哪儿？约翰在哪儿？

我问约翰是谁呀。老人家一跺脚，说就是那个打扫卫生的学生，他把苏菲拐跑了。

我说，她能跑去哪里？

老人家也说，是呀，他俩能跑去哪里？

他垂下头，嘴里不住地念叨：我什么人也没有，什么人也没有了！

我劝他，说你还有孩子。

老人家摇头，说，孩子们不要我，都不来看我。说着就抓过我的手，把我往他怀里拽，说求求你，帮我找，找到苏菲吧！他吹哨似的大哭起来。老人家哭起来，竟然像孩子一样嘹亮。

女记者边讲边吸烟，烟雾在她头顶上环绕着，不肯散去。锅里的水又开了，水汽腾腾地往上顶。

冯军招呼跑堂上啤酒。女记者摆手，说，上白的！

女记者说，苏菲和她老公早有问题。她老公那方面不行了，只会在嘴上念叨：亲爱的，要是早二十年遇见，我俩会……苏菲知道，那是一句浪漫的废话。"金卡事件"过后，浪漫没了，只剩下一句废话！

再说那一对打扫卫生的男女学生。男的叫约翰，"工作服"是一条丁字裤。女的叫夏娃，下面的"短裙"比夏娃用来遮羞的树叶还小。合同就是这么签的。或许在别人看来，留下那片"树叶"就是一种浪费，苏菲的老公支付了最高的酬金。可对于本分、保守的苏菲夫妇来讲，有一条底线是不可逾越的：他们永远无法像上帝那样，让这对正值青春期的男女坦诚相见。

约翰和夏娃显然都经过专业培训：只干活拿钱，从不看身后发生着什么。约翰扫客厅擦楼梯，苏菲和老公就跟去客厅，跟去楼梯。苏菲看见那饱满的血脉、搏动的力量，羞得脸颊绯红。

夏娃爬上窗台擦玻璃，苏菲和老公就坐去沙发里看，躺到垫子上看。一天下午，夏娃把自己挂在卧室的窗台上，像一面迎风飘舞的旗帜。阳光从外面照进来，把"旗帜"撕成一缕缕金线。老人家的眼花了，苏菲的眼睛也花了。老人家很努力。他尽力了，可又是刚开头就煞了尾。他像一个蹩脚的赌徒，在蒙地卡罗极快地输光了毕生的积蓄，昏死在床上。苏菲顾不得穿衣，丢下鼾声如雷的丈夫，一头撞进浴室，撞进约翰的怀里。

约翰丢下抹布，直勾勾盯着羞成一团的苏菲，这很不专业。苏菲惊叫一声，声音大得足以震碎整栋楼的玻璃。接下来是死一般的寂静，只有隔壁的鼾声以它亘古不变的旋律，汹涌而来。

苏菲没有跑，她甚至没有把身体稍微侧过去一点，就这么坦然地，迎着约翰的目光。那是一种从未有过的感觉，一种从未有过的力量。

是时间！苏菲说。七年了，她无数次抚摸精美的洛可可式窗台，擦拭明亮的巴洛克式回廊。在无数次抚摸与擦拭中，她感受时间。可那都是静止的时间死去的时间，它们伫立于过去，伫立于现在，又因为死一般的冷漠伫立于未来。住在这样一个用"时间"围起来的、被称作"家"的空间里，苏菲感觉身体的每时每刻，每时每刻都走在远离自己心灵的路上！

可约翰这个"时间"不一样。它是欢愉是救赎，是彼岸是力量。它简直就是生命本身！那一刻，苏菲像婴儿一样闭上双眼，无须动用一根手指就可以吸吮生命的乳汁。而那乳汁，苏菲相信，无论别人怎样诋毁怎样诅咒，都永远不会枯竭！

苏菲"私奔"以后，曾来找我。我力劝她回家，苏菲不听。我就骂她吼她，说你知道吗，你把老人家搞成什么样子？他哭得像一个孩子！你们结婚七年，不都过得挺好吗？

苏菲没想到我会撕破脸跟她吵。她笑了，笑得很瘆人。她说：七年，你怎么不问问他把我搞成什么样子？挺好？他只剩下舌头还挺好！

我那时以为，苏菲还抱怨她老公不给家用，只会用好话糊弄她呢。

此后十年，我再没有遇见苏菲，十年生死两茫茫！

两年前，我报道过一起家庭血案。受害者是一位老人，在一个满月的夜晚被人割去了舌头。而凶手竟然是他的妻子！我设想过许多种行凶的理由：家庭暴力？金钱？为了让老人早日摆脱病痛？都说不通。开庭那天因为堵车，我去晚了，抱着相机冲进法庭的一刻，刚好听见老人的妻子在为自己辩护。那女人说，早先他打针，打针还管用。后来，打针都不管用了，他就用舌头……在有月光的晚上，在临街的玻璃暖房里……他好了，我却一宿一宿地睡不着，心飞在天上，身体躺在冰冷的地狱。我怕月光怕他的舌头！

那女人与苏菲年龄相仿，并不显老。她一边说一边哭，我蓦然想起苏菲的那句话，头上像炸开了一千个惊雷，耳边乱响成一团，后面的话一句也没听到。作为闺蜜，我从未替她想过，七年，苏菲是怎么过来的？我心疼她我愧疚她，我想抱住她说一句对不起！

女记者叉起一只大虾，按住了就剥皮。那只虾好像活了一般，吱吱"叫着"在盘子上滑。女记者丢了叉，在锅里一捞，只捞出一块年糕。

女记者把年糕丢回到锅里，说：刚才，就在这晚会上，我又遇见了苏菲。苏菲老了，也像再造了一般。我问她，是否还跟约翰在一起？

苏菲问：哪一个约翰？法国的还是意大利的？

我想找个机会，对苏菲说一句对不起。可就是不行，她躲着我，后来又推说有事，节目也不看了，抓起一件外套就往外跑。她穿着一件灰色夹克，从后面看像个男人。冬天穿夹克还是挺冷的。我跟在她身后，想着一出大门就抱住她，不管别人笑不笑话。

走到门口，苏菲猛一弯腰。我像一个玩跳马的小学生，差点儿从她背上翻过去。苏菲弓着腰在身上摸，脸都急白了。我问她找什么，她也不答，只浑身上下乱摸。我心里咯噔一下，心想，别再是染上了那个瘾吧？

苏菲摸到胸口的一个位置，突然按住那里放声大笑，把眼泪都笑出来了。

我傻了，能不傻吗？换你俩试试！

苏菲笑着说，早上放进去的，晚上就给忘了。这记性啊。

我问她放进去了什么，苏菲说，还能有什么，遗书啊。我问她年纪轻轻干吗要写遗书，苏菲笑得更响，说还年轻什么呀，一身病，万一哪天一头磕死在街上，得让我妈妈知道哪家银行里有钱呀！

我一愣神的工夫，苏菲就不见了，整条街都能听见她响亮的笑声。

李浩问：她母亲总该有八十了吧？女记者有气无力地说，也许吧。李浩又问：为什么不留给孩子？女记者说，她没有孩子。

她丈夫呢？

我哪儿知道？

后来呢？

后来？就跟你们坐在这儿了。

二

李浩望着窗外，说，这故事不完整呀，中间隔着十年，谁知道又发生过什么？我讲一个亲身经历吧。女记者说好呀好呀，我就想听你们的亲身经历。

李浩说，我打过许多零工，干过三十多个工种吧。假如打扫卫生、厨房刷碗、展会看摊儿、仓库运货、发廊洗头……都算正经工作的话。

两年前的冬天，一家名为"情满莱茵"的公司招聘翻译，报酬很高。我一看是翻译，没多想就报名了。学生群里常有这样的广告，假如工作好，稍微一犹豫，就会被别人抢走，不雷厉风行行吗？

李浩转头问冯军，是这意思吧？冯军一脸茫然地看着他。李浩一拍脑门：嗨，问你干吗？你他妈从不打工。

两天后我收到回复，对方给了地址，说有个面试。我把平日打工的衣服脱了，换一身西服穿上，系上从跳市买来的真丝领带，看看没什么破绽，就按时去了。原以为"情满莱茵"开在写字楼里，最少也有一间挂牌子的办公室，谁想那地址竟然是一家咖啡馆。我站在街上不知所措，就听背后有人喊我：是李浩吧？

咖啡馆的隔壁是一家餐馆。因为有客人喜欢"露天用餐"，老板就在餐馆门前围起一个松木大棚，摆上桌子条凳，燃起炉火。

松木大棚里坐着一个戴墨镜的中年男人，他招呼我。等我走近，男人摘下墨镜。我立即感受到他的气场，那是一种特别独特的感受，仿佛我对面坐着的是一头牛。他的两个眼角向上斜翘着，就像两把锐利的牛角。他让我介绍自己，却不认真听，只用两把"牛角"在我脸上划来划去。我感到一种莫名的恐惧。男人问我是否熟悉德国法律。我学的是机械制造，不懂德国法律。他盯着我看了半晌，一拍桌子说定了。我问他定了什么，他也不答，只让我开着手机等消息。

这么快就搞定一份工作，我说不出高兴还是担心。公司在哪儿？老板是谁？翻译什么？都还没说呢。见我愣着不走，男人说他就是老板，叫他张哥好了。工作很简单，不用准备，到时候就知道了。说完，他紧了紧脸上的皮肉。

一种不祥之感笼罩着我。走出去一百多米，一回头，看见张哥还坐在那里，一双"牛角"死盯在我身上。

一周后张哥来电，约好两天后在科隆火车站见面，要穿西服。我犹豫再三，还是去了。不只是为了挣钱，我想至少有三个理由。首先，张哥能提前两天通知我，说明他是老德国。这个让我放心。第二，德国的华人圈儿就这么大，说好的事不给人家办，以后就没法混了。第三点最重要：翻译就是个传话筒，说破大天，也是他说我翻译。我只负责翻译的准确，而非内容的真伪。我怕什么？

那天，同来的还有一个貌似憨厚的中年男子，张哥喊他徐师傅，说他是一家餐馆的大厨。汽车走街串巷，七拐八绕，停在一栋50年代的公寓楼门前。

那条街与战后匆忙中兴建的许多街区一样：似曾相识，毫无特色，因此十分难找。沿街开着三家饭馆、一个水果摊、一个大烟馆、一家枪店，附近还有一个妓院，生意都不错。街的两侧散落着吸毒扎针的流浪汉，大约有一个加强排的"兵力"。这种地方，夜晚不敢去。白天去也要躲躲闪闪，不敢走在街的两侧，走中间的汽车道反倒更安全些。不知住在这条街上的人是否也要上班上学上幼儿园？也要买菜买药串亲戚？看这一条街全须全尾、人畜兴旺的样子，感觉这世上上帝还是存在的。张哥能想到开车接我，也算是用心了。

叫开门，迎面一股烟草混合着酒精的气味。一个胖女人堵在门口，拿着半只面包在嘴里嚼。看见张哥，胖女人蹿起来在张哥脸上狠狠亲了一口。都进屋了，还听见张哥在后面抹着脸骂：呸呸！蹭一脸猪油！

公寓不大，突然进来这么多人，拥挤自不待说。客厅里坐着一男一女，都瘦出了形状。走廊里跑着两个半大的孩子，也都瘦得可以。只有胖女人是个异类，听瘦女人喊她"姐姐"，才知道他们原来是一家子，而不是一个贪吃的保姆带着四个非洲饥民。

张哥拽了下徐师傅，低声说：安娜。瘦女人听了，直起脖子看过来。徐师傅忙不迭坐过去，两个人同时伸出巴掌，摩拳擦掌地"交谈"了起来。瘦男人在客厅与厨房之间来回穿梭，端来咖啡牛奶冰糖，每次只拿一样儿，小碟小碗的都摆在茶几上。胖女人捉住张哥说笑。我像一团空气，漂浮在一旁。

聊了一支烟的工夫，徐师傅掏出一个锦盒，双手捧到安娜眼前。安娜接了锦盒却不打开，只咂吧着嘴，转着脖子朝屋里的人点头微笑。看表情像是刚吃过一席大餐，因为大餐太过于美味，形容不来，令人难忘，只好用点头微笑出怪声的方式表达心里的欢喜。屋里静下来，都盯着安娜手中的锦盒。安娜小心地打开盒盖，里面是两枚圆溜溜、黄澄澄的戒指。安娜取出一枚，在无名指上套了几下，没套进去。她像看个孩子似的看着徐师傅，说，亲爱的，我又胖了，要是戴在小指上，你会哭泣吗？徐师傅只笑，不作声。

安娜把戒指收了，又从自己食指上撸下一枚旧戒，塞回到锦盒里。

徐师傅始终保持着一个坐姿，一个笑容。两个孩子跑过来，跳上安娜的膝盖就要搂脖子。安娜慌着摆手，说宝贝，妈妈去去就来，去去就来。

汽车出了科隆就一路狂奔，来到百多公里外的一个小镇。德国的小镇都长得差不多，只要盯住最高的教堂塔尖开，市政厅、中心广场和商业街就都一网打尽了。

张哥凑到我耳边说，办事的时候，你随便翻几句就行。我问他翻什么，张哥从"牛角"里射出一道寒光，照直翻！

圣诞节近在眼前。小镇就像一枚在葡萄酒里泡过的松果，散发着红酒、松香和蜜蜡的芳香。教堂的钟声一上一下，秋千似的荡来荡去，我的心也跟着一上一下地扑腾。

一口气讲了半天，李浩说，渴了。他喝下一杯啤酒，埋头吃起肉来。女记者问：后来呢？李浩说，后来他俩登记结婚，那程序你们都知道，不说了。女记者有点儿失望。就这么完了？

完了？到现在还没完呢。

李浩说，那个婚礼，我终身难忘。科隆人喜欢在夏季结婚。婚礼的旺季先是5月，后来又常年保持在6月到9月。旺季里结婚要预约要排队，还有限时。淡季就没那么多麻烦。可市政厅在淡季搞装修，证婚仪式临时改在礼拜堂旁边一小房间里举行。

如果不想把这辈子潦草打发过去，婚礼还是要办得体面一点儿才对。德国人结婚时穿婚纱穿燕尾服，描眉画眼喷着摩丝。亲友团围住市政厅门口吹拉弹唱，小朋友藏在"爱情之心"后面献花。有拉绳儿吹纸的，也有放红气球的，把个市政厅门前弄得五颜六色。

相比之下，徐师傅和安娜的婚礼可"环保"多了。

证婚人是一位须发斑白、举止优雅的老人。我想起来了，他还是小镇的名人呢。我上语言班时读过关于他的报道。他主持的婚礼与众不同，因为他有一个神秘的习惯，在笔记本上偷偷记下新人的姓名和婚期，还有他们那天亲口许下的誓言。新人们诵读誓言的同时，证婚人在心里诵读它们。新人们在市政厅举办婚礼的同时，证婚人又在心里为他们举办了一场婚礼。他认为心里面的婚礼更古老更神秘，也因此更有力量。

他这么虔诚地干了一辈子，从未失手。他见证过爱，也见证过爱的果实。它们像春天的郁金香，像秋天的山楂果，开遍了小镇的城乡，一直到最偏远的角落。多年以后，"老新人"又带着长大成年的孩子们来了，他这才找出当年的笔记本，翻到早已变脆发黄的一页，在孩子们的惊叹和"老新人"的泪光中重温当年的誓言。

他用了十二个笔记本，记下了七千对情侣的誓言之后，突然终止了这项几乎贯穿他一生的神秘仪式。那时，比尔·盖茨刚刚从车库出发，开始他伟大的征程。而乔布斯也不过是一个头脑灵光、鲜为人知的青年。那时，还没有严厉的欧盟信息保护法，没有令人头痛的、关于个人隐私的各种诉讼。

终止记录不是出于恐惧，而是因为担忧。他经历过战争，经历过大轰炸，经历过灾难和贫困，可他从不为爱情担忧。他说过，即便把城市夷为平地，爱依然活着。可后来他担忧了。于是他想到了7。在德国，7 是一个幸运数字，在 7 字上收手，就是把他一生的事业都封存在幸福里。而此后的每一天每一场婚礼，都是上帝给予的，额外的奖励与馈赠。

这一回，得知新郎是一位来自中国的青年，他穿上了他最好的衣裳。

证婚人放下玫瑰，摆好签字笔，翻开《圣经》，望一眼台下的"新人"，优雅的脸上显露出慌张。这是多么不一样的一对"新人"。安娜穿一件旧夹克，围巾的边缘正在掉毛，使她整个人看起来都毛茸茸的，像一只大宠物。徐师傅表现不错，西服革履，头发修剪过，脑勺以下全是青皮。可能是第一次在德国结婚，徐师傅有点儿用力过猛，浑身都绷着劲儿，坐在条凳上像半截子斜塔。安娜眼圈儿青紫，形同仙鹤；徐师傅肌肉坚硬，笑容可掬。

证婚人扶正了眼镜，拿出往日的镇定，开始念程序。这期间，隔壁的礼拜堂一刻也不肯消停，先是放音乐，接着又传来一句句高亢的忏悔声。

证婚人拿出几页纸，逐条核对"新人"的履历。他问得仔细，先问安娜，再转过来问徐师傅：这是您的履历？

我小声翻给徐师傅，隔壁的忏悔声高亢起来，是一个少年的声音：不管末日审判的号角什么时候吹响，我都敢拿着这本书走到至高无上的审判者面前，果敢地大声说：请看，这就是我所做过的，这就是我所想过的。我当时就是那样的人……

证婚人皱了下眉头，说：您没有犯罪记录。您还做过几件善事，受到当地政府的表彰。那时……

隔壁少年的语速加快，音量却没有减弱：那时，我是善良淳朴、道德高尚的，就写我的善良淳朴和道德高尚……

证婚人也跟着语速加快，稍微有些气喘：对于事实，您不应该有任何的隐瞒。

隔壁少年：我既没有隐瞒丝毫坏事，也没有增添任何好事。假如在某些地方做了一些无关紧要的修饰，那也只是用来弥补我记忆不足而造成的空白。其中，或许把自己以为是真的东西当真的说了，但绝没有把明知是假的硬说成真的！

证婚人愤怒地抬起头来。张哥飞跑着过去关上窗户，把忏悔声原路遣回。

怎么选了这么个地方！

接下来一切顺利。证婚人渐入佳境，他昂起头，抑扬顿挫地说出一番话来。那些话如音乐般悦耳，诗一样美丽，又像梦一样飘忽不定。窗外透进来的阳光把房间里照得影影绰绰，影影绰绰的房间里，证婚人的声音如泣如诉，天使般飞翔。

我被证婚人的真情打动，却无力翻译他诗一样美好的句子。对一个理工科大学生来讲，这一切太难了。我坐在两位新人背后，看不到他们的表情，就凑在徐师傅耳边，小声说：都是好话，听不懂就用心感受吧。这是你的婚礼呀。

徐师傅转过脸看我，眼里全是泪。

证婚人说：愿你们荣辱与共，走过贫贱与富贵，牵手到白头。他说不下去了。他眼里装满了爱也装满了忧虑。他用这样的眼神凝视着两位新人，仿佛要把爱的力量注入他们的身体中去。

他要用一句话，一个点睛之笔完成他的杰作。

万能的上帝啊！平地里一声呐喊，隔壁少年大概使出了丹田的力量：我的内心完全袒露出来了，与你亲自看到的一模一样。请你把那无数众生都叫到我跟前来，让他们听听我的忏悔！让他们为我的种种堕落而叹息，让他们为我的种种恶行而羞愧……

够了！证婚人失态地一拍桌子。张哥飞奔着出了门。那扇门经他一撞就歪在一旁，再也转不回来了。

万能的上帝啊，赶快交换戒指吧！我在心中祈祷。

打开锦盒，证婚人又是一惊。两枚戒指映着日光。一枚流光溢彩，一枚浑浊褪色，折射出复杂的暗光。我想，在经历了一连串打击之后，证婚人的心灵或许在那一刻得到了解脱。我看见他在喘气，我听见他在低语：你们……总该……拥抱一下吧。

我极快地翻译过去。徐师傅看一眼安娜，脸忽然红了。安娜笑了，亲昵地在徐师傅脸上拍了一下，站起身说：我们走吧！

证婚人失望至极，像是他亲手办砸了一桩美事儿。

看着我心中的传奇证婚人黯然神伤，比没能促成两位新人拥抱更令我悲伤。我见人就说是我没翻好，都是我的错。我向证婚人道歉，向安娜和徐师傅道歉。我满怀悲情地凝视着门房，向他告别。直到张哥在我背上拍了一巴掌，才发现早已置身于小镇的广场之上。张哥拽住我，说别走，还有一个饭局，不吃白不吃。

餐馆的包间紧挨着吧台，酒菜都上了桌，虽谈不上山珍海味，却也海陆空俱全，是德国难得一见的大餐了。人也凑齐了。胖女人与瘦男人之外，多了一个喝得半醉的光头男人。光头谁也不看，一双死鱼眼只盯着徐师傅，高一声低一声地念着：你以为干几年劳务，回去就成有钱人了？狗屁！我走过弯路啊，没错，眼下是苦，是憋屈，钱都他妈喂那娘们儿了。可苦三年你就解放了！这不，我儿子来了，拿小孩津贴。再找工作，管他妈干什么，少给我一个子儿也不行啊！就是不干什么，也他妈有政府养着。来，干一个！

又说：等有了钱，你要什么就有什么。不想干的事，就让几个欧元替你卖苦力。你不是有两个女儿吗？也接来德国呀。

光头的脸上变了颜色，汗珠一个个落下来，吐字也跟着吃力。吐字愈吃力就愈显得推心置腹：我也是过来人，忘不了当初有这么一个人，他一拍桌子，手指着张哥厉声喝道，就是他！

吧台那边哗啦啦一阵乱响，我想，至少打碎了五个杯子。

光头手指着张哥拉出了哭腔：是他帮了我！

其他人都没闲着，瘦男人坐在我身旁，拼命往自己盘子里拨菜，嘴里说：来吧来吧都来吧，苍蝇老鼠蟑螂跳蚤，让我超度你们！

我说你想什么呢，人家厨房可比你家客厅干净。

安娜坐我对面，不停地用眼神示意我。后来，她干脆指指瘦男人，又指指自己的脑袋，意思是：瘦男人脑袋里有病。瘦男人见了，霍地站起身，把衬衣往上一撩，露出大半个精瘦的肚皮。我发现，肚皮上有一道明显的伤疤，又看见某个部位正在遭受一场突如其来的饱餐的袭击，肿胀得像一个馒头。瘦男人在伤疤上拍一下，说，我有病，我这儿有病。你们看它多长，到这儿啊到这儿。说着就解开了腰带，褪去了裤子，又去脱内裤。我拉他一把。瘦男人猝不及防，跌坐在椅子上。

瘦男人刚坐下，那边胖女人站起来。她早已褪去外套，露出紧身的豹纹裤，说：教练为我设计的健美操，练屁股的，能让它翘起来。说着就颠起了屁股，一下啊二下又三下……没有人阻止她，大家都喝多了。

张哥把嘴凑到我耳边，小声说：一家子穷苦人，不容易啊不容易。

张哥说，前些年搞医疗改革，看病要交挂号费，10欧元管一个季度。有个女邻居，有病不看在家里扛着。后来，政府取消了挂号费，她才又去看病。10欧元，就把她难成这样。

鲁尔区原是重工业区，经济转型以后，许多人失去了工作。有些城市，靠领救济金过活的人竟然占到居民总数的五分之一。贫穷改变了人的行为和思想。英国作家奥威尔说过：人们陷入孤寂、半疯的生命谷底，不再试图回归正常或体面的生活。贫穷将他们从一般的行为规范中解放出来，就像金钱将人们从工作中解放出来一样。

自由的人啊自由的人！张哥也喝多了，拍着胸脯说下次还请我。我忙摇头。张哥误会了，竖起食指做钟摆运动，说：不要你翻得好，能力不是第一位的，永远也不是！

张哥的"牛角"又在我脸上划几下，说：人啊，都写在这脸上……我看你行。

我不想再经历这一切，果断地更换了手机号码。

那家餐馆不大，因为是一桩"大生意"，老板娘也来帮忙，上汤上菜，端茶送水。老板娘是一个长相甜美、手脚麻利的少妇。瘦男人解裤腰带时，她刚好赶在身旁。瘦男人脱掉裤子，露出大半个屁股。老板娘的脸红了，目光也在一瞬间拉直，死盯着桌上一条龇牙咧嘴的鱼。结账时，她扯过一张比她个头还高的账单，死盯着徐师傅的手指。钞票是新的，手指是抖的。抖动的手指捻动着新的钞票，好半天才把数儿捻对。后来，瘦男人的屁股、老板娘的眼，还有徐师傅抖动的手指，它们总在我眼前转，走马灯似的。谁活着都不容易！

我不再打零工，只在一家工厂做实习。工厂在C城，离科隆远，我就住在那里。两个月后的一天，我在夜色中散步，看见前面有个街区正在扔大垃圾，家具衣服电器堆在路边。我侧身迈过一堆堆杂物，被一个人挡住了去路。那人弓着腰，从一个没有门的衣柜里掏东西。听到动静，他猛一起身，竟然是徐师傅。

后来，为了翻译安娜的信和政府公函，徐师傅找过我几次。安娜的信与金钱有关，政府公函与税务有关。两种信合在一起，刚好是徐师傅与这块土地的关系。我跟徐师傅混熟了，常去找他，大多在午夜。去早了没用，只要餐馆不打烊，徐师傅就要永远忙着。

徐师傅住在一栋三层小楼里，确切说是三层之上的阁楼里。一、二层是餐馆，三层住着老板的一个亲戚，阁楼是徐师傅的。在这栋小楼里，徐师傅感受不到时间。厨房里亮着日光灯，却照不进日光。墙上有表，却没有电池。凭着订单的多寡，和大堂里喧嚣声的强弱，徐师傅感受着时间。在一阵强度不大的喧嚣声过后，徐师傅给员工们做好了午饭。在一阵持续的、高强度的、令人窒息的喧嚣，或者说喧闹声过后，徐师傅知道，又该做晚饭了。他用周末和年假日换钱，就失去了一年四季。他在德国过的每一天都是一样的，都没有阳光的颜色。他从不给自己过生日，也没有朋友。

通过对喧嚣声强弱与长短的回忆，徐师傅还是能触摸到一些日子的。他知道哪一天是复活节、国庆节，哪一天又是新年和春节，仅此而已。

然而有一些的日子，因为发生过特殊的事情，徐师傅就算喝醉了也不会忘记。那都是安娜来找他的日子。

安娜来餐馆"寻夫"却不跟徐师傅谈，她只跟徐师傅的老板谈。跟徐师傅谈？他也听不懂啊。

每当老板走进厨房，带着兄弟般的微笑，说，徐师傅，来一份麻婆豆腐，分量足点，我请你！徐师傅就知道，安娜又来了。

每当老板走进厨房，带着兄弟般的微笑，说，徐师傅，帮你垫了500欧元，下个月工资里扣。徐师傅就知道，安娜又走了。

徐师傅的手指哆嗦着：该给的都给了，给足她了，怎么还要？

老板咦了一声，说，你不给，她去领救济，政府还不是反过来扣你？

徐师傅没出声，只剩下了哆嗦。他记住了那个日子，因为那个日子值500欧元！

徐师傅是山东人，喜面食。每次来，他会给我下一碗汤面，撒一些香菜在上面。他说吃米饭不解饱，又说他在楼下吃过，自己点起一支烟来吸。超市里卖的卷烟有许多种牌子，价格却只有一种：5欧元一盒。徐师傅嫌贵，不知从哪里搞来便宜的"烟叶"，用报纸卷起来吸。那种"烟叶"出烟量极大，吸几口就对面看不清人脸。味道与老北京冬季胡同里焚烧的杨树叶子有一拼。

徐师傅话不多，常说的一句是：喜欢吃，就家来。

他把餐馆当家，干活从不惜力，一个人当两个人使，周末也要早起去鱼市，买些便宜的海鲜回来。老板因此铁了心把他留下来。

阁楼里矮，有三分之二的空间不能直起腰来。屋顶斜开着一扇天窗，逃逸着暖气和烟气。窗外是一个月光皎洁的夜晚。徐师傅蹲在一把椅子上，披着质地极好的呢子大衣。大衣从他的肩膀处往下垂，一直垂到地面，给他增添了几分霸气。

就着咸菜，徐师傅已经喝下了一碗白酒。酒是高粱的，有时是伏特加。高粱是"搞"来的。伏特加是超市里买的。老板一般会盯住茅台、五粮液的刻度，对高粱酒盯得不紧。盯得不紧也不能经常"搞"。德国自产的白酒大多数味道寡淡，劲儿小，还贵。伏特加也没劲儿，可它便宜！徐师傅不喝高贵的水晶头伏特加，不喝粗犷的野牛草伏特加，也不喝戈尔巴乔夫伏特加——它其实与戈尔巴乔夫没什么关系。徐师傅只喝绿牌伏特加，因为它便宜。在德国熬活，徐师傅舍不得给自己花钱，他只在烟酒上疼过自己。

徐师傅大碗喝着酒。有时也混着喝。他说：该给的都给了，还要，没完没了！

我能说什么？只能劝他少喝。徐师傅摇头，说不喝酒睡不着觉。

他给我看他女儿的照片。他有两个可爱的女娃，大的六岁，小的四岁。他说他办出国那年，大女儿刚满两岁。因为忙着办手续，有一回他把女儿托给姐姐。谁想回来时姐姐抱怨，说你闺女在窗台上趴了一天，巴巴着往外看，嘴里不停地喊爸爸。

我说，回去看看孩子。你有身份了，来去自由。我帮你订机票。

徐师傅摇头，说他不敢坐飞机。

我就纳闷了，说你出国那年，不也坐飞机来的？

那不一样。徐师傅很不满我的愚钝。

我说都是坐飞机，怎么就不一样？

当然不一样。万一现在出了事，不都便宜那娘们了？徐师傅的眼睛红了。

徐师傅的"卧室"里有一面墙很奇怪：墙的上半截全是弹孔似的

窟窿，下半截是日历，角落里插着一面小旗，红的。走近一看，红旗旁歪写着两个字："解放"。我掐指一算，刚好是徐师傅与安娜"结婚"三周年的日子，心里有点明白了。

看见日历，徐师傅怒从心起，抓过一把尖刀跳起来，咬牙切齿地戳进了日历，刀把子一拧剜去一个"日子"。墙上又多出一个"弹孔"。我把手按在他肩上，兄弟似的看着他。徐师傅也不抬头，脖子上大筋直跳，好半天才瓮着声说：就恨这日子，等熬到那一天，陪咱喝大酒，放鞭炮！

李浩说完，喝一口白酒，转头望向窗外。窗外，那条贯穿南北的干道与黑茫茫的莱茵河水相伴而行，水面上亮着古建筑镀金的倒影。莱茵河的冬天真让人百感交集！

冯军问，解放了？

李浩说，熬着呢，见亮了。

女记者：有人嫌它快，有人恨它慢。日子啊！

三

冯军捏起酒杯，又放下，拿捏着词汇，说，这种事，没落在自己头上，就很难说感同身受。

女记者笑了，说冯军，你做过当事人吧？

冯军也笑了，说，我那时贪玩，也有的玩。

李浩红着脸：遇见美艳的萨宾娜，你怎么就幡然悔悟，重新做人了？

冯军叹气，说，我再不讲，不知被你们演绎成什么样儿呢。

刚来德国那年，我觉得这地方太好了，没父母管着，没老师唠叨着。大家各扫门前雪，都把别人当空气。您蒙冤您自己凑钱打官司去，没人管您冤不冤。如果打官司的成本大于赔偿，您可以选择伟大的宽容。这儿都是商人，没有战士，扯情怀没用！只要您不犯法不妨碍别人，卖淫嫖娼同性恋吸毒，怎么都成！这地方也太他妈自由了。当然，您得先有钱！

我曾经开着宝马车经过慕尼黑的格林瓦尔德（Grünwald），汉堡的布兰克尼兹（Blankenese），法兰克福的后花园巴特洪堡（Bad Homburg），还有杜塞尔多夫的奥博卡塞尔（Oberkassel），看有钱人的别墅和豪车。

我也曾到过大城市火车站附近，看那些淌着污水、满地烟头与痰迹的街道，看那些因为没有定力，被自由的风裹挟到那里，就再也无法改变自己命运的可怜人。我见过女孩子稍微侧一下身，就公然在街上换衣裳；我见过瘾君子偎在路旁，挣扎着往手臂里注射，也不管是否有未成年人从他身旁经过。自由是有钱人的盛宴，它把许多事都非罪化了。但对另外一些人来说，它又是俄顷淫乐之后的无穷之悲。她们年纪轻轻就因为吸毒脱光了牙齿；因为逃票留下了案底；因为欠债失去了信誉，从此再也无法回归体面的生活。她们找不到工作，只能终日盘坐在那条街上屈辱地生，或许还将在那条街上孤独地死。

这有点儿像德国不限速的高速公路。自由就是不限速加宝马车，缺一不可。如果您开一辆二手的马自达，时速一百公里就冒大烟了，再加速它还翻了呢！

我经常对后来的学弟学妹们讲，在德国生活，你可以没有钱、可以不聪明，也可以不特别努力，但是你必须特别有定力。没错，是特别有定力！这是我后来才想明白的。

我那时还不懂这道理。我那时以为世界上只有两种人：玩得起的和玩不起的。既然我们都是孤单的群众，既然我刚好又玩得起，为什么不呢？我那时就这么想的。

萨宾娜梳着一条大辫子，有点儿像巴伐利亚乡间身体结实、内心质朴的农家姑娘。第一次请萨宾娜来宿舍吃饭，是因为她好奇地问我：你们中国男人都会烧菜？我说你见识一下不就知道了。我叫了外卖，骗她说都是我烧的。什锦鸭咕咾肉麻婆豆腐干锅肥肠，准备了四道菜，都凉了。萨宾娜脱下外套就帮我热菜，她把袖口挽在上面，露出两条藕段似的胳膊，热好一盘菜递给我，大辫子就在她腰上一甩。我后来更喜欢它在黄昏时散开，瀑布般倾泻下来的样子。

我知道德国人喜欢什么，也知道她们怕什么。德国人喜欢吃什锦、甜酸，我就点了什锦鸭、咕咾肉。德国人不敢吃下水，我就不让萨宾娜碰干锅肥肠。萨宾娜一开始还听话，后来就出了岔子。她问我那肥乎乎的东西是什么，我说你别动，这里面有文化。萨宾娜一听是文化，更好奇，偏要吃。我当然要阻止她。

大多数德国人对中餐的了解仅限于入门水平，里面的道道多着呢。有碰见味精就过敏的；有太辣了不行的；也有看不出食材不敢吃的……能吃到肥肠毛血旺猪耳朵的，都是可遇不可求的高手。第一次请萨宾娜吃饭，我不想冒险。

萨宾娜在家中排行老小，任性。她要是真犟起来，我也拦不住。她那天一边说好吃，一边还指着肥肠问我，看什么看？你也吃呀！我蒙了。人一蒙就容易说实话，我说那是肠子！

我眼看着萨宾娜的脸从水蜜桃变成了红富士，眼看着她捂着肚子飞奔着去了楼下，眼看着她跳上汽车绝尘而去。同楼的哥们都没见过这场面，都跑出来观看，说这事儿真新鲜。

萨宾娜再就不来了。我有点儿难过，每想起她撸起袖子帮我热菜，大辫子在腰间一甩一打的情景，心里就酸酸的。

半年以后，我们在大学酒吧里相遇，她正和几个女生坐着喝酒。我凑过去问她过得怎样，怎么都开始酗酒了？没我不行吧？萨宾娜说你少来，又说给其中一个女生过生日。我那天刚好闲着，就说请她们喝香槟。萨宾娜说不用你请，给我们唱支歌儿就行。其他女生听了都笑起来，跟着起哄。萨宾娜知道我不会唱歌。别人唱歌跑调儿，我是完全不在调儿。我明白，作为对"肥肠事件"的报复，萨宾娜想让我当众出丑。我说你们等着，我回宿舍取一件乐器。

我哪儿有什么乐器，只是很快找来几个哥们。几个哥们都身怀绝技，吹拉弹唱，红脸儿白脸儿，把个过生日的德国女孩逗得哈哈大笑。可以说是我的人脉，或者是我的号召力让萨宾娜对我刮目相看。我们又恢复了交往。

你问我跟萨宾娜在一起都做什么？跟洋人交往，光想着男女授受不亲可不行。她们没工夫跟无聊的男人玩暧昧，交往一段时间之后，就得来点儿实质性的。我那时在 B 城上大学，人住在科隆，每天两头跑。如果你从南面的 555 号高速公路进入科隆，一眼就能看见我住过的那栋楼。它简直就是科隆南城的地标。清晨，德国第四大城市的天际线在窗外一点点展开，凛冽的晨光扑面而来。夜晚，又能望见杜塞尔多夫的万家灯火。从冬到夏，从晨到昏，四季有美景，时时有美景。千般景万般景，萨宾娜是最动人的一景！我只能说这么多。

交往快一年了，我没去过萨宾娜家，不是她不邀请。我打听过，萨宾娜的父亲是 B 城大学的克莱恩教授。因为逃课，他记得我。复活节过去是母亲节，暑假后面有国庆。萨宾娜再问，我说，等到圣诞节吧。圣诞节是德国人团聚的日子，那一天总归躲不过。

变故就发生在圣诞节前夕，两年前的冬天。好巧不巧，李浩讲的故事也发生在那个冬天。

那个学期我挂了三门主科。我知道，年底去外管局延签一定会出问题。如果不能延签，就得马上滚蛋。可我不想滚蛋。父母虽然不指望我拿个学位光宗耀祖，可游学几年，灰溜溜地回去肯定不行。我父亲老早就放出话来：要么毕业，要么领一个黄毛儿的回来，别的休想！

那天办完事儿，我试着问萨宾娜：咱们结婚吧？

在德国，只同居不结婚的情侣有的是。我从未对萨宾娜说过"爱你"，如今跳过了"爱你"直接说结婚，自己都觉得是开玩笑。萨宾娜果然在我怀里咯咯笑了起来。她说认识我以前，总以为中国男人都像个谜，见过几次面还只会说"你好吗？"她姑妈曾经告诫她，说中国男人不会接吻，有话不肯直说，攥着个拳头让你猜。萨宾娜说，你就这点儿好，不用猜，还挺会逗人笑。她说，你真幽默。

萨宾娜说，姑妈是个心理医生，如果哪天你被天花板碰到了脑袋，可以请姑妈帮忙看看。

我问，什么叫被天花板碰到了脑袋？

萨宾娜又笑，说，就你现在这样儿。

我听明白了，于是就告诉她，中文里也有类似的说法：脑袋让驴踢了，脑袋让门板挤了，脑袋让……

萨宾娜使劲儿点头，说对对，你真聪明。

我觉得不对。怎么话题从结婚变成了脑袋，又从脑袋上了天花板，然后跟驴和门板发生了关系。我说没开玩笑，我真想跟你结婚。

真的大多是丑陋的。每天有那么多人结婚，都说真的还得了？

萨宾娜听了不住地摇头，长头发甩来甩去，弄得我两条胳膊里很痒，就在她腰上掐了一把。

萨宾娜止住笑，很认真地对我说，她不想学她姐，过早地失去了真爱。我听说过她姐的故事。她姐的未婚夫在联邦军队里服役，是一个军官，两个人好得竟然想结婚。有一年圣诞前夕，未婚夫开着车从军营赶回来过节。圣诞节有点儿像咱们的春节，是一个阖家团聚的日子。高速公路上都是急着往家赶的游子，车都开得挺快。未婚夫一边超车，一边跟她姐讲电话。

未婚夫问她姐喜欢春天还是夏天，她姐说，喜欢夏天。

未婚夫问她姐喜欢饭店还是酒庄，她姐说喜欢酒庄，最好是山顶上的酒庄。

说话间，前面一辆载重卡车猛踩刹车，未婚夫猝不及防，咺一下就撞进去了。她姐在电话这边听得真切，当场疼得晕死过去。

未婚夫的最后一句话是：好！那就在夏天，在山顶上，我们结婚吧！

亲人们认为，这句话应该当面说，应该跪下来捧着钻戒说。可亲人们又都愿意相信她姐苏醒以后残存的记忆。

未婚夫被撞得支离破碎，手里还紧攥着一枚钻戒。

她姐把未婚夫的照片挂在卧室，一直未婚。她姐也交过男友，有些男人一进卧室就不行了——心脏出了问题。为了不发生意外，萨宾娜帮她姐把未婚夫的照片藏了起来。她姐发现后，跟萨宾娜吵了一架。她姐说，就挂在这儿！他永远是我们家的一员！

两年后，顶着这样的压力，一个男人终于走进了她姐的生活。他俩在未婚夫的见证下做爱，生下了一个女孩。走到这一步，她姐仍然不肯结婚，任男友百般诱惑甜言蜜语，她姐总还是那句话：我不想再一次失去真爱！

萨宾娜的理由无懈可击，既深情，又具有威慑力。我的脊梁上冒出汗来。

毫无悬念，我被拒签了。签证官给了我一个月的白条，让我收拾行李回家。我给老妈打去电话，想先透个口风儿，好让她有个心理准备。老妈正在赶往医院的路上，是父亲的心脏病犯了。还不是为了生意上的事。老妈叹着气说，你也不小了，让你爸省省心吧。我把想好的话又咽回到肚子里，决心背水一战，再次向萨宾娜求婚。

萨宾娜见我动了"真情"，也认真起来。她说跟我在一起很开心，可还不想跟我结婚，因为我花的每一分钱都是父母挣的。

我说我跟你不一样，我是独子，父母的就是我的。这有区别吗？我俩吵起来，萨宾娜哭着跑了，大半天没回来。我还能怎样？赶紧收拾行李走人吧。我拉了个名单，都是这些年积攒的狐朋狗友，一个个电话过去告别，正说得兴起，萨宾娜回来了。她见我抱着电话哈哈大笑，脸上淌着泪，吓蒙了。

我只好把白条儿拿出来给她。她看罢又哭，说没想到我会遇到这种麻烦。又说，更没想到只要结婚就能把这麻烦摆平。

我说，你同意了？

萨宾娜泪汪汪看着我，像一只无辜受难的小动物。我那时真想一刀把自己劈了。我就是一刀把自己劈了，也不想再从她身上打主意。

萨宾娜说，我必须先跟她父亲谈。这种事，在德国都是父亲说了算。我说在中国都是母亲做主。萨宾娜的父亲克莱恩教授对我不要太了解，我去谈，不是耗子舔猫找死吗？萨宾娜想了想，说，我替你谈吧。

就这样，为了一个中国青年的婚姻，或者说是签证（我必须承认，那时，签证才是我最想得到的），克莱恩教授父女之间展开了一场激烈的辩论。事后，萨宾娜告诉我，父亲说服了她，不能与我结婚！

女记者拍着桌子大喊起来：好啊，你小子黑下来两年了！三个人都笑了。窗外下起了雪。雪花飘落在黑魆魆的河水上，一点声响都没有。

冯军说，那个月，克莱恩教授天天跑移民局，找签证官谈。谈什么呢？克莱恩教授有个研究项目，需要一个助手。鉴证官翻开我的档案，问：您的意思是，这个人可以胜任？

大千世界，我不知道还有哪个国家像德国一样，如此热衷于给外国人做编年史。档案里记录着你的光荣与梦想；你光天化日，做过的每一桩蠢事；还有你白纸黑字，写下的每一句谎言。直到有一天，当你需要延签，需要长居，或者需要干点儿别的什么，外管局的老爷们就会喝着咖啡，饶有兴趣地翻阅这些文件，然后给你一个满意的答复。

办签证要按姓氏字母来。外管局的小门上贴着字母，从 A 到 D，从 D 到 G，一直贴到 Z。B 城的人没有幽默感，有幽默感的人全去了外管局。也不知是哪位才子的创意，第一扇门上贴着 A-Dogge（狗）。

第二扇门贴着 doof（愚蠢的）-G。门里面都连着，一个门进一个门出。我至今不敢想象，克莱恩教授每天从"蠢门"进，从"狗门"出，那个月，教授是啥心情？

克莱恩教授一次次被拒绝，又一次次前往，倔强得像个西西弗斯。可连神仙都办不成的事，人能办成吗？那段时间，萨宾娜很少来看我。我卖了汽车，订了机票，想好了回国以后的去处：先找一个偏僻又不太难找的地方住下来潜水。等老妈急得六神无主，哭天抢地发出狮吼；等老爸痛悔交加，接连败北成了强弩之末，我再浮出水面。

做好最坏的打算，心里反倒平静了。离"大限"还有两个星期，我漫步在科隆街头，看着熟悉的一草一木。一草一木似乎都有了灵性。在老房子，我请萨宾娜吃过脆皮猪肘。她嫌猪皮油腻，点了鸭脯烤李子，还喂过我一口，鸭脯肉很嫩，李子糯糯的，特别甜。在莱茵酒吧，萨宾娜点了一杯血腥玛丽，又喝了一杯带苦味儿的鸡尾酒。她那天喝醉了，偎在我怀里，小鸟依人的样子。出租车在老城区穿行，灯影树影移动在她熟睡的、美丽的脸上。

我去了图书馆。大学几年，我很少去图书馆。我抚摸着书桌的棱角，闭目倾听空气中清脆的、键盘敲击的声响；我凝视着一排排书籍，一排排书籍像沉思的巨人，纷纷从沉思中抬起头来；我摩挲着书页，它们竟然像老朋友那样，舒展开久别重逢的笑颜。我在图书馆里度过了最后的时光，仿佛再抚摸一下书页，就能忘掉萨宾娜，就能带着一去不返的勇气离开科隆似的。一周后，宿舍楼的哥们到处打听萨宾娜的下落。他们说，冯军疯了！

回国前的一天，克莱恩教授打来电话，要我去他的办公室谈谈。一种扎扎实实的忐忑感笼罩着我。一路上，我不住地祷告，求关公求佛祖求耶稣。如果那时有人拦住我向我传教，我一定会告诉他：我相信天上所有的神灵！克莱恩教授一如往日的平静，脸上看不出丝毫波澜。教授越平静，我心里越紧张。虽然早已做好破釜沉舟的准备，也眼看着舟沉下去了，可一旦有机会，我依然渴望回头，依然渴望被拯救，我依然……放不下萨宾娜！我忽然明白，我爱萨宾娜，我放不下她！

克莱恩教授隔着写字台，目光严厉地看着我。他说，克莱恩女士说过，你很有才华。我心里一凉到底。他不说"我女儿"，不说"萨宾娜"，偏要说"克莱恩女士"。我后悔当初的种种放肆，后悔经常旷他的课。我后悔当初做过的许多事情！

克莱恩教授拿起一沓文件，翻了几下，说，萨宾娜说过你最近的变化。

我听出他称呼上的微妙变化，又注意到他花白的眉头舒展了，像站在街头的圣诞老人。

克莱恩教授把那叠文件递给我，说，才华就是长期的坚持不懈。努力吧！

我极快地瞥一眼文件，见扉页上写着：工作合同！

四

女记者又喊起来：你丫中狗屎运了吧！中乐透奖了吧！

李浩同情地看了眼冯军，对女记者说，总不能因为一个苏菲，就否定一切吧。

女记者眉毛一拧，说，这也算爱情？碰上个傻白甜，她爸还是耶稣！

冯军宽厚地笑了。有爱的人才会宽恕。他抢着结了账，说，我打车送你们回家。让你们也沾点儿狗屎运。

冯军执意先送女记者。女记者家住科隆城北，出租车穿过整个城区跑了二十多公里才到，路上没有人说话。女记者下车时，三个人击掌，约好了明年春晚再见。这不是客套，因为每个人都怀着没有完成的心愿。

来到李浩住的宿舍楼前，冯军让司机停车等着，自己也跟着下了车。两个男人并肩站在楼下。雪停了，地上积起一层嫩雪，踩一脚咯吱吱响。冯军突然问李浩：你住在几层？李浩说二十六层。冯军说他当年住二十七层。又问，你说这楼有多高？李浩望一眼黑魆魆的楼顶，说，一百米？一百多米吧？你问这个干吗？

冯军笑了，说李浩，咱们交过心吗？

李浩就这么看着他。

冯军说，那天晚上，我差点儿从上面跳下来。又说，你不是问我，为什么幡然悔悟，重新做人吗？

萨宾娜和克莱恩教授"摊牌"的那个晚上，教授一再追问女儿结婚的理由。萨宾娜说，他有才华，说话幽默，还会……做饭。

克莱恩教授说，这不都是理由。教授当然知道，我的才华全用来旷课和飙车了。

萨宾娜只好说出实情：他的签证延不下去了。

克莱恩教授说，这也不是理由。孩子，你再想想，还有什么别的理由？他是个倔老头儿。

萨宾娜只好把手按在心上，闭上眼想。克莱恩教授坐在女儿对面，闭着眼等。等了很久，克莱恩教授听见女儿说，爸爸，我爱他，我真的爱他！

克莱恩教授睁开眼，慈祥地看着女儿，眼里闪着泪花。他说孩子，婚姻只有一个理由，就是爱！

冯军说完这话，就上车走了。

五

一年以后，女记者、冯军和李浩，他们又在华人春晚上相遇了。

冯军刚与萨宾娜完婚，正计划着回国度蜜月。女记者找到了苏菲，抱住她说出了那句话。女记者说，苏菲住在科隆郊外一栋带花园的房子里，过着平静的生活。这一年，冯军和女记者都完成了各自的心愿，兴奋地说这说那，完全忘记了站在一旁、默不作声的李浩。还是女记者先想起来，她转过头问李浩：徐师傅呢？文章刊登后，有许多读者问他。

徐师傅死了，得肝病死的。"解放日"那天，我替他点燃了一挂鞭炮。

李浩说，我想，他能听见！

父亲的车站

头顶烈日，我把行李拽上乱哄哄的站台，就听大喇叭里传出一个女人沙哑的声音：罢工了！从威尼斯开往法兰克福的火车停运……

问罢工什么时候结束，女办事员瞟一眼我手里的车票，说也许两三天，也许……说不准。长途车一点半出发，汽车站在运河对面，坐缆车过去，女办事员信手向天上一指。

一千公里，坐汽车过去？女办事员像是受到冒犯，眉毛拧起来。又不是我的错。罢工一时半会儿完不了，火车票两天之内有效，您自己看着办！她英语说不好，德语不会说，眼神不错——隔着窗口，看清了车票的有效期。

欧洲城市的汽车站大多挨着火车站，为的就是方便，谁想这里隔着一条运河。好容易把行李弄上缆车，才知道车票要去楼下买。又下不去了，下面的人往上顶，说："您就不能在上面好好待着！"

缆车里很挤，窗外倒是水天一色的美景。我发现，车厢里眼神好的人不止一个，他们正以散兵队形向我靠拢，就紧着一身汗不敢落下来。

长途车站上，所有的大巴都已生火，在原地得意洋洋抖着肩膀，很像当地农民跳的一种舞蹈。终点站都是些地图上找不到的小镇，没一个去法兰克福的。我顾不得体面，见人就问。他们或摇头，或哲人般凝视远方，沉默不语。汗水流在我脸上，我拖着行李箱转着圈跑，大声喊："有去法兰克福的车没有？往北开的也行啊！"没人搭理我。

就怕这个！出门在外，总有那么一刻让你感觉形同逃难。

一个男人从巴士上下来，他喊我。我听出他的北京口音，跟着他上了车。车很快开动了，我才想起来："这是去哪儿呀？"

车都开动了，还有人气急败坏地跑着追车。我一看表，早发车五分钟。这效率！

男人叫石斌，五十多岁，早年也是留学生，如今在黑森州开着一家餐馆。他家餐馆就开在火车站台上，这让我感到新奇。他给我描述那车站，像谈到一位久别重逢的亲人。我也是北京人，家住宣武区，后来并入西城了。北京人在海外并不团结，这不是秘密。但北京人有一个优点——自来熟。要是聊对了路子，北京人也挺仗义的。

汽车在阿尔卑斯山的布雷纳（Brenner）山口停下来，司机说到站了，都下车啊都下车！乘客都嚷起来，说没到站。司机说他到站了，到奥地利了。

布雷纳山口很有名，当年奥古斯都皇帝的军团远征日耳曼，公元4世纪蛮族入侵意大利，都曾打打杀杀地经过这个山口。车站背山，山势高。太阳也是意大利范儿的，爬到一半就感觉到累，吐一圈云雾在半山腰绕着，自己退下山休息去了。过一会儿，一辆咣当作响的奥地利慢车开进站来。

火车行至慕尼黑，已是子夜，空座位越来越多，却总有人想坐到我和石斌身边来，怎么劝都不行。夜火车经停的站次多，旅客上下车频繁。石斌警觉起来，说："都以为中国人有钱，带现金。这一宿，咱俩不能贪睡。"

闲着无聊，石斌谈起他在餐馆智斗小偷的趣事，我分享了去年在圣诞市场遭遇恐怖袭击的经历。我们共同回顾了近来发生在欧洲的几次恐怖袭击。我说乱了，石斌就耐心帮我梳理，告诉我是哪一年，哪一城，发生过哪种形式的恐怖袭击。枪击，刀砍，还是汽车冲撞。后来，他也说乱了。

我问石斌来德国多久了，他拿出老德国的派头，说他出国那年，还注销户口呢。我心中反感，眼望向窗外，不再作声。

沿途的小站上人影寥寥，车轮撞击着铁轨，像一个人的手臂不断轻轻拍打在我肩上。窗外，黑茫茫的田野上摇曳着几点星光。星光一圈圈扩大，眼皮也跟着一点点下沉，很快就遮蔽了星光。

有人推我一把，一股汗腥味儿直冲鼻孔，我打了两个喷嚏，醒了，发现身旁"睡着"一个陌生人。那人披一件带头套的外衣，看不清面孔。我朝石斌那边挪了几下。

石斌搓着手脸，感叹瞌睡也能传染，又不能吸烟，这一宿可难熬。我感觉有种无形的力量把我们连在一起，就又朝着石斌那边挪了几下。

石斌问我学什么，又问我如何来到德国。

我说，是通过严总的中介公司办来的。石斌说小严啊，我俩发小儿。

我知道严总家住北京南城，心里有了底，故意谈起北京工人俱乐部，谈起陶然亭游泳池，和建于1920年的京华大楼。那栋楼在虎坊桥，斜的，看着很像一只糖三角。可老人们偏说它像一条船——桥边上不就是船吗？京华大楼和一四七中学的教学楼一样高，听说闹地震那年，胡同里人手一条板凳，都坐到京华大楼底下抗震。现在想想，1920年的楼，周围架着电车线电力线，坐楼底下抗震不是找死吗？

石斌一听，果然来了兴致，打开话匣谈起南城的各种典故，越聊越投机，越聊越近乎。我于是问他："哥，您干吗把餐馆开到站台上？那地方，不都开面包店吗？"

石斌想了想，没有正面回答。他讲起另外一件事。

一

我和小严住同一条胡同里。那胡同南北向，小严住北口，我家在南口。虽说是生活在首都，可一直到初中，我俩才真正接触到外国人。他们都是游客，从琉璃厂出来，顺着南新华街一步步走到南城。他们用拍立得给红领巾照相，啪啦一声蹦出一张白纸。老外指指白纸，又指指天，伸出五个手指头。当年，胡同里的孩子都没见过拍立得，觉着好玩，都围过来看，看那白纸上现出颜色现出人形。接着又啪啪一阵响，是居委会老太太在跺小脚。她们冲着孩子喊："他不是照你，是照你们身后的破烂，照那抗震棚呢！"

被老外照去街头巷尾的破烂，照去衣服上的补丁和露脚趾的球鞋，是不应该的。无故跟老外搭讪，就更不应该，万一泄露了国家机密呢？当年，人们就那么想。要是有谁说他想出国，就像他说想顺着手电筒的光柱上天，想踩着水里的月亮过无定河一样——准是喝多了！

小严上高中那年，发生过一件震惊胡同的大事——他们院阿臭的大姐跟一个法国人跑了。她是胡同里第一个走出国门的孩子。

阿臭有两个姐姐：大香和二香，一家人挤在一间低矮潮湿的南房里。阿臭出生那年，阿臭他爸借着胡同里兴建公厕的东风，把前院的茅房填了住进去。茅房里养大的孩子，可不就是阿臭嘛。

大香是胡同里最漂亮的女孩，初中毕业后当了护士。她在医院护理过那个法国人，就这么认识了。

法国人开着轿车，来胡同迎娶大香那天，整条胡同的人都去了北口，大人们站在台阶上看，小孩子都上了房。假如胡同也像京华大楼，是一条船的话，那天它就翻了。我没挤进去，后来听小严讲，法国男人长得老相，耷拉眼儿，还有点儿溜肩膀，心里难受了几天，很为大香惋惜。

那天黄昏，小严妈和一群婆娘来到南口的槐树下，这原本是她们到小树林里站桩，顶着钢精锅接收宇宙能量的时间。我听见她们在谈论大香：

"多新鲜呢，可着这条街，全都是老家庭，没出过这种走板的事！"

"准是被法国人骗了，被……"

"多好的黄花姑娘啊！多好的黄花姑娘啊！"

听那意思，好像胡同里出了一位失足青年。一位慈祥的老奶奶还落下泪来。

我高考那年，大香从法国回来了。她带回来一个混血的儿子，娘儿俩在家里住了一个月。那个月，胡同里的人目睹了阿臭一家惊人的变化。阿臭父母穿的外套都是进口的，毛料厚实。小严妈上去摸过一把，说不像咱们毛纺厂里织出来的，不扎手。二香扔掉毛窝，换上一双真皮靴子在院儿里走，飘着一股外国人才有的香味儿。阿臭也不含糊，带的随身听至少200块！

那个月，小严妈很忙，忙得没时间站桩也没时间顶锅了。她忙得连饭都顾不上了。我看见她站在槐树下讲演，说："这回算混阔了！抖起来了！您猜怎么着？以前吃窝头结的那层黑皮呀，全他妈褪光了，脑门上锃亮，茅房里蓬荜生辉！"

大香的回归让胡同又翻了一次。这回是真翻了，意义重大，影响深远。小严说他也要出国。他先是疯狂地追求二香，后来又疯狂地补习英语。我大学四年，什么时候遇见，小严都戴着耳机，头上插一根天线，像一个刚空降下来的美国大兵。小严说他的班主任移民去了加拿大，在那边开出租车，不少挣钱！大三那年，我和小严失去了联系。几年后，又悲喜交加地在德国大使馆门前重逢。

当年办出国，有点儿像你昨天跑在威尼斯汽车站时的样子，不知该上哪辆车，也不知车往哪里开，先上去再说吧。第一次去三里屯，我不知道德国大使馆在哪儿。问吧，朝阳群众瞪我一眼，像发现一个给使馆送情报的特务。自己找吧，怕探头探脑的，给警察捉了去。我发现使馆门前也有冷热也分亲疏：有的门可罗雀，有的热闹得像个集市。我专拣人多的地方扎，看到了许多粗糙的面孔，练摊儿的，干板爷的，待业的，都说自己是留学生。不像你们现在，留学的工作的劳务的，桥归桥路归路，规矩得很也方便得很。

有个三十多岁推着板儿车的胖子在人堆儿里走，见着人就问："您上当了？您也上当了？"又问："您汇钱了？您也汇钱了？"像念着咒语，又像是送去祝福。

一位红衣男子接住话茬，说他上周汇的钱。

"上周您还汇钱！"胖子尖叫起来，"上个月就传出消息：私立语言学校的通知书不能办签证了。骗子太多，政府出手了。万一那学校倒闭，您汇去的钱可就打水漂儿了！"

红衣男子一脸的不高兴，闭上眼不理他。

胖子摇头，脑袋转过来问我："您也上当了？"

我说我想去德国，还没找到门。

胖子朝前面一指，说门在那儿呢，那边规矩排队的就是。他看我一眼，突然大喊一声："您是谁呀？！"

他穿一件老头衫，有明显的眼袋，我不认识他。

"我是说，您的担保人是谁呀？"

我敷衍说是一同学。

"同学？！"胖子又喊起来，"同学不行！去德国不是花钱的事，您得有特别铁的关系。我再三强调，"胖子捏起三根手指，鸡啄米似的啄着空气，"必须要德国人担保！可德国人，嘿嘿，谁肯为您担保？我一个朋友，办英国办美国办澳大利亚，都他妈拒了，花了小

10万，一个殷实的家庭啊，就这么垮了！我也是借钱办的，要是真办出去了，也不怕还不上。可出国这种事儿，您不知道哪条路走得通啊。别人走得好好的，到您这儿喹喇给冒出一堵墙来。就像这私立语言学校，办的人太多了，就是个门洞儿，早晚也给挤塌了。我看您还年轻，上过大学吧？在国内混也不错呀，就别挤这烂门洞了！"

他推着板儿车过去，背后亮着一块圆圆的汗碱。汗碱一闪又变成了他的圆脸。他脸上现出顿悟后的惊喜。"真人不露相，我看您这人不一般，否则也不敢办德国。您看这样行不行？您有关系没语言，我外语好呀！我有语言没关系。如果您肯帮忙，请您的担保人给我写个担保。假的！我不要他花钱！等到了那边，我马上帮您找学校找工作找住房找老婆……"

我拱着手，退着走出去，听见他在身后喊："老外全都是假的，靠不住！您得有自己人！"

我有自己人，未婚妻晓彤早我一年出国。晓彤拿到德国签证那天，准丈母娘在燕京酒店办了两桌。她拍着胸脯对大伙说："晓彤站稳脚跟之后，先保石斌，再保我，然后保你，保你，还有你！"举座欢腾。那天，我们豪情万丈，我们势在必得。那天，我们都喝多了。

酒店的钢琴手是个斜眼，琴弹得不错。他弹了一曲《红河谷》："为什么不让她与你同去？为什么要把她留在村庄上？"弹得我心里酸酸的。

那时办签证还没有预约制，都在使馆门外彻夜排队。好几个夜晚，我凝视着那堵青灰色的高墙。墙内是号称世上最严谨、最讲秩序的老牌资本主义国家。墙外有一支久经考验的"小分队"。他们身披雨衣，头枕凉席，以坚韧不拔的毅力枕戈待旦。每个夜晚，"小分队"都选出一位"队长"，负责发号叫号，把中途溜回家睡觉的人除名。"队长"都是屡败屡战的老游击队员。

一场夜雨过后，大墙里万籁俱静，虫鸟都睡熟了。大墙外突然爆出口令：2 号、3 号、4 号、5 号……紧接着，一声声短促有力的"到"从墙角从树旁，从路边锁着的平板车上响起。于是，几个"墙影"活动了，蒙着雨衣的"巨石"在树下伸了个懒腰，而平板车上的一袋"土豆"也蠢蠢欲动，似乎要挣脱束缚，滚落下来。

熬了三晚，我成了"队长"。

天刚擦亮，晨练的来了，遛鸟的来了，老外又着腰从墙里面转出来了。他看见墙外躺着一个女"队员"，摇着头说："漂亮的女孩子，就躺在大街上。"

遇见小严时，他正被两个军人捉住盘问。军人问他刚才跟老外说过什么，小严说我排队送签，能说什么？军人又问其他"队员"，谁能担保他是排队送签的？"队员们"闭目养神，一言不发。我走过去为小严担保。

一位老军人板起脸，像猫见到了老鼠。"你担保？出了问题，他进不去，你也甭想进去！"我眼眶里发热，说："我担保，他姓严。夜里下过雨，您看他裤脚上还湿着。"老军人对小严说："别一看见外国人就往上凑，万一泄露国家机密呢？"又扫一眼墙角，皱下眉头，说，"跟他们交涉过，不会总让你们这么熬的。"

几年后，小严开了一家移民公司。他经常在报刊上发表文章，标题大多是"德国人一年休假一百八十天""有钱的德国就是豪"之类。每看见这类"报道"，我都小心地剪下来，扔进纸篓里。假如世界上真有那种地方，我也想去看看。大家都叫他"德吹小严"。

那天，女"队员"第一个走进使馆，也第一个红着眼从里面出来——她被拒签了。签证官也不说拒签的理由，于是大家乱猜。有的猜她单身又漂亮，有移民倾向。马上有人反驳，说那是美国人编出来的拒签理由。有的猜她撞到老詹的枪口，那家伙正在闹更年期，干什么都反着。要是遇见年轻帅气的穆勒，兴许就签了。就又有人问："要是不送材料送一沓白纸进去，老詹会不会就给签了？"

小严说，是因为日子不对，星期一！签证官大概在周末多喝了几杯，这会儿还晕着。他举例说，星期一去医院做手术，事故率还高于往日呢。

这种讨论很难得出一个结果，却把我的思想搞乱了。我裹紧潮湿的外衣，朝大墙里面望去，感觉那里面不办签证，而是聚众赌博：百家乐、押大小点、俄罗斯轮盘赌……结果很难预料。

多年以后，我为一位亲戚担保。担保书寄到国内，很快收到一通来自移民局的电话。对方核实过我的身份之后，严肃地提了一串问题："您认识他吗？在哪儿认识的？怎么认识？他那时说过些什么没有……"

我说："他是我大爷！"

对方一愣，很快又恢复了常态，一字一句地提醒我："您肯为他支付一切费用，并承担一切责任吗？"他把"一切"说得很重，重复了两遍。

当年难，经济是一关。

二

下一关，是父亲。当年，因私出国先要注销户口，父亲说不行。户口是一件大事，它挡了父亲大半辈子。

20世纪50年代，父亲响应号召去了重庆。此后，他用二十年的人生见证了一次次艰难的户口迁徙：从重庆到西安，从西安到保定，从保定到大兴，最后回到北京。上一辈人中，父亲走过最远的路，经历过最多的漂泊。

我童年时，干过一件窘事：忘记了父亲的模样。一个寒冷的冬天的早晨，外面有人敲门，母亲打开门，随后欢喜地叫了一声，转过身喊我："快看看谁回来了！"

一个高大的男人已经站到屋子中央。他弯下腰，凑近床边专注地看我，眼里全是笑。他脸颊消瘦，高鼻梁，戴一顶高耸的毡帽儿，很像电影《列宁在十月》里的瓦西里叔叔。后来，院里的小孩儿也都这样叫他。

母亲说："快叫人！"老北京的教育是：有客人来，小孩子必须马上叫人，否则就不礼貌。我叫了一声："叔叔！"男人直起腰，开怀大笑，笑声透过窗纸，在四合院上空盘旋荡漾。

笑声惊醒了隔壁睡回笼觉儿的郭大大。他连续两个夜晚在商店门外排队拿号，只为买到一个心仪已久的多用柜。

笑声打断了北屋蔡工的冥想。昨晚他与东屋的刘大爷、西屋的李老师还有前院儿的大熊玩升级（一种扑克牌游戏），他抓着两个鬼和五张主牌，竟没能抠底。

笑声制止了东屋的一鸣叔叔。他那时正抡起巴掌，准备给屡次尿床的儿子终生难忘的一击。

全院人都听到了父亲的笑声。

在北京南城那间冬天结满冰花、夏天热得关不住门的、逼仄的平房里，有父亲陪伴的日子多已模糊不清，唯有他令人惊喜的归来和匆匆的离去，深深印刻在我的童年。

父亲的离去总是匆匆的。每当母亲花1块钱买来带皮的肥肉（那种肉不写副食本），炒成两大罐炸酱，我就知道，父亲要走了。母亲从铁皮桶里挖出几块饼干给我。饼干是父亲从外地买的，与北京的饼干很不一样，有的像球，有的像草棍。不甜，咸的。我稍一分心，父亲就走了。我追到院外，看见一个高大的背影正走在北京秋天的风里，冬天的雪里。母亲从背后抱住我，说："快喊，爸爸再见！"

长大一些，我可以去北京站送父亲了。晨曦中的北京站半壁金黄，半壁青灰。发车前，父亲的同事，一个叫陆俊的叔叔从车窗探出头来，挤眉弄眼地逗我，说："笑一个，笑一个。"我还是第一次看见大人在光天化日之下出怪样儿。熹微的晨光把他的脸颊切成两半，半边金黄，半边青灰。他哪里是陆俊，分明是露丑。

父亲还是那样专注地看着我，眼里没有了笑。我看着绿皮火车载着我的父亲在晨曦中消失。老北京的建筑里，我最恨的就是北京站！

父亲调回北京那年，我走了。我去兰州上大学，然后一路向西，去德国自费留学。

我说："妈，小柜子的钥匙在哪儿？我要户口本。"

母亲说："在你爸那儿。"

父亲把钥匙藏起来了。以前，都是母亲藏东西。她藏饼干藏糖块儿，有时也藏粮票布票工业券。她还几元几角地藏钱。父亲就笑母亲，说屁大的地方，能藏住什么？母亲也不示弱，说谁家的屁股这么大？十二平米！

父亲也开始藏东西，事情就有点儿复杂了。

我说："录取通知书快要到期了。"

父亲说："你们这一代，就算不出国，也比我们过得好！"

我说："工作都辞了，不出国我干啥？"

战争爆发了。我和父亲有过几次交锋，都发生在我人生的转折点。每一次，都是父亲失败。他眼看着我拿走钥匙，眼看着我打开柜子取出户口本，叹口气说："没想到，这孩子走得比我还远！"

父亲说："讲个故事吧。"

父亲说，他十二岁那年，饭量突然间变得很大。爷爷喂不饱他，就搂着他去销户口。都说"半大小子，吃死老子"，可那些年兵荒马乱，谁能吃饱？一会儿伤兵来了，一会儿又把大炮架到天坛的城墙上，说要打仗。爷爷的茅草房离城墙很近，就在屋里挖出一个深坑，埋一口大缸进去，想万一打起仗来，一家人都钻进缸里躲炮弹。

我听得心不在焉，问父亲："销了户口，就可以敞开吃吗？"父亲气笑了，站起身说："走吧。"

父亲要陪我一起去。他带我走了不少冤枉路。派出所在北边，父亲一出门就往南，多走了两条街，好几条胡同。我说："爸，您绕晕了吧？"父亲在一家饭馆门前站下。饭馆的门敞开着，没有门槛儿，穿着拖鞋就能蹚进去。南城的小巷里经常有这样的饭馆，都是早年的抗震棚改建的。饭馆外墙上画着一个巨大的"拆"字，又在那"拆"字上面打了个叉，不知是该拆还是不能拆。父亲站在一个"拆"字前面看着我。我忽然明白了，一路上走过的胡同里，有我上过的小学、泡过的澡堂、捉过的迷藏、玩过的骑马打仗。再回来，它们就都不在了。父亲松开攥了一路的户口本，目光怆然地望向远处。

我说："爸，不就一户口吗。"

父亲摆手，说："你不懂！"

<h2 style="text-align:center">三</h2>

来到德国，刚在未婚妻晓彤租的公寓里坐下，电话就追了过来。我那时还想，德国就是好，家家有电话。建房时把插口砌在墙里，接上就能打。不像在北京，装电话还是一件难事，要请师傅吃饭，要帮着拉皮线。要是哪天风大吹断了皮线，还要再请一顿。

公寓不大，却墙上有壁纸，脚下有毛毯，家具是古典的，一切都与我过去的人生迥然不同。我好奇地这儿走走，那儿看看，忽然听晓彤低声说："他来了。"她用德语说的，说完还看了我一眼。我虽然背对着她，却感受到了她的目光。

一年多的分离过去了，第一顿饭我吃得小心翼翼。晓彤看着我吃，伤心地问："不好吃吗？不多吃一点儿吗？"可我就是吃不下。刷牙时，晓彤从背后抱住我，两条光滑的手臂顺着胸口往下滑，我触电般浑身战栗。

那一晚，床上亮着月光（晓彤睡觉时不挂窗帘，这也是我没有想到的）。晓彤偎在我怀里均匀地呼吸，小小的卧室里充满年轻女人的体香。我从噩梦中醒来，望着窗外，再也睡不着。

第二天，第三天，第四天，那个电话就像教堂的钟声，到点就来。晓彤说，他是我的担保人，一位国际友人。他喜爱中国文化。我那时不知道，他还喜爱中国女人。那些天，天空是青灰色的，飘着细雨。每个游子心中都有一个德国印象。我心中的德国是青灰色的，永远细雨蒙蒙。

晓彤带我去市政厅登记、去医院做体检、在大学注册、到银行开户。她还带我去过一次跳蚤市场，在古城堡下面的广场上。她挽着我从这边走到那边，耐心地与摊主还价，一马克半个马克地买下一件能穿的衣服。她身上的衣服都是从那个广场上买的。她教会我分辨，哪一家是卖自家衣服的本地人，哪一家又是专门干这行的"跳蚤王"。她说"跳蚤王"的衣服不能买，因为那衣服都是从垃圾堆里捡的，特别脏。

她说，在德国要学会自己拿主意。

她说，在学会自己拿主意之前，要先学会分辨。

第二周，我开始在大学上课。第三周，我找到了一份工作，在一家中餐馆刷盘子。

第四周，我一觉醒来，发现身边空了，屋里满是玉米鸡的甜香，椅子上叠着一件羽绒衣、一件羊绒衫，都是新的，挂着新衣服的标签。看一眼标签，我心里哆嗦一下。

桌上压着一封信，是晓彤写的。以后的岁月里，我把那封信读过无数遍，以至于信上的每一个字，我都能背诵下来。

晓彤在信中说，亲爱的，当你读到这封信时，我已经不在这座城市了。还记得燕京酒店的那次聚会吗？那时，我们豪情万丈，我们势在必得。来到德国，我拼命打工。我在鞋店打扫卫生，我给老人做家务，我在工厂站流水线……我干了半年，盼着能尽快攒够你出国的担保金。

我是突然发病的，昏倒在工厂流水线的一刻，我还在想你。昏迷了一天之后，我在医院苏醒过来，身上没有一块骨头不疼。刚能坐起来，我就想借医院的电话给雇主打电话。我做着几份工，不能都给人家撂了，否则就没人敢雇用我了。医生急了，说："你不要命了！"

就在那天，我收到你的来信。你说你辞职了，在办护照。我知道你没有退路了，我也没有退路了，我必须尽快去挣钱。趁着医生和护士们不在，我从病房里出来，一步一步往前面挪，每挪动一步，身体里就有一种撕裂的疼痛。我想挪到医院底层的咖啡馆，我知道那里有一部电话。

刚挪到电梯口，就听护士在身后喊："您去哪里？回来！"我两眼一黑，扑倒在电梯门前……

我们都太天真了，在别人的国度，没有什么叫势在必得！

你终于来了。我不知道，对于你这意味着什么，前途似锦？还是一生漂泊？可有一点，我们都不会后悔：为了梦想，我们付出了一腔热血。我们真心爱过，在我们年轻的时候！

亲爱的，不要怨我。为了今天，我把浑身的力气都用完了，本想与你共度我们的地老天荒，可是现在，不行了。

亲爱的，我预付了半年的房租。未来的路你要自己走。我知道你行！过冬的衣服叠在椅子上，天就要凉了。你送我的丝巾，我会一直戴着！

写到这里，我忽然想起你曾经在信里说过的话。那时，每到信的结尾，你都这么写：

> 快快给我回信吧，好让我的心灵听见你。
>
> 用罂粟花调成的饮料装满它，迷醉它吧，

你只消写上最温情的话，亲吻它，

好让我在千里万里之外也能触上

你的嘴唇！

多想再听你说这样的话，吻你！

不要找我，也不要想我，就当我从未来过。

晓彤走后，我活得像一个孤岛，像一片荒漠。我上课、打工、考试。我没有回国，因为我无法面对父亲，也无法向他解释国外发生的一切。我在心里数着每一个冬天，计算着每一门未完成的考试。整整八年，我毕业了，找到了工作，终于可以回国探亲了。

四

回国前，我读到德媒不无醋意的报道："世界上最大的建筑工地都集中在中国，我们（德国）去晚了！"回国一看，果然如此。到处是工地，到处都在搞建设。许多胡同不见了，代之以坚硬的新建筑。新建筑大气磅礴，只是外表过于雷同，看哪儿都一样，到哪儿都转向。建设的热情深入民间，家家搞装修，户户封阳台。楼道里停着崭新的防盗门，墙上贴着开锁王的广告。

父亲搬进了楼房，住在二十一层。窗外，商场酒肆，霓虹灯闪烁，彻夜不息。初中那年，我曾爬到一四七中学的楼顶（它只有四层楼高），掰着手指就能数遍南城的大小街巷。如今，对窗外的世界，我一无所知。

父亲老了，显得比同龄人更为苍老。我知道自己苦了八年，没有想到八年的时间，父亲经历了双倍的衰老。

那些天，我倒时差，父亲起夜，父子俩就经常深夜里交谈。父亲的茶几上摆着一碟绿豆糕，稻香村的，一碟老北京的炸咯吱。他就爱这一口儿。

父亲说，晓彤家也拆迁了，也搬进了楼房，刚好在对面。父亲在楼下花园里散步，遇见过晓彤的母亲。她问起过我，说晓彤……她离婚了。

我没吱声。父亲拿起一块绿豆糕举着，说："有些事，你也该考虑了。"

那时，我已经认识了小雪，小严介绍的。小雪年轻漂亮，还是一位女企业家。

海外华人的交友渠道非常有限。找德国人总感觉隔着点儿什么，找中国人更不容易，转来转去就那些人、那些资源。华人的小环境也受德国的大环境影响。中世纪时，德国分裂成上千个小邦国，过惯了小国寡民的日子，如今也都各扫门前雪。除去不多的几个节日、不多的几位朋友，社交圈大多停留在养猫、遛狗、玩耗子上。这种冷和宅的日子过久了，冷不丁弄出一个热闹反倒容易出事。波恩在五月节放个焰火，火车能堵到四十公里外的科隆。都凌晨四点了，还有一群回不去家的女孩子光着大腿，坐在站台上喝酒。

在这种冷和宅的地方，突然冒出个年轻貌美的女企业家，就像天上掉下个林妹妹，教我如何不喜欢？

因为是小严介绍的，我有点儿不以为然。"德吹小严"的那张嘴，怎么说呢，他说十句话，你信了一句，都难免会上当。换在旧社会，他一准是个不错的媒婆。我听老辈人讲过媒婆说亲的故事，越听越觉着像小严。

媒婆说："这闺女漂亮，可就是眼下无人。"您以为女孩性情孤傲，看不起人。娶回家一看，是个塌鼻梁。

媒婆说："这闺女性情温顺，就是四邻不和。"您以为邻里刁钻，换个地方也许就和睦了。娶回家一看，她眼睛生在额角上，把耳朵挤去了下边。除了鼻子还在中间，其他都待在不该待的地方，四邻不和！

　　小严了解我，很快发来几张照片。我暗自吃惊，从此不敢怠慢。见面前的一周，我像一个刚入职的市场调研员，四处踩点试吃：德国的脆皮猪肘，意大利的墨鱼面，土耳其烤羊肉串儿，希腊的海鲜沙拉……最后选中一家山顶的牛排店，一栋半木式建筑，墙上贴满了老照片，很有年代感。窗外，牛羊在坡上吃草，野驴在山涧打鸣。可小雪不看牛羊也不听野驴，她甚至不跟我说话，只专心对付盘子里的牛排。

　　我觉得没戏了，不想小严来电，说女方对我满意，想再约一次。我说她总共看了我两眼，说过三句话，有两句还是寒暄（开头一句，结尾一句），怎么说对我满意？

　　小严说："人家是冷美人，又小你那么多。老哥您就主动点儿吧。"

　　第二次见面约在个酒窖里，也是一家百年老店，仅窖藏的苹果酒就有一百多种。我想，上天入地都试过了，再不行就是天意。那一回，我们交换了一些个人信息。小雪在城里开着一家服装店，手工定制的。德国的人工贵，可德国人也有自己的老字号，新品牌想打进来并不容易。这些年，小雪做得艰难。我听她这么讲，也把自己走麦城的经历拿出来说事，说得小雪笑过两次。

　　小雪还真是个冷美人。她冷着脸时，就像德国的天空——铁打的青灰色。她一旦笑起来，就是德国雨后初霁的天空，有一种说不出的明艳和妩媚——一种动人心魄的妩媚！

　　那天，我费尽心思逗她开心。我说："你不该叫小雪，应该叫钟摆。"

　　她说："名字是我爸取的，你凭什么乱讲？"

　　我说："就凭上次见面，你的做派。"

　　小雪仰起脸想想，问："我那天啥做派？"

　　我说："你知道波兰诗人赫贝特吗？他在一首诗里写道：'她像钟

摆一样耐心地走，忍受着某场会见的痛苦'。"

小雪扑哧一下笑了，举起拳头打我。我看见一个小粉团迎面飞来，也不躲，真想被她打一下，打个金光灿烂才好呢！她见我不躲，拳头停在半空，脸倒先红了。我感觉一种奇妙的东西倏地钻进了我的身体，心里狂跳不止。我以为，自从晓彤走后，我荒漠的身体里再也不会有那种奇妙的东西了。

小雪抬起头，盈盈地看着我，问："你真的想结婚？"

我说真的想。

她不信，又问了一句。我大声说："我愿意！"吓得周围的几桌都朝这边看。

跑堂是个机灵的南欧小子，梳着卷曲的黑发。那天晚上，除了我，最激动的大概就是他了。他主动给小雪添酒，添了八回不止。后来我问他："这酒都是送的？"这会儿，他又小跑着过来，问：是不是汤凉了？酒淡了？肉煎得太硬了？毕竟是五星级酒庄，服务必须到位。

小雪盯着我看了一会儿，那是她第一次用正眼看我，然后淡淡一笑，说了句特别奇怪的话。她说她有一个闺蜜，想结婚，给钱的那种。还说："你看她有多怪，为啥要贴上钱，把自己弄成个二婚？"

我说："她也许有苦衷。"

小雪说："我俩是最亲最亲的闺蜜。"

我说："在挑起过两次世界大战的地方弄这事儿，不是作死吗！你最好劝劝她。"

小雪垂下头，不再说话。

我问："苹果酒好喝吗？"

小雪点头。

我说我去找朋友，想个法子。我能找谁？只有小严。

小雪又摇头。

我只好说:"冰激凌凉了。"

小雪抬起头,满脸都是泪水。

我心想,这回是真凉了!

见过小雪之后,我回国探亲。再回到德国,小严差点儿把我的手机打爆,劈头就一句骂:"你丫死哪儿去了!"

我问他出了什么事。

他说:"出了什么事?我真想一脚把你踢死!你的事,我以后再不管了!"

我说:"这都是哪儿跟哪儿呀?怎么了?"

小严说:"怎么了?你小子交桃花运了,小雪要嫁给你!"

五

父亲说:"你不了解她的身世背景,最好观察一段再做决定。"

我说她的背景很简单:几年前来德国开服装店,如今公司破产了,想找个人结婚,两个人帮衬着过日子。

父亲说:"结婚是一件大事,找时间回趟国,看看对方的父母,两家人走动走动。"

我说:"您是不是嫌她的公司刚破产,怕沾上晦气?破产在德国有的是,对个人生活没什么影响。该吃吃,该喝喝。只是处理善后的事情麻烦一些,一年之内走不开。一年过后,我们一起回国看望两家老人。"

听我这么讲,父亲在电话那边叹气,没再说什么。

结婚前,小雪教我多准备喜酒。我问她娘家能来多少人,她说保密。结婚那天,她一个人来了。我问她,娘家人呢,小雪说,婆家人不也没来吗?当年还没有 APS 签证,亲友团确实来不了。

小雪几乎没怎么吃菜,只跟我拼酒。没错,是拼酒!啤酒红酒威士忌，轮着来。后来，我无数次回想起那个夜晚，又觉得不像拼酒。拼酒你总得找个人拼吧？可小雪只跟自己拼。没错，她是拼自己。我那时也没多想。我真的太喜欢她了。我只想，冷美人也有豪爽的一面。

小雪很快就醉了，吐了几次，把新衣服全弄脏了。我怕她受凉，把她抱到床上褪去衣物。小雪四肢舒展着躺着，一动不动就像个祭品。她浑身亮晶晶的，不知是酒还是汗。我用干毛巾给她擦身，小心得像呵护一件稀世珍宝，换了两条毛巾才把她全擦干净。说实话，我那时心里甭提多感激小严了。

后来的两个月，小雪还是那样，像一个祭品，任人摆布。我从未经历过如此无趣的男女之事，总觉得自己不像个新郎，倒像个乘人之危的罪犯。过日子，不能总这么晕晕乎乎的。

我打电话质问小严。小严这才吞吐着告诉我，小雪有男朋友，也在德国。我说你怎么不早说，小严说，他俩早分手了。

我想发火，可一看见小雪美丽的眼睛，又不忍心。人家又没犯错，也没占我什么便宜。小雪婚后就出去工作，吃的用的都是她买回来的。我只负担房租水电，工资里剩下的，她都单独替我存着。

可我心里就是憋屈，无处发泄，就找碴儿跟周围的人吵架，跟清洁工都吵过了。领导和同事们都很震惊，说你一经理，整天跟清洁工较什么劲儿？也有人说："石斌这小子伪装了几年，如今才露出狐狸尾巴——也是个见着尿人就压不住火的混蛋！"

我知道再这样下去，我非发疯不可。你想，让猫整天守着一条鲜鱼睡，又不能好好吃，那猫心里能好受吗？我向领导请求，别让我坐办公室了，我得出去走走。领导正巴不得放人，我就从办公室经理，转行做了外勤导游。

导游有导游的好，一出去十天半个月，眼不见心不乱。客人里也有调皮捣蛋的，可她不总跟着你呀，一下团就拜拜了。这么干了小半年，日子过得飞快，变故却一夜间降临，导火索是一次公务团的投诉。

我那天穿得像红绿灯（干导游这行，着装一定要醒目，让客人一眼就能把你认出来），正领着一个购物团，在法兰克福采尔大街上扫货，突然接到公司的电话，说科隆有个公务团投诉翻译水平太差，让我赶紧去救火，我的团另有人接。我感到事态严重，否则公司不会拆一个团补另一个团。我做过翻译，知道穿成红绿灯不行，要穿正装。那天晚上，我在酒店与新来的导游交接完工作，匆忙赶回家取西服。

到家都下半夜了，我想小雪已经睡了，就在门外把鞋脱了，光着脚进屋。我没有开灯，因为西服就挂在门厅的架子上。摸到西服，我忽然听到一声啜泣，声音很低，像是从门外传来的。我看看门关着，以为自己耳朵出了毛病，手停在空中几秒。月光把门厅和里面的客厅照得很亮，地板、沙发、电视，到处都很干净。小雪就这点好，爱干净，还会做饭。每次下团回来，都有热饭热菜。

我抓起西服，刚要出门，忽听又是一声啜泣。这回，我确定声音来自卧室，是小雪的声音，不由得心头一紧。卧室的门半开着，里面闪动着荧光。我蹑脚来到近旁，见小雪穿着内衣趴在床上，正抱着一个笔记本电脑啜泣。电脑屏幕上晃动着一张男人的脸，床上滚着一个圆圆的包裹。

事后，小严一再诅咒发誓，说他事先绝不知情。情况是这样的，服装店是小雪与那个男人，她的未婚夫联手开创的，因为没有盈利，没有达到当初提交的商业规划，两人在延签时遇到了麻烦。其实，那时还有办法解决。错的是，小雪的未婚夫病急乱投医，从国内借来一笔钱打入公司账户冒充营业额。德国人不傻，您细水长流地做生意，电脑里存着三五千个客户，每笔赚 200、300 欧元，德国人信。您三年不开张，到年底突然汇进来 10 万欧元，说是一笔买卖赚的，德国人打死也不信。

上边来人一查，小两口慌了，几年来负债太多，回国怕也还不上，不如留下来打工还债。可怎么留下来呢？未婚夫找到机会，潜去北德打黑工，挣到的钱一半给小雪办身份，另一半用来还债。谁知，我想来真的，小雪又没有时间等了……

我猛然想起那次约会，小雪说过的话。

我说，你早说呀！

小严说，他起初也蒙在鼓里，半年前因为我质问他，才动用关系，慢慢把事情摸清楚。小严说，他只比我早知道两个月。

我说好，你骗了我两个月。咱俩可是发小儿！提到发小儿，我眼圈红了。

小严叹气，说，我看你那么喜欢她，日子又过得甜蜜……不是说，宁拆十座庙，不拆一桩婚吗？

我说，呸！

那天晚上，我抖开床上的包裹，里面全是男式服装：衬衫、长裤、马甲，小雪亲手缝制的，都不是我的号码。抚摸着一针一线，还有那颗代表商标的红心，我心都碎了。我俩夫妻一场，她从未对我有过这种情义。我抓过包裹皮上的地址，咬牙切齿地往外走。我要去找那个男人！我要去……

起初，小雪还紧着身子，一副任凭发落的样子。抖开包裹的一刻，小雪脸上抽搐了一下，仿佛那包裹皮上布满着她的神经。后来，看见我抓着包裹皮往外走，她才猛然醒悟过来，凄厉地叫了一声，扑过来抱住我的胳膊，两只手死扣住我。

我说："你放开，这不关你事。"

小雪哀号着说："你不能，不能……"

我说："我为什么不能？我不是耶稣基督，不是圣马丁！"

小雪的整个身子都挂在我手臂上。她的整个身子在我手臂上颤抖，像一只受到惊吓的小白兔。

我吐一口气，说："不去可以，我问你一个问题，你把头抬起来回答我。"

小雪抬起头，泪水在漂亮的脸上奔流。我心软了，说："你既然想拿身份，咱们去荷兰办、去丹麦办呀，干吗偏要在德国干这种事儿！你们这么干，不是存心耽误我吗？我也三十多岁的人了！"

听我这么讲，小雪不哭了，身体颤抖着，手指头上的力度却丝毫没有减弱。

我看一眼满床的衣物，想起晓彤给我买的羽绒服和羊绒衫，我还一直留着。小雪，她不就是昨天的晓彤吗？这样一想，满腔的愤怒瞬间变成了彻骨的痛。

我叹口气，说："我今晚还要上团，你收拾一下，过两天也走吧，钥匙就扔信箱里。咱俩夫妻一场，我送佛上西天，帮人帮到底。"

又说："不为别的，我见不得你受苦！"

我怕我改主意，丢下包裹皮，抓起西服就往外走。小雪哇一声哭出来，从后面追着扑倒在地，两条光腿在地板上滑出去七八米才抓到我。结婚半年，她从未那么紧抱过我。我赶忙俯下身，抱起她的双腿。借着月光，我看见她膝盖上有无数条新鲜的划痕。我托起她的膝盖，把嘴唇贴在划痕上面。

小雪钩住我，疯狂地吻我。那时我还幻想，以为她心里有我，以为她会留下来跟我过日子，就说："要来，今晚你来真的！"说实话，如果没有那一晚，我后来能憋屈死。

那天晚上，小雪的指甲在我背上刮出两道又深又长的血槽，让那种痛一直陪伴了我后来的几个月时间。我也在她的肩胛、脖子上留下了抹不去的瘀红。涕血交流的一刻，小雪扑在我怀里大喊了几声那个男人的名字。我的心彻底凉了。

与小雪离婚后，我回国看望父亲。父子相对，沉默无语。我想说小雪，父亲用手掌一挡，说都过去了。我发现父亲的手臂变得异常消瘦，人也变得异常消瘦。我说："您怎么瘦成这样？"父亲说："孩子，你要漂到哪儿才能进站呀！"

父亲伸手拽我的行李，却差一点儿被行李拽着跌倒。我说："爸，您弄不动，我来吧。"说完这话，我落泪了。从大学到出国，每一次远行，都是父亲为我打好行李，再把它扛到车站。

回到德国，我长久地坐在莱茵河桥下，听桥上传来钢铁的轰鸣，暗自下了决心：不能总这么漂着，该进站了。只要她不嫌德国冷，愿意跟我过日子，就行！

这一回，小严真的帮了我。小严的生意做大了，别人都喊他"严总"。严总与一家交友网站合作，共同开发海外移民业务。严总说，移民业务有向交友网站发展的趋势。这是个金矿！

小严把我包装成网站的 VIP 客户，置顶了几张修过的照片。IT 专家果然名不虚传，比美容师强多了，咔咔几下就从我脸上剪去了十年的岁月，人还一点儿没受伤。小严向我保证，优先把合适的人选发送给我。他没有食言，网站每天都提醒我看大量的人事档案，黄发垂髫，无所不包。我忙得像一个上市公司的人力资源部经理，废寝忘食。那段时间，我时常深夜被手机的铃声惊醒，邮箱里拥堵不堪。在遭遇过无数次木马攻击、更换过无数次密码、重置过无数次电脑之后，我决定离开这个令我心力交瘁的网站。在我点击注销前的一瞬，突然有个女子提出与我视频，我说对不起，我撤了。

她只回了一句："是你吗？"

我一惊，是晓彤！

晓彤胖了，有了一种拿事的沉稳。我一眼就认出她脖子上的丝巾，十三年了，她还戴着。

我问："真的是你？"

晓彤说："真的是我！"

我鼻子一酸，说："你买的羽绒服，我还留着呢。"

晓彤笑着点头。

我说:"还有你的信,我也留着。"

晓彤嘴唇一动,像水面泛起的波纹,很快又归于平静。

我问:"你还是一个人?"

她使劲地点头。

我说:"我也是。当年,你怎么说走就走了?"

她咬住嘴唇,瞪大了眼睛看我。

我说:"我到处找你。"

她捂住嘴,瞪大了眼睛看我。

我说:"有人说你去了美国。你干吗走那么远呀?"

她哇的一声,泪珠落下来,说:"我一直在这里,在这里看着你!"

我心头一动,刚要说话,屏幕里闯进一张孩子的脸,是个漂亮的混血儿。他眨着眼看我。晓彤一惊,拍着孩子的额头说:"西蒙,你怎么不睡觉?"

都感觉到了尴尬,我强笑着,问:"西蒙,告诉叔叔,你今年多大了?"

西蒙看看我,看看晓彤,低头说:"十二岁。"

十二岁!我头晕得抓不住鼠标,只感觉当年的分手、"国际友人"、西蒙,都在一个时间点上打转转。

像是下了很大的决心,晓彤对西蒙说:"西蒙,快回去睡觉。记住,你是妈妈的宝,妈妈与你相依为命!快去吧!"

晓彤说这些话时,西蒙也不看她,他只盯着屏幕看我。我心头一震。

画面模糊了,看不见人影。我问,你干吗?晓彤说擦一下镜头。

我说:"你以为,我不再来了?"

晓彤点头,又滚下泪来。

六

听我讲完，父亲问我如何打算。我一时语塞。晓彤，她还带着别人的孩子！父亲也不追问，只在电话那头静静地等。

我说我心里很乱。父亲叹口气，说："你再想想，一周后告诉我。"

一周后就是春天了。天暖了雪化了，再上网时，晓彤却不见了。我找小严帮忙，小严记下晓彤的网名，一口气发来八个女人的联系方式。我问怎么会这么多，小严说："差不多的网名有的是。网络嘛，有不说真话的，有不挂照片的，也有不写年龄让你猜的。如果你不想错过，就得花一点时间鉴别。"

我只好一一鉴别。年龄最大的六十八岁，最小的十八岁，都不是。

我问："十八岁？高中毕业了吗？"

她说："毕业了，没考上大学。闲着也是闲着。"

再找到小严，他说晓彤有可能退网了。我问，她为什么退网？

小严想想，说："也许，她找到对象了吧？"

转眼到了五月节，市政府在莱茵河谷举办露天音乐会，晚上还有焰火。晚上，老城区、地铁里、火车站上，到处拥挤着来自周围城市的热情观众。女孩子头戴红光闪闪的"牛犄角"，小伙子挥舞着荧光棒。我喜欢这种久违的拥挤、喧嚣，和热闹场面。

对面站台上有一个熟悉的身影，她站在一群兴奋的年轻人中间显得格格不入。仔细看，竟然是晓彤！我隔着铁轨喊她，拔腿跑去对面站台找她。穿越通道时，我撞到很多人，身后骂声不断。赶到对面站台，远远望见晓彤走进车厢，眼看着那节车厢离我远去。

6月，欧洲杯开踢了，满大街都是为德国队加油喝彩的球迷。电视机支在路边，树上扯着彩旗。餐馆老板和跑堂身穿德国队的球衣，挂着黄喇叭，脸上涂满油彩，败兵似的走来走去。有天下午，我在街头看了半场球赛，为两支来历不明的球队助了一会儿威，骂了一会儿娘，喝了几杯啤酒，想起小严请我去他家吃饭的事。

小严的别墅位于城乡接合处。这座城原本不大，城乡接合处其实离市中心不过十五公里。小严在花园支起烤肉架，摆好两张长桌，围坐着二十几位客人，这边喊他"严总"，那边喊他"维克多·严"。我不知道小严怎么就成了"维克多·严"，本想问他，见他这边那边忙得分不开身，也就算了。

烤肉师傅是个快乐的非洲汉子。他一边把滴着酱汁、分量十足的肉排往女士盘子里塞，一边念叨着："吃吧吃吧，宝贝！"我觉得，他应该为那天晚上的食物浪费现象负责。

我对面坐着一高一矮两位女生。高个女生问我，也是严总的客户？我说是严总的朋友，她小嘴一撇，侧过脸跟矮个女生说话。她俩说到保险，说到公司里的人和事。矮个女生抱怨说，原以为毕业以后日子能过得有趣一些，谁想更没意思，不过是多上了几份保险，干着一份不死不活的工作，过着一眼望穿到底的日子，没劲！

她俩那些看似牢骚、实则炫耀的谈话令我很不舒适。好在她们也说过几件有趣的事情。就着那些趣事，我疙疙瘩瘩吃下了一大块牛排。

高个女生说，公司每到下班时最有趣：德国同事站起来就走人，到处是桌子椅子乱响。中国同事却都盯着电脑发呆，一个个像枯井无波的老僧。他们号称天天"加班"，可到月底，业绩没见涨，用电量稳步增长。

我忍不住笑出声来。高个女生见状，问我认识严总多久了，她还说严总很出名，半个城的华人都说自己是严总的朋友。

她说话时的语气伤到了我，我说："我和严总是发小儿。"

高个女生一听，马上变了脸，眼里放出光来，说："听说严总的公司要在'达个死'上市，您能买到原始股吗？"

我说我不懂股票。

高个女生说："投机您总该懂吧？投资机会！"

小严把脸喝得像只煮熟了的猪肝，走过来与我碰杯，说："照顾不周，看把你饿的。"

我说："吃饱了，牛排的味道不错。"

小严转过头，对高个女生说："上次跟你说过……"

那边一个金发女喊："维克多！"

"严总的德国客户？"高个女生问。

"过去一同事，刚办好去加拿大移民。今晚也是为了给她送行。"

我想起十几年前，在酒店为晓彤送行时的情景，叹出一口气来。

小严举起食指在空中比画，像一个乐队的指挥。"上次跟你说过一位高端人士，翻译系高才生，同声传译，就是……他！"

我随着小严的食指左顾右看，被他揪住衣领一把扭过头来。

高个女生冲我抿嘴一笑，说："失敬失敬，原来是您！"又说，"您做同声传译？"

我说："马马虎虎。"

"将来有什么不懂，免不得向您请教。"

"严总的话你可不能全信！"

高个女生凑过来。"关于那股票……"

天色暗淡下去。小严拍了拍巴掌，别墅朝向花园一侧的窗户就都亮了，落地门唰地打开，走出两位袅袅婷婷的少女。她们手捧托盘，款款来到桌前。一位少女托着酒杯，酒体在杯中星星点点地闪烁。另一位托着三瓶红葡萄酒。我看见她们眉心上都有一粒暗红的朱砂。小严接过葡萄酒，一瓶瓶打开，插进酒桶里。

这才发现，早有三只酒桶立在周围，都半米多高，用光滑的白绸布包裹得花团锦簇。酒桶顶部有一个凹槽，里面装满樱桃大小的冰块。小严又一击掌，三只酒桶就都亮起来，从里面飘出来歌声。原来它不仅是酒桶，也是地灯也是音箱。小严把酒桶调成玫瑰的暗红，照得高个女生一脸妩媚。

男人和女人对光线的感觉是不一样的。光线越暗，女人们的嘴巴就越活跃，男人们的嗓音就越低沉。倾听男人们的谈话，会让你不知不觉进入梦乡。倒是女人们的笑声越发嘹亮，它是夏夜里的清风，是来自远方的、久违的问候，拨动你记忆的心弦。

金发女敲敲桌角，说都别睡了。她要给大家放一段视频，是一位中国朋友刚发来的。她举起手机，里面传出一个女人的歌声：

> 有人说你就要离开村庄
> 要离开热爱你的姑娘
> 为什么不带她与你同去
> 为什么把她留在村庄上……

金发女问："维克多，她唱的什么？"

小严正要回答，我走过去，盯着金发女，问："我能跟你的中国朋友说一句话吗？"

金发女吓一跳，她看看小严。小严看看我，冲金发女点点头。

手机屏幕上出现了一张女人的脸。

我看着她，目光湿润，说："上次就想告诉你，那条丝巾旧了，我想给你买条新的！"

所有人都惊讶地看着我。

七

听我讲完，父亲笑了，说："你有家了，有孩子了。下次回来，我有话对你讲。"

我也想明白了，生命之间是有缘分的。西蒙虽然不是我的亲生骨肉，但我能在他十二岁那年成为他的父亲，也是一种缘分。我要做好这个父亲。亲人间不仅是血缘，也是陪伴。有时，它比血缘更重要。能陪伴你身边的，就是亲人！

我对西蒙说："等到暑假，我带你回国看爷爷。"

暑假前夕，父亲去世了。

安葬了父亲，我把一本父亲的日记，一件父亲穿过的、带有补丁的衬衫塞进我随身的行李。父亲一生节俭，没留下几件像样的衣服。我找到一条半新的棉马甲。父亲晚年患有严重的肺病，走路吃力，又不能着凉，他一年四季都离不开这条马甲。

父亲穿着这条马甲，蹒跚着走到小区门口，拦住一辆出租车。他叮嘱司机，看着我在车里坐稳，系好安全带，才退回到路边。父亲站在路边望着我。马路上车来车往，路边也不安全。我探出头大喊："爸，马路上车多，您快回去，回到步行街上去！"

父亲点头，站回到步行街上。可等车子跑远，我望见他又站到了马路边上。急得我一到机场就给家打电话："爸，您没事儿吧？"

那时我不知道，步行街上有树呀，父亲望不远！

最后一次分别，父亲只送我到卧室门口，他张开手臂抱住我，说："再抱一下儿子吧。"

那时我不知道，最爱我的人就要走了，那是父亲给我的最后一次拥抱。

我把头埋在父亲的马甲里，吸吮那里面的味道，再把它穿在身上。我比父亲魁梧一些，马甲箍在胸前，正值盛夏，很快就闷出一身汗来。我走下楼梯，走到街上。

街上很热闹，弹棉花絮棉被的，卖活鸡活鸭的，办留学办投资移民的，都在一条街上吆喝，人声鼎沸，阳光灿烂。我愣愣地看着阳光下的一切，看着迎面走来的，喜气洋洋的人们。一个身穿短裙的姑娘迎面走来，她看见我惊叫了一声，蹦着脚跑开了。前面有家肥肠店，我感觉到了饿。两天没吃东西，也该饿了。我摸了下口袋，隐约感觉马甲里有东西，向深处一探，竟是一只父亲用过的黑布口罩。我把黑布口罩攥在手里，一股锐痛刺透了掌心传遍四肢百骸。我忽然明白，最爱我的，把我带到这个世界上的人，真的走了。我大喊一声："爸！"声音在空气中回荡。三个男人同时停下单车，回过头张望。

我不能在大街上流泪呀！旁边有一家影厅，写着"冷气开放"。门前仰着一位老者，在阳光下眯着眼。我塞一张钞票在他手里，不等他睁眼，就一步跨进黑暗里。

影厅不大，观众也不多，都似睡非睡。我看了一会儿，是一部战争片，两伙人围住一座桥打得不可开交。一声巨响，桥塌了。游击队员在山谷中前行，游击队长宽阔的肩膀在我眼前晃动，像一道山脊。晃着晃着，它忽然变成了父亲的肩膀。

那是唯一的一次，我去车站接父亲回家。

父亲蹲下身，专注地看着我，眼里全是笑。他说，爸爸带你吃点心。

汽笛，蒸汽，喷涌的煤烟，它们都远了。刚下过一场晨雨，空气特别新鲜，朝霞是金色的，车站也是金色的。父亲的肩膀像一道山脊，驮着我走过一条青砖蓝瓦的街道，在一棵老槐树前停下，要了两碗汤圆。我一碗，父亲一碗。

父亲的碗很快空了，他看着我吃。

父亲说："汤圆烫，孩子你慢慢吃。"那时，我还以为，大人都不怕烫呢。

我总是我以为我以为我以为！

吃完汤圆，父亲又驮着我走过一条街。下坡的路被晨雨淋得很湿，路两旁有许多简易的棚子，棚顶铺着油毡，压着碎砖。我看见棚顶上一个发亮的玩具，就扑过去抓。山脊摇动。我听见街上有人在喊，有人在跑。我站在街头，毫发无损。父亲在身旁，一身泥水……

观众们散了，只剩下我，听着那不息的回响：

"啊朋友再见，啊朋友再见，啊朋友再见吧，再见吧，再见吧！"

八

石斌讲了一路。周围的人见熬不过他，都恨恨地下了车。火车抵达法兰克福，天刚蒙蒙亮。换上轻轨，我们又是同路，心里都轻松了许多，快到家了。石斌看一眼手表，说："六点了。你不是问我为什么把餐馆开在站台上吗？三十年前，我住在波恩南部一个小镇。暑假打工时，经常要在火车站等车。"

德国人喜欢在暑期休假，工厂就集中招聘学生工顶替。德国工厂的上班时间很奇怪：凌晨六点上班，下午两三点下班。工人们要早起，老板要多支付早班费，何必呢？

进城有汽车、地铁，还有火车，火车站离家最远，车次也少。我每天凌晨四点起床，宁可多走一段路，也要坐火车。德国的凌晨，即便在盛夏，依然寒气逼人。远处站台上有一个高大的身影，他戴着高耸的帽子，在熹微的晨光中踱着步等车。我们同坐一列火车。整个暑期的凌晨，我一直远远地望着他，却从未走近过他。我坚信，那就是父亲的身影！

这故事，我从未对父亲讲过。

西蒙读大学那年，我在报上看到一则消息，有个车站的面包店要转让。我过去一看，感觉它像极了波恩南部的那个车站，就很快盘下来，改装成一家餐馆。说是餐馆，其实就是个快餐店。哦，下一站就到了。来家坐坐，吃完早点，我开车送你回家。

西蒙大学毕业后，在曼海姆一家跨国公司工作。他过了而立之年，有了两个孩子。日子过得真快，我都当爷爷了！半年前，公司打算派他去澳大利亚工作。跨国公司就是这样，有了海外的工作经历，才能尽快地升职加薪。为了这事我没少劝说鼓励，可西蒙执意不去。

西蒙说："您那一代人，年轻时插队，后来上大学，再后来出国，人生就像无数个漂泊的车站。我只想守着一方水土，陪伴我的儿女。"

西蒙说："这也是爷爷心愿。"我问他怎么知道，西蒙说他看过爷爷的日记。爷爷说："没有父亲陪伴的孩子，或许终难免一生漂泊。"

父亲的日记，差不多有一半是对往事的回忆。我发现，父亲也珍藏着一个车站的故事。那一年兵荒马乱。父亲独自坐火车去北平找爷爷，途经一个小站（父亲没写站名。那一年他还不满十岁），父亲竟抱着铁轨睡着了。

那天，火车车厢被逃难的人挤得很满。父亲抓住车门才勉强没有被挤下去。火车开得很慢，父亲贴在门上睡着了。到站时车门一开，父亲摔了下去。他还是个孩子，单薄的身体穿过火车与站台的间隙，跌到铁轨上。或许是一路上过于劳累，父亲趴在铁轨上睡着了。逃难的人挤上挤下，没有人知道铁轨上还睡着一个孩子。眼看又要开车，一位拄着拐杖、头戴高耸帽子的老先生突然看到了父亲。他叫着想唤醒父亲。父亲睡得太沉，听不见。老先生喊乘警，哪里还有乘警。老先生就探下身，用拐杖捅父亲。父亲这才醒了。他看见拐杖像一条金色的影子从站台上伸下来。他听见头顶嘶鸣的汽笛声，和身体下面震动的铁轨。父亲抓住那条金色的影子爬上了站台……

这故事，父亲也从未对我讲过。

你永远不知道生活等待你的是什么。对我来讲，一切都从一座车站开始。晨光熹微，车厢摇动，带走了我的父亲。我请人在餐馆的外墙画上父亲的身影。我要父亲在车站上留下来，与我陪伴，再不漂泊!

　　石斌说完这话，火车就进站了。在熹微的晨光中，我来到了"父亲的车站"。亿万道冰冷的阳光剑雨般向我打来，仿佛正释放着亘古以来难以尽数的痛苦!

　　我看见一个高大、消瘦的身影……

李老板办学

改革开放之初，李老板，那时叫小李，坐飞机来到德国。王老板，那时叫小王，走旱路兼着山路水路也来到德国。两个人差不多是前后脚到的，又前后脚进了语言班学德语。一个月后，小王同学突然不见了，有人说他打黑工给警察抓了；也有人说他去意大利赶大赦，等拿到居留再回德国。

小李同学听了，心中不喜，也没有细问。当年有许多事不宜细问，甚至不能仔细琢磨。古时候，只有大刑的犯人才整天盼着大赦。到这边全变了，听说意大利大赦西班牙大赦希腊大赦，就像旱地里听见一声惊雷，插翅也要飞过去。没犯法您赶大赦干吗？万一赦不下来给砍了呢？

其实，小王同学哪儿也没去，他钻进一家餐馆打工，十年后摇身一变，成了中餐馆老板。

小李同学十年寒窗，拿到博士，却没有找到工作，也成了餐馆老板。李老板最烦的就是王老板拿那一个月的同学经历说事，把他当成一道硬菜推给别人。王老板总这样说："李博士，我俩同学！"

李老板万没有想到，十年寒窗竟然与王老板殊途同归，又坐回到一条板凳上成了同行。李老板说："在国内一辈子不需要交集的人，在德国需要交集一辈子！"话虽然这样讲，场面上却不能带出来。德国的华人圈就这么大，又都是做餐馆的，难免有个马高凳短需要相互帮衬的地方。就说上一个周末，李老板的餐馆里呼啦啦进来一大群客人，都嚷着要青岛啤酒。二厨从冷库里只摸出来五瓶。青岛啤酒不是贝克啤酒，超市里不卖，全靠汉堡的姚氏公司开着大车，一月一趟地送过来。李老板向王老板求救，王老板二话没说，撂下电话就差人推小车送过来两箱。

王老板一直把李老板当朋友，逢年过节要找李老板喝两杯。李老板碍着青岛啤酒的面子，顶着把酒给喝了。日子来到一个圣诞节的前夜，王老板又找李老板喝酒。可李老板那天不想喝酒，不想喝他不直说，他悄悄跟跑堂小徐说。跑堂小徐就做了手脚，端给王老板的都是正宗的皮尔森扎啤。给李老板的却是掺过水的苹果汁，只在杯口上抹一层厚厚的啤酒沫，外表上一点儿也看不出来。干酒吧的，谁不会这手？

王老板酒量不行，几杯下肚，舌头就短了。再有新酒上来，王老板打着嗝说，李兄，你帮着来点儿，话到手到，抓起新酒就往李老板的半杯"啤酒"里倒。小徐一个没拦住，眼看着亮晶晶的皮尔森啤酒款款投入黑森州苹果汁和丽达矿泉水的怀抱，瞬间就起了化学反应——翻腾出刺眼的泡沫，变成了一杯浊物。李老板手里也不慢，端起酒杯不换气地往喉咙眼儿里灌。王老板从未见过李老板这么不要命地喝酒，倒也清醒了一半。餐馆的光线虽暗，他还是看清了李老板杯中酒的成色。

王老板叹口气，说："酒喝到这份儿上，就没意思了！"从此，王老板再不把李老板当朋友，也不讲"李博士，我俩是同学"之类的话了。

来年春天，王老板想办一个武术协会，找李老板谈合作。王老板说得恳切：开餐馆的让人瞧不起，协会要有个文化人出来撑门面。李老板虽然也是开餐馆的，可毕竟是个博士，考取过功名。德国人就认这个，门铃上都写着学历"某某博士蜗居于此"。李老板生得相貌堂堂，发梢上也不粘油烟，衣领上更没有呛人的葱花味儿，挂墙上还真像那么回事儿。

王老板甚至要把协会主席的位子让给李老板，说好了挂名，不需要李老板做事。李老板却一口回绝了，编出来的理由很不得体。李老板说他上个月贱卖了两家餐馆，正被几摊子烂事压着，分不开身，没空儿干别的。人家王老板早就说过，挂名，就是请你李博士充个门面。可李老板偏要把这两件事往一起拧巴。王老板后来说："酒品连着人品，早该看出来他是个什么东西！"

一年后，李老板想起来办中文学校，需要赞助，确切说是需要钱。李老板把电话打到王老板的餐馆里，时间刚好是晚上十点。这里面是有讲究的，李老板知道做餐馆的 ABC。电话打早了，王老板要么不在，要么在厨房里炸鸭子拍黄瓜洗碗蒸米饭，要么在吧台上打酒泡茶切水果，嫌你烦。打晚了，王老板又结完账走人了。晚上十点，刚好是客人将散未散，员工们上桌吃饭，老板还没有跟跑堂结清账目的时间。一个都跑不了。

电话接通了，李老板忽然感觉脸上发热。时隔一年，王老板第一次接到李老板的电话，也一愣。听李老板说"出来聚聚"心里就明白了八九分。王老板是谁呀？没学位是因为当年没钱读书，要说这脑子，在厨房里捏着包子就能把李老板算计得服服帖帖。

王老板爽快答应下来，这反倒让李老板感到意外。见面那天，看见李老板，王老板的眼里不断地淌出泪来。李老板不知道他唱哪一出，只好把想好的话都放下，先陪着王老板喝酒。

事情是这样的，王老板的餐馆叫"中心开花"，听名字就知道在市中心。两个月前，"中心开花"里跑了一个难民帮工。王老板烦的不是跑了个帮工，帮工跑了可以花钱再请。可跑了的难民不单会刷碗，还会起油锅会炒菜，忙起来能顶个大厨用。王老板用他等于每个月省下了 1000 马克的工钱。为了这 1000 马克，王老板守株待兔，一边找人一边亲自下厨房帮忙。两天前，不小心被大烟熏了一下，两只眼红得像一对泡在水里的樱桃。

两杯啤酒下肚，王老板用叉子把空酒杯打得啪啪响，朝吧台的方向大喊："高粱白，干椒肥肠，快点！"见王老板跳过葡萄酒直接要了白酒，李老板知道火候到了，他一边招呼跑堂上酒上肥肠，一边就着干椒肥肠，把集资办学的事说了一遍。王老板听完，咬着牙根骂起娘来："奶奶的，逮住我掐死他！"又说，"敢一声不响把老子撂了！"

李老板知道他在骂难民，可横竖听着都像一语双关。李老板说："请您当校董。"话一出口，自己先脸红了。

王老板问："无功不受禄，什么董呀？"

李老板只好把话又说了一遍。这回王老板听明白了，翻了翻泪眼，说："赞助 1000 块？在商言商，几分利呀？"

李老板苦笑。

王老板想了想，用筷子点着干椒肥肠，说："当初开五家餐馆的时候你不办学，如今败得只剩下一家了，倒想起来办学。说吧，你到底想干什么？"

一

李老板确实开过五家餐馆，他赶上过好时候。德国也曾经阔过，有钱！先是看病免费，当然，现在也"免费"。那年头没有保险卡，只有保单。保单都是支票似的厚厚一本，把人体的各部位画在黄纸上，脑袋肚子胳膊大腿，都有。看病时撕一张下来就行，也像支票一样好用。还有专门的一本是用来看牙的。这说明德国人很重视牙齿，就像给汽车做年检，给骡马看牙口。必须看，不看他罚你！

政府阔气，病人就帮着它花钱。有位病人一年用了一千张保单，创下了历史纪录。卫生部部长听了吃不下饭，直接住进了医院。当年的病人算是把事儿做绝了，配一副近视镜 1000 马克，外出疗养也要国家买单。

再就是富裕。富裕不光指有钱，还有那时人们的心态：对未来不担心，对当下不算计，该吃吃该用用，不喜欢了就扔。那时扔大垃圾，满大街扔的东西百分之八十都还能用：衣服洗洗能穿，家具拼起来能用。谁要是真扔点儿破烂，得等到天黑以后，自己都难为情。

我很难向今天的孩子们描述当年的日子。比如说开餐馆吧，到了月底盘点，刨去各项开支，要是只剩下 2 万马克，老板就恨不得赶紧把餐馆盘出去，不挣钱！好像 2 万马克就不是钱。当年花 20 万马克能在郊区买一栋带花园的别墅，有点儿资历的餐馆跑堂都买得起。

好日子也得珍惜着过。好日子要是过得太邪乎了，往后就得遭殃。后来还真遭殃了，去诊所看病，进门先看价码：查眼压 20 欧，测血常规 50 欧，做个 B 超 60 欧……诊所不同，价码还有高有低。

大垃圾也在起变化，满大街扔的都是破烂，真正的破烂！

再说买房，如今您再让餐馆跑堂买一套小公寓试试？

当年卖餐馆，能卖到五（月流水的五倍），后来就只剩下了三，再后来恨不得白送。当年也算是邪了，干什么都挣钱。倒腾旧服装的、卖废纸废塑料的，都发了财，成了服装大王塑料大王。再不成拎一口袋淡水珍珠去跳市上卖。这东西在国内不值钱，在德国一年也能赚好几万，是马克！在那个激情燃烧的岁月，李老板开过五家餐馆，就很能说明问题。李老板的四家餐馆从东西南北把城市围了，留一家把守在美茵河码头，成掎角之势。

当年，王老板问过李老板，开这么多餐馆干吗？还不如买房呢。李老板说麦当劳之所以有影响，成了一种文化，一是因为它连锁，二是从孩子们抓起。李老板说，要把中餐做成文化，就要做连锁，要让孩子们从小就知道。

那时，王老板还把李老板当朋友，就劝他别弄那好大喜功的事。他说在别人家地盘上讨生活，闷声发点儿财就行了，别弄什么文化不文化、影响不影响的。要是你真有能力影响到了人家，怕是麻烦也来了。

王老板说有钱就应该买房，然后睡着觉挣钱。李老板笑他鼠目寸光，就一土财主。

可说来时过境迁，德国统一后，联邦州从十个扩大到十六个，地盘大了，生意却越做越难。要钱的地方多了，罚款单多了，李老板的买卖却越做越小。餐馆从五家减少到四家，四家减少两家，最后只剩下把守在美茵河码头的一家，还负债累累。钱没有了，李老板突然想起来办学，这不是项庄舞剑司马昭之心是什么？王老板怎么想都觉得他居心叵测。

大厨老童不这么认为。老童说李老板不是居心叵测，他是受到了刺激。前不久，李老板跟大客户戈林打了一架。戈林开着一家公司，专门做中德联姻的生意。公司名起得有点儿怪，是几个拉丁字的缩写，意思是"一加一等于三"。老童问："李博士，一家说媒拉纤的公司，为啥起个数学名字？还等于三？想表示强强联合，联姻之后两个人就不再是两个人了？"李老板也答不上来。

两年来，李老板发现情况恰恰相反。"一加一等于三"时常包下餐馆的雅间搞联谊，还真给它撮合成过几对。新娘子都笑成了暖风中的一朵花，颤巍巍地去了。不到半年，又都把眼哭成两只红杏，摸回来找后账。雅间里一会儿新人笑，一会儿旧人哭。好在新人旧人并无交集，对戈林的生意不构成影响，它只影响到李老板的心情。李老板说，还不如当初不联合呢！

戈林是个胖子，早年做过空军。有一回训练，他直接把飞机开进了英吉利海峡，差点儿丢掉性命。复员后，戈林做起了国际红娘，专门掏中国人的腰包。

老董说，就是那天，戈林跑来订餐，订四十人的套餐，七道式，餐标 50 马克。这在当年不是一个小数目，李老板自然要确认一下。"四十位客人，您确定？"

戈林行了一个军礼，郑重地表示："我保证！"每遇见大事，戈林总要以军人的方式解决。

吃饭那天，加上司机一共来了十四人。吃过饭，戈林想按着十四人结账，李老板不干，两人争执起来。李老板冲进厨房找合同。厨房里炸了四十片鸭子，蒸了四十条鱼，熬了四十人喝不完的玉米鸡汤。没上场的鸭子、鱼都还瞪着眼趴着，可戈林不看鸭眼鱼眼，他只看合同。

餐馆订台大多不写合同，客人一个电话，跑堂在小本上一记，靠的全是信誉。李老板找出小本，上面写着餐标和人数，却没找到戈林的签字。可戈林分明是行过军礼做过保证的。

戈林也不听李老板说什么，从眼神里就能看出来，那是一种包容在礼貌之下的优越感。戈林伸出肥大的手掌，在油腻的小本上拍了拍，又盯着李老板看了两眼，说："李先生，我从没有说过肯定能来四十个人。您还是按实际人数算吧。十四不是四十，要不然咱们说英语？"

一般来讲，假如您说德语，德国人反过来跟您讲英语，除了炫耀，德国人特别喜欢炫耀他们的德式英语，就是一种委婉的批评：您德语说得不好，我听不大懂呢！

李老板原是个理工男，到德国后改学日耳曼文学。理工男改学文科，这在当年比较少见。李老板是这样想的：想融入德国社会，必先学好德语。要学好德语，日耳曼文学是首选。李老板博士毕业，自以为德语说得够好，也够用，没想到戈林要跟他说英语。戈林的一句"要不然咱们说英语？"把李老板气到了。

李老板气的也不是英语，而是戈林拿语言说事，在本该明辨是非的关头，他跟你讲语法。语言是什么？平时它是工具；干起架来它是武器；遭人嘲讽时，它又是一块遮羞布——您得先把话都听明白，再给他掸回去，否则真就是一丝不挂了。李老板万没有想到，自己德语说得再好，吵起架来也有不够用的时候。戈林把话说得又快又绕，还用上了方言，这就是本土优势。这种小伎俩李老板懂。

李老板一激动，乡音就出来了。乡音一出来，李老板就想起国内上大学时，一位乡下来的同学。那位同学总怕别人说他是乡下人，就缠着李老板学说北京话。李老板劝他说，北京话也不都好，有连音也有吞音。比如北京人经常把"西红柿"说成"凶事"，把"石景山区"说成"深山区"，全国人民听着都费劲。你一外地人，乡音加连音再加吞音，怕就没人能懂了。

乡下同学通过自学，练就了一口标准的北京话。可每遇到课堂辩论，乡下同学一着急，冒出来的全是家乡土话。乡音难改，它就埋在我们第一代移民的心里！

戈林笑了。人家说的是母语，您乱了他不乱，您乱了就说明他对了："您德语说得差，那天一定是您听错了！"为什么老一代华人遇事都选择忍？因为您绕不过他，也没时间陪着他绕。人家绕一圈五分钟，您绕一圈半个小时，陪得起吗？李老板认为，这不是一个小问题。李老板入籍了也融入了，不想再忍了。

李老板掀了桌子。幸好戈林的助手迈耶女士在一旁劝解，事态才没有失控。李老板气的不是十四或者四十，他讲的是这个理。老童觉得，这就是李老板的不对：讲理要分跟谁，"一加一等于三"？从根上它就不识数！

虽然从"一加一等于三"那里没赚到什么钱，可苍蝇再小也是块肉。闹翻以后，雅间里彻底没了客人，李老板就想起来办学。现在教室有了，缺的只是资金。

赞助没谈下来，李老板只好向员工们借，借两个月工资，先把学校办起来再说。开会那天，四位员工都坐在李老板对面，审犯人似的盯着他。生意不好做，餐馆只"养得起"四位员工：大厨老童、二厨老张、酒吧阿芬和跑堂小徐。

李老板放下借钱，先说到狂欢节。他说你没见狂欢节上有一种打扮：黑斗笠、黄马褂，后面扎一小辫儿。他们管那叫中国人。他们书本上画的中餐馆老板也都那副模样：两撇小胡子，手里抓半碗米饭。都什么年月了？他们还真一点儿没变，还像一百年前那样自以为是！作为中国人，咱们要自强。怎么自强？南联盟危机炸咱大使馆那会儿，老童说恨不得从油锅里给丫发一颗导弹过去……导弹咱没有。油锅要是飞出去了，那是因为厨房里着火了。可咱们有别的。

李老板说开了，完全脱离了正题。阿芬看了几次表，终于忍不住了，说："老板，您长话短说。我家住山上，错过了末班车得爬着上去。"

李老板这才拐回到正题：办学！教咱们的孩子学中文。咱们这一代吃了语言的亏，不能让下一代人接着吃亏。一个中国孩子只会说洋话，多傻呀！如今教室有了，老师都是外聘的，会双语。家长们很踊跃，可以说形势大好，只欠东风……办学资金上还欠缺一点儿，想向大家借一点儿东风，只借两个月。两个月过后，学校运转起来，工资如数奉还。

李老板说罢，先拿眼看着阿芬。阿芬来德国十年，她老公在德国工厂里干全职，两口子只有一个孩子，压力不大，有积蓄。人一旦有了积蓄，说话就容易讲理。关键是，阿芬每周只在餐馆干四天，其余三天在一家荷兰人开的酒店里做卫生。就算餐馆这边压她两个月工资，也不会影响到她的生活。

阿芬见李老板瞪着眼看她，又见其他人都闷头不响，就说："办学是一件好事，我本该赞助五十、一百的。可我家那口子是个小气人，最近又吵着买房。工资迟发两个月可以，但我有一个要求。"说到要求，阿芬也瞪着眼看李老板。

李老板听得顺风顺水，像坐过山车一样舒服，谁知阿芬突然间来了一脚刹车，她还有要求！李老板差一点儿栽过去。其余几个人原本似睡非睡，听说阿芬有要求，也都一激灵瞪起眼来。

阿芬说："让我儿子免费学中文，也就多一把椅子。"

李老板还没说话，大厨老童冷笑着说："都想免费，学校开起来不是空转？拿什么还钱？"

阿芬也不示弱，在海外打拼十年，靠的就是一个泼辣。阿芬说："你吃住都在餐馆，也没个用钱的地方，早交在你手里还不知都填给了谁。老板要是对你负责，就该一直压着你，压到回国那天再给你！"

老童急了，说："我都是寄回国存定期的，压手里又没有利息。"

李老板说："阿芬儿子上学的事儿，好说。饭要是煮熟了，不愁多一双筷子。咱们先说煮饭。老童你也别急，我看老张那边有话要说。"

李老板说完，转过头看老张。

老张三十出头，是个难民，来餐馆时间不长。找工作那天，老张拿不出护照，只掏出一张皱巴巴的登记表。李老板看见生日栏上写着"1949 年 10 月 1 日"，就问老张："你这么写，德国人也信？"

老张抹把脸，说："不应该刮脸。"

李老板笑了，说老张实在，收他做了二厨，兼管刷碗。老张虽然也刷碗，工资却按二厨的拿。老张心里感激，见人就说："李老板人品好，不欺负人。"

老张听李老板点他，说："您别看我。这事儿您说了算，我没意见。"又说，"累了一天，要是没别的事儿，我先走了。"说完，站起身就走。阿芬也跟着走了。屋里只剩下老童和跑堂小徐。

老童的前任是一位山东厨师。山东人炒菜，料汁的多寡要看眼力也看经验，有时还看心情。老童不一样，料汁都事先调好，炒出来的菜千年一个味儿。就因为这，两人在交接时费过不少口舌，中间还打过一架。老童生得人高马大，打起架来居高临下。山东人瘦小，打起来要蹦一下。谁想，人高马大的老童没打过需要蹦一下的山东人。几个回合下来，老童"哎哟"一声停住手，低下头在胳膊上找。山东人以为他受了伤，也丢了家伙帮着他找。两个人翻来覆去，最后在老童胳膊的外侧找到一条比头发丝还细的划痕，划痕上绽开着三个芝麻粒大的血珠。老童吹着血珠，怜惜地说："两个鸡蛋，两个鸡蛋没了！"山东人赶紧起火，卧两个鸡蛋给老童补身子。打那儿以后，山东人再不跟老童打架，说跟老童打架心累。

通过一场架，李老板看透了一个人：老童习惯把有形无形的东西换算成实物，再折算成金钱。对老童，李老板有办法。

老张和阿芬走后，李老板觉着说话方便了，就对老童说："算算利息，两个月后本息一起还。"又说："攒多了再往家寄，还能省手续费。"

李老板最后才问小徐，因为小徐最麻烦。小徐是个留学生，来德国时间不长，底子薄却要冒进，生了一个孩子，一家三口全靠小徐挣钱养活。

李老板试探着问："小徐，你反对我办学？"

小徐说："我凭什么反对？我反对也没用啊。我只想问，压我两个月工钱，您让我一家三口吃什么？"

"吃什么早替你想好了！"李老板把脸笑成了一朵花，说，"你爱人在家里带孩子，没时间出去挣钱。就算有时间，咱也不能让她出去挣，教育第二代重要。你做跑堂，虽然压着工钱，可小费你照拿。小费是直接到手的现钱，百分之五总有吧？假如你不经常把菜汤泼到客人身上的话。你不单干餐馆，还干着洗衣店。这可是上个月喝醉酒时你自己说的，老童这边可以作证。两下里加起来，刚好够一家人的开支。我住过学生宿舍，知道那里面的 ABC。只是你们两口子吃饭的钱似乎少了一点儿。这两个月，我让老童多煮一点儿员工餐。你吃完也给大人孩子带着，不都有了？"李老板说完，咯咯咯笑了起来。

小徐说："老板您真行，我酒后说的话也能算数？"想想气不过，又说："员工餐我老婆能吃，可孩子不能吃。老童每天萝卜炖白菜，大人吃了胀气，孩子喝她妈的奶也跟着胀气。上个月，我女儿的肚子胀成一个球，到医院里插管才把一肚子屁给放出来。员工餐里有伏兵！我老婆不敢给孩子喂奶了，我还缺奶粉钱！"

李老板一愣。没想到算来算去，竟然少算了一桶奶粉！李老板思索片刻，一拍大腿。"今天早上我在码头上遇见尼米兹。尼米兹说洗厕所的罗马尼亚人的父亲病了。她要回家看父亲，不多不少刚好两个月。什么是天意？这就是天意！不顺应都不行。码头就在对面，这边不忙的时候，你过去把厕所扫了，两边都不耽误。"

小徐问："您的意思是，我那边刷完马桶，再回来端盘子？"

二

开学那天，龙飞中文学校迎来了二十几个学生，年龄从六七岁到十六七岁，一排排都坐在雅间里。有说普通话的，有说闽南话的，有说粤语的，也有完全不说中国话的。家长比学生还多，都坐在啤酒园里聊天。李老板撂下重话：学生喝饮料一律免费。家长们吃喝，半价付费。小徐拿着菜单酒水单一天几趟地往啤酒园里跑。

家长托了孩子，都四散了进城，然后提着大包小包的回来，瓜果梨桃滚落在露天餐桌上，衣服鞋帽在手与手之间传递揉搓。打折的丝巾被高高举起，在阳光下仔细查看。"伟大的购买"赢得了赞叹，也引发了骚动。一个妇人抓起钱包，飞也似的跑出啤酒园。其他人还在为下半年是否有大减价争论不休。

小徐听到了许多有趣的对话。

"我看您右边脸怎么起来了？"

"是浮肿。"

"德国寒气重，喝花椒水能除湿，还减肥。"

"花椒水不好喝。"

"不好喝才健康呢！"

小徐忍住笑把话学给老童。老童骂一句："酒水没卖出一杯，净整这没用的。"

又说："辣子水好喝，再来一把老虎凳！"

下课了，孩子们蹦着高从餐馆跑到啤酒园，又从啤酒园跑回餐馆。大的小的打在一起，踹翻了半桶雨水，把弥勒佛神像撞倒过三次。更小的孩子都坐在婴儿车里干瞪眼，急得直哭。

这么学了两个月，除去学生和家长，其他人都烦了，李老板不烦。他非但不烦，还高兴得像个开心果。孩子们在前面跑，李老板在后面追，一路上收拾着被撞倒踢飞的各种物件，嘴里念念有词："不急，跑累了就歇会儿。吃东西吗？"

老童似乎比李老板更关心餐馆的经营状况。到了月底，老童说小孩子白吃了两盒春卷，炒饭炒面若干，外加一整箱软饮。当然，这里面也有家长们帮着吃的。李老板听了，私下把当月的利钱塞给老童。

第二个月，老童又算，说，这回刨去白吃，餐馆生意还下降了两成，客人都抱怨太吵闹。那天，李老板没给老童塞利钱。

到了第三个月，工资没补发，李老板却办了一个诗歌比赛，说是要给孩子们一个激励。比赛就要有奖品，赛后还有聚餐，就不是春卷炒饭炒面那么简单，得上硬菜，不都是钱吗？老童一边烧着麻婆豆腐，一边念叨："我的钱，这他妈都是我的钱！"又咬牙说，"吃！我让你们吃！"

老童猛然感觉，自己就是那锅里的豆腐，被热油烫得龇牙咧嘴，精着屁股到处翻腾，皮肤由白变黄，由黄变红，沾了一身黏糊糊的辣酱。老童愣了半晌，吐口白沫说："这他妈就是吃我，吃我豆腐！"

阿芬没说话，老张没说话，小徐说话了。

小徐说："老板，总这么干可不行。"

李老板问："码头上干得可好？"

小徐说："您也不事先打听一下，码头上都是些什么人呀？我老婆说我身上有一股臊味儿，不洗澡不让我上床。洗完澡，我老婆又说，'怎么香皂也变泔水味了？'"

"讲究卫生，人人有责。"

"我到家都下半夜了，洗完澡人又精神了，半宿半宿睡不着，白天一上课就犯困，这学期怕又要挂科。挂科倒不要紧，要紧的是客人也闻出了味道。德国人那鼻子，多灵啊！他们看我都气哼哼的。我每天盘子没少端，小费少挣了一半。都影响到我效益了！"

李老板说："亡羊补牢，未为过晚。"

小徐说："您别总说成语呀。补完牢，您得记着给大伙儿补工资呀，这都超过两个月了。"其实，情况并不像小徐讲得那么严重。罗马尼亚人辞了工，小徐在码头干起了长期。要是真影响到他的效益，精明的小徐肯在码头上长干？

小徐又说："当初您说办学，我就觉得这事悬。您看现在怎么样？都是来占便宜的，您挣到钱了吗？"

李老板本想说"再宽限我两天"，忽听身后的老童开了腔。他说："我代表人民代表党，砰砰砰砰！"

李老板腰一挺，仰面靠在墙壁上。

三

找到小林银行之前，李老板已经找过四家银行。四家银行看过餐馆的负债表，都摇头。小林银行的董事长也摇头，可还是决定投资。小林董事长有三个要求：第一，经理必须由小林银行指派；第二，会计师也是；第三，餐厅要分出一半的面积经营其他项目。

听到第一条，李老板感到胸中升起一口气。听到第三条，李老板望着码头上猎猎起舞的旗帜，又把那口气咽回去了。

小林银行派来一个经理也叫小林。小林三十出头，鼻梁上架着一副金丝眼镜，说话不紧不慢。小林经理到任后把餐馆重新布置一番。前面没有变，让老客人感觉还是以前的餐馆。后面用两扇屏风隔出一个空间，做起了紫菜包饭。两扇屏风之间自然形成一道小门，门的上半截悬着两条蓝布，进出都要钻一下。下半截空着，能看见里面的桌椅陈设。起初，老客人都还隔着蓝布条往里面偷看，时间一长就都跟着钻了进去。

做中餐的面积大，做紫菜包饭的面积小。干了一个月，面积大的中餐没干过面积小的紫菜包饭。这是说盈利，流水和受累倒不一定。月底，小林经理给大伙发了工资。

下个月，来了位记者。记者一来，小林经理就忙开了。李老板也跟着忙，他让老张炸了一片鸭子，自己控诉似的指着鸭子，让记者拍照。他还拉记者进了雅间，站在龙飞中文学校的条幅下拍了一气。记者分别请小林经理和李老板说了几句话，也都录了音。

起初，大家都没在意这件小事。第二天，小城里传出一个惊人的消息：李老板加入绿党，要竞选市议员，记者都采访了。过去四年，执政的几个老牌政党表现得令人失望，选民们转而支持新生的绿党。绿党斩关夺隘，一连攻入几个州议会。如果李老板竞选成功，他将是小城第一位华裔议员。李老板对记者表示，龙飞中文学校就是他进军政界的桥头堡……这是一位学生家长说的，她小声告诉给其他家长时，被从旁边经过的阿芬听到了。阿芬告诉了老张，老张又告诉了老童。老童撂下炒勺，飞奔着去了码头，找到埋头苦干的小徐。

小徐从马桶上抬起头来，沉思片刻，说："闷声发大财，他整这事干吗？"

老童感觉一辈子的词汇都不够用了，他两只手比画着，说："这就叫野心！皮毛皮毛，餐馆是皮，他的野心是毛。皮在下面拼命抽咱们的血，抽得越凶越狠，他的毛就在上面长得越疯越旺。你看他干的几件事吧，办学、诗歌大赛，哪一件不是花咱们的钱？"

小徐恍然道："怪不得一遇见选举，就到处搞活动。去老人院唱歌吧，到广场上跳舞吧，平时也没见有那么好心人。"

"拉选票呢！"老童说，"他总这么天马行空，不是把咱们往死里整？"

厕所谈话之后，孩子们闹得更凶了。过去只在花园闹，如今都进了餐馆。几个大人都按不住，拽出去一个，又钻进来俩。家长们也不似从前那么配合，孩子都闹成这样了，却没有一个家长出来制止。一问，她一翻眼皮，说："我这是故意的！就想看看你们学校的管理水平，不会连个孩子都管不住吧？"

家长之间也闹起纷争，是否教拼音？教罗马字拼音还是汉语拼音？也都成了问题。问题又都学会了拐弯，学会了绕远，拐着弯绕着远，转一圈都回到对教学水平的质疑上来："议员办的学校，教学水平不会就这么糟吧？"

过去是戈林绕，现在是家长们绕，李老板心力交瘁。老童对小徐说："真他妈闹心！"

闹了两个礼拜，文章算是见了报。老童看不懂德文，只认出押题照片不是李老板和鸭子，也不是李老板和龙飞中文学校，而是小林经理端着一碗大酱汤，笑歪了脸站在蓝布条前面。老童找到小徐，小徐仔细看完文章，疑惑地看了一眼老童，说："像又不是。"

四

小林经理对餐馆的管理越来越不满意。他责令教师管好学生，不许他们在餐馆里疯跑。他又跑去啤酒园，把正在开神仙会的家长们训斥了一顿，教她们把铺开的东西收拾收拾，集中放好，别摆得满世界都是，像在卖跳市。

出事那天，李老板刚好不在餐馆。那天来了一个贵宾团，团长山本是一家上市公司的董事。小林经理一个人忙得脚不沾地。清酒刺身紫菜包饭刚端上桌，雅间里忽然传来嘹亮的大刀曲："大刀向鬼子们的头上砍去！"山本董事懂一点儿中文，脸当场就吓白了。贵宾里有不少小林银行的客户，也得罪不起。小林经理飞身闯进雅间把孩子们按住，说不能再唱了。授课老师说，唱歌又不犯法，为什么不让唱？两个人争执起来。孩子们见两个大人吵架，一下子炸了锅，跑得满屋子都是。也是憋得太久，都撒了欢，把个餐馆内外跑得尘土抖乱。

小林经理急火攻心，完全没有了往日的镇定。他弓起腰，伸出两只精瘦的胳膊，老鹰扑鸡似的四下里扑腾。孩子们见小林经理拿出了怪模样，都高兴得不行，吵闹声更欢，胆儿大的还跑到小林经理眼前跳几下，让他追。

小林经理紫红着脸，脚底下发力。有个孩子被追得紧了，在拐弯处摔倒，额头上碰出血来。闹到这一步，家长们才大呼小叫着登场。过一会儿，急救车也叫唤着来了。

经这一闹，餐馆门外围着几十号人看热闹。餐馆里大人叫孩子哭。小林经理不住地向山本董事和贵宾们鞠躬道歉，也快哭了。山本董事和贵宾们阴着脸，在一片"儿呀宝呀肉呀"的呼喊声中离去。

后来，小林经理被董事长叫去臭骂了一顿，阴着脸回来找李老板摊牌。两个人关起门谈了一下午，然后分头行动。小林经理指示会计师查账，李老板再次召集员工大会，号召集资还款，驱逐小林经理。

老童说："为什么要驱逐小林经理？我看他来了挺好，每月按时拿钱。您欠的两个月工钱，现在还没补上呢。"又说，"老板，今天您给大伙说句实话，您是不是党的人？"

李老板一愣："什么党的人？"

老童说："绿党啊。"

李老板笑了，说："我还蓝党呢。谣言你们也信！"

老童说："自从跟'一加一等于三'闹翻，您就像着了魔，发疯似的办学校。戈林到底把你怎么着了？"

老童从一开始就不赞成李老板跟"一加一等于三"闹翻，他大概也能猜出闹翻的理由，无非是感觉自己受到了歧视。老童刚来德国那年，就有好心的前辈告诫他："在人家的地盘上讨生活，凡事不能过于较真，忍一忍就过去了。你以为歧视不好？遇见个新纳粹他还打你呢！"

李老板说："这个你们不懂。当下最要紧的是驱逐小林。"

阿芬说："老板，大家刚吃上两天饱饭，您就别折腾了。您折腾了大半年，得到了什么？"

老童说："对，折腾伤钱！"

小徐始终没说话，好像此事与他无关。他摇晃着脑袋哼小曲，曲调是《跟着感觉走》。细听，他把歌词改了，反复只唱着一句："跟着老李走，越走越没奔头，只感到脚步越来越沉重！"

李老板四面楚歌，他只有看老张了。

老张没吵也没有唱，他打起来了。老张原本不想打架。上次小徐和老童发飙，他还能压着。能压着是因为李老板做事公平，不欺负人。谁知前两天小徐给他透露了一条消息：李老板私下给老童发了利钱。同样是员工，同样是借钱，凭什么别人借是白借，老童借就有利钱？这不明摆着欺负人吗！早先，老张曾在王老板的"中心开花"里打工。王老板那边伙食好，女跑堂小白也好。为什么就留不住老张呢？

小白不单做跑堂，也在别人家兼做着推拿按摩，但大部分时间还是在"中心开花"做跑堂。这一点很重要。小白平时说话做事，总透着对老张有一股特别的亲近。比方说吃饭，别人吃完饭站起来就走，该擦灶头的擦灶头，该收拾桌布的收拾桌布。只有小白不走。非但不走，还嘴里咬一根牙签，坐对面盯着老张看几眼，才走。

老张觉得，小白长得算不上漂亮，也算不上难看。小白的缺点就是脸上的毛发分布得不均匀，眉毛很少，胡子倒长出来几根。一个女孩子竟然长胡子！老张心中不喜。尽管心中不喜，老张却养成了洗头刮脸的好习惯。过去在难民营，老张从不刮脸，就是为了保持一种年龄上的沧桑感。为了小白，老张改变了许多。

后来，老张听同乡讲，他在"中心开花"里干着二厨的活儿，工钱只比刷碗工高一点点，却比别人家餐馆的二厨挣得少很多。老张一气之下把王老板撂了。不是老张不喜欢小白长胡子，是因为王老板做事不公平，他欺负人！

谁想，李老板也暗地里欺负人。不仅欺负人，他还沽名钓誉。

李老板也没想打架。他练过八卦幽拳掌，想摆出个架势把老张震住。手是两扇门，全靠腿打人。李老板拳脚不错，一个白鹤亮翅展开双臂，下面旋转着跺了几脚，把老童和小徐都看呆了，阿芬还鼓起掌来。就因为跺这几脚，一个靠墙立着的架子突然间倒了，把个盆景扣在李老板头上。李老板头破血流进了医院。

老张被警察抓走了。警察抓老张也不是因为他"打伤"了李老板。李老板躺在医院里，满脑子想的还是筹钱办学，没想过告发老张。告发老张的是王老板。王老板发现老张就是自己寻找多时，跑了的难民二厨。要说这一发现，还得感谢红眼睛阿义。

红眼睛阿义眼神好，就职于一家德国超市负责抓小偷。当年，许多德国超市还没有防盗系统，尤其是食品超市，抓小偷全靠人眼。在旺季，红眼睛阿义一天能抓十几个小偷。阿义的儿子在龙飞中文学校上学。送完孩子，阿义一般会在餐馆外面溜达着消磨时间。那天下雨，阿义溜达进了餐馆，正看见后厨里干活的老张。阿义认识老张，却不知老张与王老板的过节，就把这事告诉了在火车站拉二胡的老赵。消息从老赵拉着的二胡里飞出来，经过洗衣店的阿光、按摩房的小白，传到"中心开花"王老板的耳朵里。

王老板找到老张，让他回"中心开花"干活。要是王老板在李老板受伤之前找来，老张或许就答应了。毕竟，这里面还夹着一个小白。可如今李老板住进院，住进院也没把老张怎样。这时候拍屁股走人，传出去会被人戳脊梁骨。

见老张不从，王老板威胁说打黑工可违法。老张心想，"打伤"李老板已然违了法。有这一劫在下面垫着，老张有点儿不怕了，横着把王老板撑了回去。王老板一怒，报了警。

李老板给老张办了雇用手续，只因为一个办事员出去度假，另一个办事员把文件压去了下面，一来二往给耽误了。这件事，只有李老板能说清，可抓人那天李老板不在。事后，有人劝李老板反过去告王老板。李老板笑笑，说："告别人的人，他自己也睡不踏实。"又说："华人间斗来斗去的，何必呢？"

李老板刚出院，小林经理就来了，要求学校搬家。一来是学生们吵闹，扰乱了生意，还得罪了山本董事。二来想扩大紫菜包饭的经营面积。当初小林银行之所以决定投资，就是看中了餐馆的位置：对面是码头，周围有许多公司。山本董事的别墅也离着不远。

李老板不同意。小林经理就提出一个折中的办法：学校仍留在雅间，但李老板必须再追加 5 万马克投资。理由同样是办学影响了生意，不追加投资，餐馆就得破产倒闭。李老板不同意追加投资（这是小林经理预料到的），又指责小林经理处理不当，致使学生受伤。双方撕破了脸，于是小林经理拿出一本账，一笔笔算下来，李老板的餐馆早已资不抵债，只能破产拍卖。小林银行作为最大的债权人低价买下餐馆，李老板净身出户。

小林经理说，他并不反对李老板办学。可学校挂在餐馆的地址上，总会惹来一些莫名其妙的账单。如今餐馆换了主人，学校就得停办。

李老板坚持说："学校不能停！"

小林经理说："停不停是您的事。但您必须把学校地址换成别的。"又说，"您办学总得有个教室吧？"

李老板说："教室会有的。"

小林经理一笑，说："除了租教室，您还得置办桌子椅子吧？总得有地方坐吧？"从会计师那里，小林经理摸清了李老板的家底。他穷得连一把椅子都买不起了。小林经理的意思是，要认清现实，别总在天空中飞翔。

李老板的脸腾地一红。他摆出个马步，平地里蹦起多高，说："我就这么坐，你管得着吗！我把学校开到街上去，开到美茵河上去，你管得着吗！"说着，李老板竟然就这么蹦着出了餐馆，他蹦过了街道，蹦上了码头。

老赵是拉二胡的。他有时在火车站拉，有时在码头上拉。在哪儿拉要看天气，也要看业务量。那天，老赵刚好在码头上拉二胡。他远远地看见李老板拿着马步，蛤蟆似的蹦过大街，朝着他的二胡摊子直冲过来。一边蹦，李老板一边喊："开到大街上去，开到美茵河上去，你管得着吗！"老赵放下二胡，倒吸一口凉气，说："我靠！"

消息就这么传了出去的。消息在民间传播，自有它的路数，有它的渠道。在没有自媒体和聊天网站的年代，靠的是口口相传。口口相传之所以有效，首先要口碑好，比如老赵，口碑就好。再就是渠道稳定，比如阿光和小白，就非常稳定。上一回，李老板竞选议员的消息就是先从"中心开花"里出来，经过按摩房的小白、洗衣店的阿光，传到拉二胡的老赵耳朵里。老赵扯起二胡，把它扯到了大街小巷。这一回反过来了，消息先从老赵的二胡里出来，经过洗衣店的阿光、按摩房的小白，来到"中心开花"。再由"中心开花""砰"的一下，把它崩到大街小巷。

全城的华人都知道了：李老板疯了！

那年夏季最令人心绪不宁的几个夜晚，王老板望着一轮明月想到了夜深，忽然想明白了一个道理："原来，他真不是为了别的！"

五

整个暑期，李老板都在找房。学校不能停，一停人心就散了。可房东这边一听说李老板要办学校，不见面就拒绝。答应见面再谈的，要么离市区太远，要么房租太高。倒是有个半地下的公寓，房东先是拒绝，一周后又打电话约李老板。公寓位于一条主街的背面，一个半地下的建筑，里面有两扇窗高出地面，透进来树影阳光，还有移动着的，或胖或瘦的人腿。房东是一个面色阴郁的中年男子，他仔细询问了李老板的籍贯、收入和工作，又问了几个特别奇怪的问题。比如，他问李老板是否有酗酒的爱好，是否有晚归的习惯，是否养宠物，比如猫狗，或者老鼠什么的。

"老鼠？"李老板吃了一惊。老鼠是餐馆必除的祸害。

"对呀，老鼠！"

见李老板矢口否认，房东似乎有些失望。

一切都谈妥了，也约好了交房时间，来到门外，刚好对面半地下的门洞里钻出来一个头发蓬乱、拎着酒瓶的男人。他像刚从狄更斯的小说里穿越过来，看见李老板就惊叫一声："大蒜！"丢下酒瓶，翻身逃回到洞里。李老板一愣，他那天并没有吃蒜。再说，吃蒜又不犯法。

房东的脸色更加阴郁，摊开两手对李老板说："对不起，我的房客不欢迎您。"

小徐找到一条租房信息，位置好，价格不贵。房东还特别强调喜欢孩子。这真是一个天大的惊喜！许多德国人都嫌孩子吵，租房要远离幼儿园。有些德国人自己不养小孩，还经常投诉带小孩的邻居。带着孩子找房，难！

李老板看过房，不错。房东是个波兰女人，会唱几句《东方红》。李老板回赠她一首《华沙工人歌》，两个人你来我往，谈笑甚欢。房东让李老板第二天一早过来签合同、交押金、拿钥匙。临出门，房东像又想起什么，问："您有几位学生呀？"

李老板注意到出租屋没有家具，地板与墙角衔接处的板条也坏了。他打电话给老童，老童学过木匠。李老板受伤后，老童的态度大变，多次表示愿意为学校出力。老童在炒锅前接了电话，马上答应下来。放下电话，李老板开车去超市买窗帘，去家具城订桌椅。第二天一早，李老板又在建材商场买好板条，把它们都拴在车顶上，然后顶着一排板条在街上跑。板条比车身长出许多，前后都忽悠着。正是上班时间，行人用目光向他致敬，私家车给他鸣笛。忽然，前面有辆奔驰车猛踩刹车，李老板也刹车，车顶上的板条就都嗖嗖嗖飞了出去，标枪似的打在奔驰车的后轱辘上。奔驰车里跳出一个愤怒的胖子，挥舞着拳头东倒西歪地跑过来。几分钟过后，警车也来了。警察测量了板条的长度，说超长，撕一张罚单给李老板拿着，嘱咐他一周之内必须把钱交上，否则就不是这个数了。

停好车，李老板扛起板条朝出租屋的方向走。板条贴在李老板的脖子上乱颤，就像好几条活蛇。半路上来了一场阵雨，不很大，却一丝一扣往衬衫裤子里渗，直到它们都紧贴在李老板的胸膛、后背、大腿和屁股上。这期间，李老板曾经想过去公交车站避雨，可公交车看见李老板和板条就都闪着黄灯不肯进站。李老板想过去教堂里避雨，可板条太长，顺不进去，又担心吓坏了前来祈祷的老人。李老板离开教堂，走进雨里。

李老板听见有不少私家车为他鸣笛，又看见一个摄影记者朝他跑来。记者一边按快门一边说"您慢点走"，还问："这创意真棒，您是怎么想出来的？"李老板感觉，在这个酷爱艺术的城市，回头率已经到了危及交通安全的程度，于是甩开大步，甩开记者，他要赶快走他不能停。他听见鞋在脚下呼哧呼哧作响，他感觉雨水在他脸上流淌，它们汇成了两条小溪，两条温暖的小溪！

来到出租屋前已是中午，房东死活不肯开门。李老板就在滴水的房檐下等。后来，房东打开门，看一眼李老板就面如死灰，结巴着说："对不起，合同不能签了。"

交完罚款，李老板来到一家咖啡馆。端着咖啡，李老板想起半年来的经历。先是跟"一加一等于三"闹翻，用老童的话讲，从此"着了魔似的办学"。因为办学，又遭遇一连串的打击：员工反目；惹了闲话也招来暗算；餐馆赔钱，受伤住院；出院后餐馆竟成了别人的。如今学校还在，可是没了上课的地方；找教室又费尽周折，好容易找到了，就要签合同了，房东又突然变卦。眼看着暑期已过，教室仍然没有着落。看来，学校真的办不下去了。想着想着，李老板的眼里闪出了泪花。

咖啡馆位于市中心，生意不错。临桌有个年轻女子一直朝李老板这边看，看见李老板落泪，年轻女子放下咖啡，款步上前打招呼，李老板定睛一看，原来是戈林的助手迈耶女士。

李老板掀桌子那天，有一幕别人没看见，迈耶看见了。戈林那天用方言说完话，还说了一句中文："您从哪儿来？在这儿住多久了？"

李老板几乎在吼："我入籍了！"他跑出去，很快又回来，手里举着一本德国护照，狠狠摔在戈林面前。李老板说："我跟你是一样的！"又说，"我跟你是一样的？"后一句在音调发生了变化，句尾处上扬，陈述句立刻变成了疑问句。迈耶在旁边听着笑起来。不是李老板把陈述句说成疑问句好笑，而是这句话本身就好笑。第二天想起来，迈耶又哭了。

迈耶说，外国人大都吃过语言的亏，戈林故意说方言就不对。辩论是为了明辨是非，不是语言考试。在这一点上，戈林只能代表他自己，不能代表其他德国人。迈耶说，她不赞同戈林，她这个德国人跟戈林不一样！

听迈耶女士这样讲，李老板也说出了自己的心事，倒不是想借着迈耶的关系让戈林回心转意，"一加一等于三"的生意已经不重要了。李老板的心事与另一件事有关。那天，戈林说过中文，一位联姻的阿姨听了，对女伴说："德语我不懂，可听人家这中文讲的，比许多华二代强多了。我跟定他家了！"

迈耶没想到里面还有这么一层。她早已离开"一加一等于三"，如今在一家律师事务所工作，专门帮穷人打官司。她想了想说："办学是一项公益事业。许多政府机关都乐于在周末开放办公场所，免费给学校使用。我帮您想想办法。"

六

"龙飞中文学校"开在一家律师事务所里。又是一个周六的上午，阳光瀑布般从门外倾泻进来。学生们都在上课，阿芬坐在前台整理着票据。她一笔一笔地记着：王老板，捐款 1000 马克。

屋里忽地一暗，有个男人挡在门口。他走近几步，阿芬认出来了，是老张。

老张苍老了许多，满脸都是泛青的胡子楂。他说："问了几个地方，才找到这里。"

阿芬说："为了筹备晚会，李博士出去借乐器了。小徐在里面上课，下了课我去叫他。"

又说："餐馆没了，我们又都叫他李博士。"

老张摆摆手，坐下来问："你也来了？"

"我帮忙管管账。小徐来代课，都是义务的。你呢，还好吗？"

"一直在白房子里等消息。"老张不说难民营，他只说白房子。难民营里有两栋楼房，一栋白楼，一栋橙色的楼。老张住在白楼里。

"拿到身份了？"

"还没有。他们又说我年龄不对，说要审查。"老张在脸上一抹，说，"不该刮胡子。"

阿芬笑了，说："你总这么说。"又说，"看着也确实不像，当初怎么就乱写？"

"不是乱写，警局里也有高人，才跟你闲扯着，突然就问你生日。只要你稍微一愣神，他就说你扯谎。有的给吓尿了裤子，更想不起生日在哪天。"老张停一下，说，"只有这个日子 1949 年 10 月 1 日，无论警察什么时间问，多么突然地问，我都能马上想起来。"

阿芬又笑，她笑出了眼泪。

两个人都想起了什么，又都不说话。沉默良久，阿芬叹口气，说："这又何苦？"

老张也叹气，说："也是，这又何苦！"

教室里那边传来琅琅的读书声。老张侧过脸细听，是一首诗：

把我从水田捡起

把我拿出来

切碎了

加上冬菇、瘦肉和洋葱

加上盐

鱼露和胡椒

加上一片奇怪的姜叶

为了再放回去

我原来的壳中!

老张笑了，问："怎么还教学生做菜？"

阿芬忙问是什么菜，老张说，不是酿田螺吗？南方人爱吃的。

阿芬听了听，她听见孩子们朗诵道：

使我远离了

我的地理和历史

加上异乡的颜色

加上外来的滋味

给我增值

付出了昂贵的代价

为了把我放到

我不知道的

将来

朗诵完，孩子们开始唱歌。老张站起身往外走。阿芬问："不见李博士了？他没有怪你。"老张说："知道，不见了。"来到门口，老张仰头看天，又低头脱去左脚上的鞋，拿在手里。阿芬见他单腿立着，就问："要椅子？"老张摆手，从鞋底掏出一个折好的信封，打开。

信封里夹着一沓面值不等的钞票。老张把钞票数了两遍，从里面抽出三张20马克的绿钞掖进上衣口袋，把其余的钞票重新装好，在手上掂了掂，说："就这么多了。原本有两千六，路上被警察搜走了一千五。他们问我这钱从哪里来，难民营几个月也发不了这么多钱。我当然不能说是打工挣的。警察就把钱没收了，说只要我讲清楚这笔钱的合法来源，才还给我。"

阿芬说："警察在哪儿？我去帮你说！"老张又摆手，说："有个好心的留学生挤过来帮我翻译，警察把我放了，倒把他抓进去盘问，说怀疑他是个蛇头。其实我根本就不认识他。我还得再去一趟。你就别去了，去也不顶事，反倒害了你。"

老张把信封和钱都交到阿芬手上，不好意思地笑了，说："臭钱臭钱，就这些了，麻烦你帮我记上。"又说，"不为李博士，为我自己！"

老张穿上鞋，走进阳光里。他想起什么，回过身问阿芬："你刚才说那晚会，叫什么名字？"

"元宵晚会，抱紧我们的记忆！"

一只叫安娜的仓鼠

第一代华人移民大多选择晚育，因为养孩子牵扯着一个大人的精力，拉扯到五岁也不一定能懂事。在国内，外来人口被称为各种"漂"。本地人到了谈婚论嫁的年龄，父母都再三叮嘱，不要找漂泊之人，他／她没有根啊！也不能怪本地人势利，将来有了孩子，不能总累一方父母吧？

在德国就更不容易，因为漂泊之外又多了一个国外。国外有国外的"陋习"，德国也不例外。比如上幼儿园需要排队，从怀上孩子开始，排到孩子三岁了才能入园。德国老师不喜欢管教孩子，小孩子打架，弱的挨了打，老师说："你也打回去呀！"小孩子在地板上爬，老师就由着他们爬，地板倒是都擦干净了。小孩子把脏乎乎的手指放进嘴里嘬，老师也由着他嘬，都是放养。用这法子养鸡倒是不错的，放养的鸡下的蛋好吃，还贵。可我自己从小就不是放养的，我的"蛋"恐怕也很难适应这种环境。

儿子果然经常生病。生病还不给吃药，也不给打针，医生说锻炼身体。小孩子病一次，就能长大一点儿。儿子入园两年，我锻炼了二十四个月。依我看，这就是陋习。

幼儿园老师不教认字也不教识数。就算上了小学，头两年也是放羊，老师不给成绩。学生可以在课堂上说话、玩，还可以站起来在教室里溜达。这是后话。

再就是孩子们之间的相互串门，从串门发展到夜不归宿，从夜不归宿发展到湿身。两个孩子睡一张床上，今天睡你家，明天睡我家。谁家孩子不出去睡，就显得有点儿异类。睡我家那晚，儿子的小朋友马斯把床尿了。五岁了他还尿床！儿子的睡衣、被子都给尿湿了。问题是除了湿身，你不知道他俩还干了什么。卢梭说过，男人上了五岁，谁敢说没恋爱过？儿子刚满五岁，这样下去怎么得了？这也算陋习。

夜不归宿会导致消费升级。要吃的要玩具还好，儿子要小白兔，说是马斯家养了两只。我说："三张嘴够我养了，不能再添个吃饭的。"妻子说："兔子不吃饭，它只吃青菜。"我说："青菜不比肉便宜！"妻子说："你看马斯家有什么，再看咱家孩子有什么！"

马斯有个姐姐，还有一个正在吃奶的弟弟。

妻子说："他还没想起来要一个弟弟妹妹，就算便宜你！"

我观察过。每次去幼儿园接孩子，马斯的母亲负责公关。女人们都是话痨，从马斯今天的表现，说到昨天的想法，再展望一下未来。这时间刚好够姐姐把马斯的小手、脸蛋和身上弄干净。一家子出了园子，还有马斯的奶奶像比萨斜塔一样弯着腰，笑盈盈迎接他们。

我儿子不一样了。我和妻子一个上学一个打工，接孩子总迟到。儿子经常一个人坐小板凳上等我，脏得像个泥猴。看见我，儿子窜到我怀里，两只沾满沙土的小手掐在我脖子上。父子俩抱成一团往外走。马斯一家是一部电影——《瞧这一家子》。我和儿子是海外孤雏，相依为命。

我时常被幼儿园老师约谈。起初是因为儿子听不懂德语，老师要我多跟他讲德语。后来，老师又说儿子听懂了却不爱讲话，不合群。主管建议我带儿子去看精神科医生。最后是园长出面了，她先夸儿子聪明，心里比谁都明白。然后说他只是缺少一样东西：在家（zum hause）的感觉。

"他没有把这里当自己家呀！"园长说。

妻子跟我商量："再添一张嘴吧，让儿子也有个伴。"又说，"等我毕业，就好了。"

我说："等你毕业了，儿子更没人带了。"

宠物店老板很乐于向我展示他豢养的猫狗鸟兽。我算了一下，狗吃得太多，猫生寄生虫，鸟又太吵了。老板是个聪明人，他向我推荐了一白一粉两只仓鼠，都是公的。我对粉仓鼠的性别表示怀疑。老板把手伸进笼子，掐住粉仓鼠的脖子把它提起来仔细端详。再放回到笼里，粉仓鼠像上足了弦的发条，蹿起来抓住笼壁，不要命地蹬身后的小转轮儿。

宠物店老板笑了，说："它很干净，是个男孩。"我用一半的价格给家里添了"两张嘴"，一同置办好的还有笼子、食物、细沙和干草。

儿子给粉仓鼠起名叫"安娜"，他没有给白仓鼠起名字。我说粉仓鼠也是公的，可儿子偏叫它安娜。我想，安娜或许是幼儿园里某个女孩子的名字。从小看大，我儿子像我！

两只仓鼠帮了我们。每当我晚上加班，妻子伏案准备考试，儿子就守着笼子跟仓鼠说话。我让儿子多跟仓鼠说德语。

这件事让我母亲知道了，她坚持要看看仓鼠。仓鼠很有灵性，趁着视频的机会，它们在儿子的脸上手上乱爬，亲不够。儿子在这边笑，母亲在那边看着，哭了。

有一回，儿子问我："安娜从哪里来？"

我说："从亚洲来，从你的家乡来。"这个我上网查过。

儿子又问："安娜可有爸爸妈妈？"

我随口说："有吧。"

"安娜的爸爸妈妈在哪儿？"

我刚要说让宠物店老板给卖了，想想不对，改口说："也许早就死了，仓鼠又不能老活着。"

儿子又问安娜和白仓鼠是不是一家子。

我说："也许是一家子，也许只是朋友，就像你和马斯一样。"

儿子马上摇头，说："我和马斯不一样。马斯有姐姐，有弟弟，我只有我自己。"

儿子的黑眼睛忽闪了一下，又问："你和妈妈能老活着吗？"

我还能说什么？

那天晚上，妻子悄悄问我："你就没个打算吗？咱俩又不能陪他一辈子。"

安娜怀孕了，它一气生下六只小仓鼠。儿子欢天喜地，笑得夜不成寐。我气得七窍生烟，扬言找宠物店的骗子算账。

我去晚了，宠物店在一周前倒闭了。

我学会了鉴别，又买来一只粉笼子，只把安娜放进去，因为其余七个全是公的。儿子跟我吵，说一家人不能分开。他第一次冲我吼。我说你都五岁了，张叔叔的儿子五岁会弹钢琴，你会什么？就知道玩！儿子竟然顶嘴说，爸爸还养发财树呢！

我说："发财树浇浇水就行了。耗子要吃饭要添草要换沙子，都是爸爸干。你连个碗都不会刷。要是安娜再生一窝，咱家就盛不下了。你想累死爸爸？"

儿子眼里噙着泪，使劲摇头。他开始刷碗，坚持了三天。

后来，粉笼子里安静了，小转轮经常闲着。我看见安娜趴在笼里朝笼外看，儿子趴在笼外朝笼里看。

有天傍晚，儿子像变了一个人，抢着刷碗，然后给仓鼠换沙子。他遇到一些困难，还是笨拙地完成了。我猜他又捅出了什么娄子，就坐在一旁假装看书，等着他自己招供。过一会儿，那个小身影果然向我走来。

儿子悲声告诉我，死了一只仓鼠。他把仓鼠埋在我的发财树下面了。

我从心里笑出声来，又从儿子童稚的眼睛里看见了成年人的悲伤。我还是要批评他，说："儿子，你今天做了一件好事，又做了一件坏事。"

儿子马上说："我以后天天刷碗，再不惹爸爸生气。"

我心中感慨。死了一只仓鼠，竟胜过我千言万语。我摸着儿子的头，说："儿子，你总算懂事了！"

儿子珍惜地看着我，黑眼睛里闪出了泪花。

"安娜死了。我想，你也不能老活着。"

漂流瓶

女孩脱掉大衣，露出短裤和不太粗壮的双腿。她的年龄在八九岁之间，跟儿子差不多大。女孩手里握着一只酒瓶，坚定地走向莱茵河。河水很快就没过了她的膝盖，打湿了她的短裤。我看见女孩的身体在黑色的水面上战栗，她身子向前一扑……

酒瓶在空中画出一条不太长的弧线，好像被什么东西拽着，重重地砸向水面。

那是 1995 年 11 月的一天。11 月的河水，11 月的天空。空气中有一股烧劈柴的味道。

一个放漂流瓶的女孩。我这样想，心也像被什么东西拽着，重重地砸向水面。我想象着那只漂流瓶的样子，想象着莱茵河下游的那座城市，女孩的母亲或许也生活在那座城市。

我不能停止想象。儿子离开我两年了，他也去了莱茵河下游的那座城市。我不能停止想象。

两年来，我尝试过许多工作，都没能干长。我无法集中注意力。我会无端地放下手里的活儿，看着一个地方发呆，会看着老板流泪，后来又失业了。我捡过酒瓶，这个需要眼疾手快，能帮助我恢复注意力。后来，方圆五公里的流浪汉都改了行，我依然无法集中注意力。

那个画面就在眼前，挥之不去。两年前，我送儿子去莱茵河下游的那座城市，一路上儿子用小手紧抓着我，肉都给他抓疼了。儿子还在我脸上吹气，假如我木头似的盯住车窗，好半天不眨眼睛的话。

到站了，我说："儿子，跟你妈走吧。"儿子仍不肯松手。我指着站台旁边一家游戏厅，说："你不是喜欢开汽车吗？"我眼看着前妻拉起儿子，走入那个灯光闪烁的所在。孩子就是孩子。

返程的车厢空空荡荡，我盯着碎花般闪烁的灯光，很想取一片下来留作纪念。火车缓缓开动，突然，我看见一个小小的身影奔跑在站台上，是儿子。我双手按住车窗，睁大眼凝望站台。儿子在站台上奔跑，他追着我的火车奔跑！

那个画面就在眼前，挥之不去。直到遇见那个放漂流瓶的女孩，看见女孩重新上岸时冻成粉红色的双腿，两个画面重叠在一起，我才停止了流泪。流泪有什么用啊？

我开始找工作，开始参加各种培训，开始对每一个新落户的流浪汉点头微笑。我用心干了一年，赢得一次去汉堡短期培训的机会。

我来到莱茵河边，又到了11月的那个日子。我没有遇见去年放漂流瓶的女孩，就沿着莱茵河往下游走了一段。在距离原地大约两公里的岸边，我捡到了一只漂流瓶。我确定它就是那女孩放的，因为瓶口处拴着一条红线，红线又结成一个圆环绕着，似乎想拴住什么，又什么也没有拴住。

我带着漂流瓶去了汉堡，那里离大西洋最近。渡轮行驶到易北河中心时，我把漂流瓶放下去，眼看着它一沉一浮，消失在船尾的激流里。我想它顺着北大西洋的暖流，很快漂到女孩母亲所在的城市。我想象着她们母女俩见面时的情景。

那一年，为了争夺儿子的抚养权，我几次上诉，几次败诉。前妻说："想让我儿子跟你一起捡酒瓶子吗？"

我想做一点儿好事。做好事能给我带来好运。

后来，我果真找到了工作，租到了一套有浴室的公寓，儿子也回来了。儿子在法庭上说："我愿意跟爸爸一起捡酒瓶！"

我再没有见到那个放漂流瓶的女孩。我勤奋地工作了四分之一世纪，幸运地在新冠疫情暴发前退休，颐养天年。这一切，或许都因为我帮助过她，一个放漂流瓶的女孩。虽然，我平凡坎坷的一生乏善可陈，可每当我想起她们母女俩见面时的情景，都倍感欣慰。虽然莱茵河、易北河，两条河的出海口相距千里；虽然北大西洋暖流从南向北漂流，可漂流瓶一旦有了愿望，就一定能漂到亲人身边！

两年来，疫情在窗外肆虐反复，却没能在我心中激起一丝波澜。我去图书馆查阅了过去三十年的报纸。它们大多发黄变脆，散发着淡淡的霉味儿。在这个莱茵河中游的小城里忙碌了一生，我终于有时间了解一点点它的过去。图书馆虽小，却不乏艺术气："壁画"是上世纪的车牌街牌，吊灯是啤酒瓶做的，样式老旧，亮着五颜六色的光。在这样的灯光下，我找到了两张 1986 年 11 月出版的《广知日报》。在发黄变脆的报纸上，我读到了以下两段文字：

一条是国际"新闻"：继上周，瑞士化学公司的仓库发生爆炸之后，已有百余吨硫化物、磷化物和含水银的化合物流入莱茵河，形成一道七十公里长的红色污染带。污染带以每小时四公里的速度向下游漂流，所到之处鱼类死亡，啤酒厂、自来水厂关闭。各地政府不得不启用汽车向居民区供水。据专家估计，该污染对莱茵河底的影响将持续二十年。

另一条是本地新闻：日前，两位环保志愿者在莱茵河底勘察时不幸遇难。据悉两人为夫妻，育有一女，尚不满周岁。

我震惊地抬起头，看见漫天的漂流瓶，它们都还亮着。

猫 爷

猫爷本姓 Maull，准确的说法是"猫耳"。那一年我刚到 B 城，正在学德语，发音不准，就叫他"猫爷"。猫爷放下手里的锉刀，瞪我一眼，说："因为你，影响到我的薪水！"

莱茵河把 B 城一分为二，左边是老城，右边是工业区。工业区里有一个锈迹斑斑的货运车站，一个不敢去又不得不去的移民局，若干家工厂和几百户万般无奈才落户于此的居民。

与工厂为邻，说没有污染是瞎话，从空气中的味道就能知道。带点儿甜味的是巧克力工厂；金属粉尘的呛味儿对应着废车回收场；闻到一股臭胶皮味儿，就离我打工的工厂不远了。

进厂没两天就发生了一起杀人案，确切说是发生在两条街以外的地毯厂。一个中国留学生被同厂的工人勒死。杀人犯将尸体丢进垃圾桶，擦擦手继续干活，像什么都没有发生。有证人对记者说，杀人犯有点儿"另类"，意思是他精神上出了问题。后来，法官也是这么判的。同厂的留学生则认为，那是在为杀人犯找借口。

这案子影响很大，国内都报道了。一周之后，B 城的留学生都收到了一封家信，我收到了两封。每一封家信都是一颗揪着的父母心。那天晚上，我喝光了一整瓶拿破仑，前后左右想了八遍，决定留下来继续干。

我干的那家工厂专门为大众汽车生产配件。猫爷进厂二十年，手艺一流。有些配件非常小，需要猫爷比照着图纸亲手制作模具。猫爷是工厂唯一能制作模具的老师傅，叫一声爷不过分吧？我好像有点儿说岔了，问题不在于称呼，而是杀人。这么说吧，那个月我机警得像一只兔子，留心着各种苗头，然后做出判断。

比如下夜班回家，钻进地铁车厢前的一刻，我看见一个文身的壮汉坐在里面，就要立刻做出判断，留下还是等下一趟车？我选择留下，因为我看见，壮汉正戴着耳机听音乐。

我的判断是，热爱音乐的人是安全的。那时我不知道，小胡子也热爱音乐热爱绘画。他还画得相当不错。

我的判断是，猫爷也是安全的。

与猫爷同年进厂的还有彼得。彼得手艺一般，人品却比猫爷好，他重感情。有彼得在，我感到心安。我做的是学生工，论地位在工厂里最低。可每次指派我做事，彼得总要把话说得客客气气，一件事用十句话解释，一句比一句客气，仿佛不这样就伤害到我的感情。

我那时德语不好，他越解释，我越听不懂，就打断他说："干脆说让我干什么吧！"猫爷在一旁不怀好意地笑了。

猫爷不怕伤感情，他永远直奔主题："因为你，影响到我的薪水。"

我说："我一个临时工，怎么会影响到您的薪水？您都二十年的老师傅了。"

猫爷抓起一张报纸，哇啦啦说一大通，意思是，他什么都看见了，他什么都知道。

他知道什么！

我起初还解释，可越解释事儿越多。那天，猫爷不知怎么又鼓捣出一个零件。零件上带俩小翅膀，薄如蝉翼。猫爷把它捧在手心里，像等着它飞似的，嘴里还不住地念叨："德国机器，好机器！"一下午他没干别的，快下班的时候，他突然冲我来了。"中国机器，破烂机器！"

我操着破烂德语，给他讲中国的四大发明，讲中国新近研发的、银河十亿次巨型计算机。那么多专业词汇我容易吗？见猫爷一脸茫然的样子，我知道他听懂了。猫爷举起一张图纸，对着亮光疑惑地看了半天。

他蔫了两天，第三天又来了。我要求换班，为的是少跟猫爷见面。

彼得笑着劝我别当真，说猫爷并没有恶意，招惹我纯粹是为了看我生气时的样子。

"要是我不生气呢？"

彼得一耸肩："那就不好玩了。"

下一回，猫爷又提起这话题，我很突然地回击他："破烂机器都是从德国进口的！"猫爷像一瞬间被人点中了大穴，愣着说不出话来。彼得看着，咯咯地笑了。

转变发生在我女儿出生之后。看到我女儿的照片，猫爷赞不绝口。"哟，还真是个人物。长得不赖，真不赖。"他吧唧着嘴，胡须一抖一抖，活像个狼外婆。

第二天，猫爷拿来一大包婴儿衣服，都是旧的。我心中不喜。猫爷就开导我，说小孩儿皮薄肉嫩，旧衣服柔软，不伤皮肤。又说这衣服都是名牌，十八年了都还没坏。

"十八年了？"

"是呀，一直都搁地下室里。"

猫爷从包里掏出一个圆柱形的盒子，蓝幽幽的柱体，印着花纹的盒盖。拧开，里面是四只修长的奶瓶。

我眼前一亮，猫爷不失时机地开出价码：整套奶瓶10马克，新奶瓶可要贵出几倍的价钱。

都是同事，旧衣服旧奶瓶也要钱。我心里骂这地方人情冷漠。后来，妻子劝我说："他们都这样，二十年的同事，分开了就不再联系。你一个临时工还想怎样？"

那天多亏了彼得，他帮我谈价钱。我买下一条婴儿斗篷，一条婴儿洗澡时用的毛巾。那种能套在头上，裹住孩子整个身体的毛巾。

奶瓶？我暂时不买。因为妻子说要母乳喂养，不然等女儿大了跟当妈的不亲。妻子说："也就喂半年，不能总缺课呀。"

我想，半年以后再找猫爷杀价钱。

才过了一个月，猫爷就不来了。我以为他去休假了。再一个月，猫爷依旧不来。我问彼得，彼得说你不知道呀，猫爷心脏病发作差点儿死了，在医院换了人工心脏才活过来。

"猫爷才四十五岁。"

"人工心脏棒着呢，只要不停电就一直跳着。"

猫爷再没有回来。

半年后，我考过语言，在大学附近找到了工作。最后一次去工厂，又遇见彼得，他递给我一个包裹，说是猫爷送的。

包里塞得满满的，都是旧衣服，看大小我女儿刚好能穿。再一抖，里面咣啷啷滚出一个圆柱形的盒子，蓝幽幽的柱体，印着花纹的盒盖。我心头一热，问彼得可有猫爷家的地址。

彼得说猫爷搬家了。他换了一份工作，离开 B 城去了别处。我问，猫爷搬去了哪里？在哪家工厂上班？我要去看他。彼得很奇怪地看了我一眼，说他跟猫爷没什么联系，也从不打听别人的私事。

在德国的第一份工作就这样结束了。猫爷的手艺真好。人工心脏也不错。

二十年的同事一旦分开，他们还真不联系。

林和水的故事

一

马丁多喝了一杯咖啡，大声谈论起女人。正是下午茶的时间，咖啡馆里坐满人，认识的不认识的，都看我们。马丁说德国人爱吃土豆，女人的眼睛长得也像土豆——又大又圆。亚洲人喜欢吃稻米，女人就生成眯缝眼。马丁还夸张地扯了一下眼角。就凭这举动，说他种族歧视不冤枉吧？

土豆原产自美洲，舶来德国也就二百多年。马丁的祖上老马丁是一个种大麦吃大麦的农民。套用马丁的理论，老马丁也应该是个眯缝眼，比米粒大不太多才对。吃了二百年土豆，就能把人眼吃大撑圆？这思维很成问题。

德国人的思维很成问题。比如这个咖啡馆，左手挂一牌子写着"吸烟区"，右手写着"非吸烟区"。规矩订得倒是严格，可有什么用呢？就这么大点儿一空间，如果你借着窗外透进来的树影阳光，看清楚袅袅青烟怎样自由地四处游荡，就会很灰心。反正我当时就很灰心，不明白德国人为什么要这样想、这样做。

一股青烟迎面袭来，马丁流下了热泪，对面的两个德国男生露出了会心的微笑。擦干热泪，马丁声明，他绝没有种族歧视的意思。相反，他更喜欢细眉细眼的亚裔女生。后来，他还为追求一个泰国女生，转学去了柏林。

说话间，邻桌一个中国男生转过身看我，说他认识我。我看他一眼，确认我不认识他。男生有些吃惊，有些失望。他说出国前我俩是校友，住在同一栋学生宿舍。

我于是仔细打量他。他年轻，个儿高，帅气。我想，认一个帅哥校友也不是一件丢脸的事儿。

我问他那宿舍楼有几层，他脱口就说五层。他猜对了，换我也行。当年的学生宿舍都没有电梯，所以只修到五层。

他说："我就是林啊，小你三届，住斜对门儿。"他把脸凑近一些，亮着眼睛看我，"小张老师也教过我。你真就记不起来了？"

男生说话时，空气中飘来一股好闻的卡布奇诺味道。可我觉得，他喝的是酒。

小张老师大我两岁，研究生毕业后留校做我们的班主任。这个不会错。可我确实想不起眼前这位学弟，就傻傻地问："你真认识我？"

"太认识了！那年夏天，楼里闹老鼠，是你半夜大喊一声'老鼠！'把一层楼的人都吓醒了。第二天一早，大家都喊着去537揍你……"

我的汗下来了！我确实住过537号学生宿舍，也确实遭到过老鼠的袭击。

那是一栋建于60年代的筒子楼，楼道里总有几扇破窗，有时糊着报纸，有时绷着塑料布，走着夜风。水房和厕所就像牛郎织女，守卫在楼道的两端。有月光的夜里，幽暗狭长的楼道就像一条银河。当初的建筑师或许这样想：留这段距离让学生们饭后走走，锻炼身体保卫祖国。它起到了作用。熄灯后，老鼠就纷纷从水房的剩饭笸箩里跳出来，沿着墙角往厕所里跑，然后来回跑着锻炼身体。越是到夜深人静，小家伙们踏出的沙沙声就越响亮。

那年夏天，我晚自习回来，刚摸到宿舍门口，就被一只肥硕的老鼠迎面撞上。我穿着凉鞋，经它冰凉柔软地一撞，又见它疼得四脚朝天，肚皮一挺又坐起来了，狠狠瞪了我一眼。我猝不及防，大吼一声："老鼠！"声音在夜空里分了叉。

刚蹩进宿舍，就听楼道里有人骂：

"谁呀这是？太他妈吓人了！"

"找死啊你！"

"不揍丫一顿，难解我心头之恨！"

我连夜逃遁，投奔到矿院老乡那里借宿，躲过一周才敢再回来露面。

我和林就算"认识"了。我只能这么讲。我比林早出国几年，心理年龄却比他老了整整一代人。过去的事，我大多记不起来了。人的衰老不能只用年龄来衡量。

我来德国十年了，十年间发生了许多事情。先是奶奶去世。后来，父亲母亲竟然在半年内相继离世。得到消息，我几乎在一夜间丧失了半数以上的人生记忆。人的记忆就像一座大厦。父母在世的时候，记忆的大厦是明亮的，每个房间都亮着灯。我曾经无数次遥望过那座大厦，吸吮房间里亲人的味道：奶奶的代乳粉，妈妈的蛋炒饭，父亲的咸鸭蛋和大缸泡菜。就像圣诞市场上的小木屋，一间间一排排都亮着灯，弥漫着红酒的、桂皮的、松香的，或者烤海鱼的味道。我这边走走，那里看看，不觉得怎样。后来，奶奶那盏灯先灭了，有扇门就进不去了。再后来，父亲和母亲的灯也灭了，许多灯也跟着一起灭了。你也许不相信，它们真的是一起灭的，许多门就一起关上了，再也进不去了。我以为，无论我走多远，那些灯会永远亮着，父亲母亲会永远都在，会等着我回去。

我成了没有人等的孤儿。亮着灯的房间还有一些，只要我还活着。

世纪之初，林来到德国自费留学。与老一代自费生相比，林买得起一张机票，有能力在德意志银行存上一笔担保金。不像我们当年，一下飞机就要找地方打工，为了一个西瓜、一斤豆芽菜反复算计。林的一代没有"出来不易、留下来难、回去更难"的纠结。读书、嫁人、打工挣钱都不再是单行线。人生就是这样，多一种选择，就少一份磨难。穷游、蹦迪、泡网吧……生活向林展现出更丰富多彩的一面。

然而有一点，我和林是一样的：我们都远离故土和亲人，一下飞机就面临语言、生活、居留和文化等诸多困难，还有爱与被爱的期待。

我和林成了哥们。虽然，他一直尊称我为"学长"。

二

我在 K 市奋斗了十年，一直默默无闻，毕业后在一家华侨开办的小旅行社工作。为了推销旅游产品，我经常出入各种场合，参加各种活动，忙得像一个送外卖的。起初，大家都不认识我。后来好了，有人在街头认出我来。他们大声与我寒暄，说上次活动办得不错，就是饺子太凉，馅儿也不肥。

林当初在法兰克福上学，后来转学到 K 市，正赶上中资企业在北威州遍地开花，华人文化生活蓬勃发展的好时光。每逢中秋国庆元旦春节，学生会都要组织活动，还有元宵歌会、羽毛球比赛等大型赛事。高大挺拔的林不仅歌唱得好，球艺也棒。每听见女生们跺着脚尖叫，就知道林出场了。林的照片经常出现在《西部华人报》上，或载歌载舞，或球场劈杀，占据着很大的版面。过去，《西部华人报》对学生会的报道一向吝啬，只在报缝里发一条豆腐干大的简讯，不留神会当成清凉油的广告给错过了。林的到来，让 K 市学生会和《西部华人报》一同红火起来。

林的影响力冲出了 K 市，影响到更远的地方。许多女粉丝远道而来，参加活动。林却像一个不开窍的大男孩，一直懵懂地飘着。几位女生不知从哪里得知我是林的"学长"，都跑来办公室看我。她们对我精心推荐的廉价机票不屑一顾，对我熬夜设计的旅游产品爱搭不理，对我殷勤奉上的咖啡、点心和小熊软糖不感兴趣，只拐弯抹角打听林的消息，还对我左瞧右看，让我担心脸上是否生了麻子或者粉刺。后来，她们都表现出不同程度的失望，说："还真是个学长，不是兄长！"

林的出现提升了我的人气。我高调地出席各种活动，易拉宝拉坏了三个，小广告发出去二百多箱。我把摊位堵在会场门口，眉飞色舞地讲述林的故事，还把印着公司地址的小糖豆、圆珠笔什么的往女粉丝手里塞。我的老板看得喜上眉梢，说再坚持一下就给我升职加薪。好势头持续到元宵歌会，林在那届歌会上一举夺魁。此后的形势突然急转直下。

元宵歌会那天来了三百多人。中资企业赞助了奖杯奖品，侨领们捐赠了盒饭水果和矿泉水。女生们吹圆了无数只气球，男生们挂了一屋子灯泡，都是彩色的，有的亮有的不亮。幼儿园大班的孩子们跳了几次小鸟舞，旗袍会的老阿姨走了两圈台步。三个德国人用中文演了一个小品，把坐在前排的评委们笑得前仰后合。林的女粉丝都聚在前排，后排都是操着万国口音的妇女。地上疯跑着半大的孩子，两侧的长桌上包子饺子大饼油条铺出去多远，飘着四里半的菜香饭香。门外溜达着几个流浪汉，说，空瓶子的给一个。气氛热烈？相当热烈！

评委是学生会重金请来的美女歌唱家。不是马丁眼中的美女，是中国人喜欢的大眼睛、高鼻梁。鼻梁不是后来垫的，皮肤那是真白。美女评委素以"毒舌"著称，美艳中带着杀气，让人想看又不敢多看。

林出场了。林打过排球，胸大肌在白衬衫下面绷着。他撸起袖子，露出两条光滑的手臂。那时，我还在会场外忙着拉订单，导游老裴刚好站在饺子摊前面，吆喝着不时撞过来的孩子。听到潮水般的喊声，老裴抬起头，从一排女生高举着的荧光板上看到了林的名字。

老裴说，林唱完一首《故乡的云》。美女评委竟然忘了点评，只花痴般看着林，冷场了足有半分钟，就连后排操着万国口音聊天的妇女都觉出了异样。美女评委说："你很享受这个舞台，这个舞台是属于你的！"

林获得了冠军。老裴看见林手握奖杯走下舞台，交在一个女生手里，又看见林从那女生手里接过外套穿上，牵着她的手走了。刚才还为林鼓掌叫好的女粉丝们，这会儿都像嘴里含着颗樱桃，把嫉妒死的目光扫射在那女生身上。她们说那女生长得不怎么样，个子还矮。她是谁呀！

老裴说，那女生就是水。

水长得算不上漂亮，踮起脚尖，刚够到林的肩膀。我虽不似女粉丝那般惊诧气愤失望，还是把这事儿在心里捋了一遍。我怀疑林受了马丁的影响。马丁点评女人那天，嗓门挺大的，林坐在邻桌难免听到过一句半句。我于是开导林，说马丁跟咱们不一样。人家看惯了薄皮儿大馅，反过来喜欢小巧玲珑，是因为大街上少见。林笑笑，没说话。

我用一本小说的名字《男人的一半是女人》敲打林。林听了，也没生气。

林说："水因为可爱才美。"我觉得，这句话其实很不讲道理。要是早几年，让他一个人站在中心广场上，身无分文的，敢说这话？谁不是赶紧抓点儿实惠的，好让日子能过下去？如今日子过好了，也开始谈爱情了。可靓女帅哥，毕竟是有标准的。当然，马丁的标准可以忽略不计。

"因为可爱才美？"这让我怎么向专程跑来办公室，找我说事的女粉丝们交代？我的买卖还怎么做？我这学长的脸往哪儿摆？我就职的旅行社选址偏僻，老板刚起步，看中的只是房租便宜。办公室周围没地铁没有公交站。高架桥倒是有一座，每隔三五分钟有一列高速火车呼啸着扑过来。平日里，除了载重卡车和走迷路的私家车，基本上人迹罕至。人家女粉丝跑那么远来找我，容易吗？

有两个女粉丝一跨进我的办公室，就变得如伟人一样焦虑，说："您也不管管，出西施也没这么出的！"

我说："是，没王法了！"

她俩越说越激动，后来竟都把责任扣到我头上。我动了气。

她俩说："您还学长呢！"

我说："学长又不是家长。家长的话，你俩都听吗？"

她俩都说纳闷。我也纳闷。林这是中了哪门子魔法？被水迷住了心窍？要是有谁能把鼻孔贴近玻璃，偷偷观察林和水的一举一动，或许能把这事儿弄明白。

我的老板比女粉丝还焦虑，他命令我尽快把水调查清楚。扮成"林的学长"四处活动，已经把我累得够呛，再去调查水，我有点儿力不从心了。老板就给我加油，说给我路费加班费茶水费，还可以按正常业务提成。

这他妈是业务吗？我想到了老裴。林和水曾经跟团去南法旅游，老裴陪过他们，对水有一定的了解。老裴说水不会魔法，但是水任性，这是他亲眼见到的。那一天，南法的气温超过了40度，蔚蓝的天空上看不见一丝云。大家在土房子里热得受不住，都跑到户外大棚里透气。大棚里摆着长条桌椅，乏善可陈。可周围的景致却是极好的：一望无际的薰衣草，还有大片的向日葵在远处摇头晃脑。在这样的美景下，水突然就发了飙，喊一声"脏"，夺下林没吃完的盒饭，直接扔进了垃圾桶。老裴看见林空抓着两根筷子，呆坐在条凳上。

我向林核实过此事。林说："女孩子任性，让着点儿就没事儿了。"

林给我看了他俩南法之行的照片，无非想证明他和水的感情。我无意破坏或者维护林和水的感情。我对林和水的感情不感兴趣。我感兴趣的是，林的女粉丝开始报我推荐的大巴旅游团了。当然，这也是组织上（我的老板）希望的。

林的名人效应给我带来不少好处。我顶着"学长"的光环四处活动，从未想过有一天会为此买单。这也算是报应。

三

新一届元宵歌会前夕，林和水突然不见了，他们一起离开 K 市的。许多人被这个变故打得措手不及，都找我要人。组委会追问奖杯的下落，学生会关心"票房"和林的参赛名额。更多的电话则是林的女粉丝们打来的。她们有的情绪激动，有的言辞恳切；有的绵里藏针，暗含指责；有的则夹枪带棒，教我改过自新。那段时间，我的办公桌上总是铃声大作。老板在隔壁听出了异常，以为来了大生意，经常很突然地闯进来，在我眼前走来走去。我在他火热的目光下度日如年。我都招惹谁了？林来到 K 市不过两年，就给我惹出这么大一个麻烦。我必须尽快结束这一切。

促使我下定决心的，是一位女粉丝的来电。女粉丝说德国阴天多，寒气重。她经常浑身不舒服，哪儿哪儿的肉疼，担心自己着了寒，精神也跟着萎靡了。她去过诊所也去过医院，看过内科外科，照过鼻镜胃镜大肠镜，点灯熬油扎针吃药，都不管用。德国医生说她抑郁了，还是一位老中医救了她。老中医说："孩子，你没有病。你只是想家了！"

上届元宵歌会的主题是"回家"。女粉丝就冲着"回家"来的，不想遇见了林。看见林，女粉丝说，就像眼前飘过了一片云，当场就落了泪。

她看见林牵起一位女生，又看见无数嫉妒死的目光扫射在那女生身上。

女粉丝问我，那个幸运的女生是谁？她的幸运之地在哪儿？女粉丝说，总有那么个地方，让她遇见了林。新一届元宵歌会的主题是"诉说"，女粉丝本想当面问林，谁想……女粉丝先是哽咽，继而泣不成声。我握紧听筒，头发上竖，一句话不敢多说。女粉丝喘息片刻，说："您是林的学长，您问问他，这是一个 Bitte（请求）！"

林离开 K 市后，就再没有与我联系。我上哪儿问去？德国这地方阳光少，抑郁的人不少，抑郁了就很麻烦，弄不好会死人。我不能拒绝一个抑郁女孩的请求。

我跟《西部华人报》的女主编有点儿认识，想借助她的人脉打听林的去向。毕竟林是被她家的报纸捧红的，造成今天的局面，她也有一定的责任。当然，我的初衷还是为了帮助一位不知名的女粉丝。

女主编听到一半儿，没等我做进一步的阐述，就爽快地答应了我的请求。我像一个身怀绝技的大师，才耍了两个热身的把戏，刚要拿出看家的本领，就听台下鼓起掌来，说："好了，下去吧！"我有点儿意外，有点儿怅惘。

女主编说她正忙着筹办一个专栏，需要这类稿件。我暗自吃惊，说："这可是林和水的隐私，报上也要宣传？"

女主编一笑，说："亏你还是做旅游的。人生若只如初见。有情人初次相见的地方，难道不值得宣传？"

一个月后，女主编约我面谈。我不敢耽搁，推掉别的业务赶去赴约。

女主编果然神通广大，一见面就甩给我两篇稿件。她让我先看看，如果没有问题，就来它个连载。她说想做一个"太极版"——半版文字，半版广告。她还承诺，我家的旅游广告可以免费。

第一篇文章是手写的，作者叫小武，也是个留学生。小武说，水早先是他的女友，并不认识林。水是华二代，在德国出生长大，跟小武好了两年。怎么好上的？小武同学没说。关键是小武后来失去了水，成全了林。这件事让小武刻骨铭心。

德国的华二代都有自己的交际圈，很少与留学生一起玩。水不唱歌不打羽毛球，这就注定了她不会成为林的粉丝。水周末去父母的餐馆帮忙，回来差不多半夜了。小武利用这段时间泡网吧。小武也想过好好读书。才来德国那年，小武交过一个女友。有个周末，女友在科隆北边的诺伊斯室内滑雪馆订了两张门票，想跟小武一起玩滑雪。小武问她怎么玩，女友一听就急了，说："你他妈活了二十多年，怎么玩都不会？！"

小武还真不会。他从小被母亲大人管着，除了学习不会别的。母亲要他背诗背单词弹钢琴。别人家的孩子在胡同里弹球丢沙包拍元宝，欢声笑语像荡起双桨的小船，小武却要在屋里弹钢琴。小武不想弹，就故意把"蛤蟆骨朵"（五线谱上的小蝌蚪）说成"好吃的"。弹完一曲，还要去桌子底下钻一下，慌得小武妈每天无数次擦地。小武以为，钻桌子就是玩，调皮捣蛋就是玩。

与前女友分手后，小武妈再说东，小武就往西。小武妈说出国为了求功名，别总玩游戏，小武就天天泡网吧打游戏。反正母子俩天各一方，谁也见不着谁。只是每次把一张张欧元甩在收银台上，小武才略微感受到心痛，都是母亲大人用一张张人民币换来的。网吧里有不少小留学生，他们天天泡在那里，不知是担保人疏于管教还是压根就不想管教。在德国，只要是你自己不想干的事，别人就不会勉强。学习也一样，好学上进多累呀！

小武看着小留学生打游戏，看着他们吃泡面，都是些十几岁的孩子，正是长知识长身体、树立人生观的节骨眼，就这么突然间没人管了。小武真为小留学生和他们的父母感到悲哀。

小武也为自己悲哀，他有时还落泪，可一想起早年受过的种种

"委屈",心里又安定了。后来,小武认识了水,心想这下好了,不读书也能留下来,留下来就能挣到钱,挣到钱就能把母亲接过来孝敬。

小武泡网吧,水也不说他。过日子又不是百米冲刺,绷那么紧干吗?水忙完餐馆的生意,拎一个饭盒出来,半道给小武打个电话,说:"老公,我给你带京酱肉丝了。"小武麻溜儿结了账,跑去街上迎接他的公主。

日子就应该这么过。小武说,林的出现,把一切都弄乱套了。小武说,都是二锅头惹的祸,不然就不会有网吧里的血案,也不会让林这种人乘虚而入。

小武在稿纸上喋喋不休。要是那天没遇见大歪就好了!大歪硬拉着小武和老秦去喝酒。酒是二锅头,菜是酱肘子酱鸡爪酱猪耳朵。过后一想,全他妈是荤的,没一口青菜。开到第二瓶时,大歪说他这学期挂科了,从挂科又说到他母亲。大歪说出国以后,他母亲就没有吃过一口青菜。大歪说他母亲去农贸市场买菜,每天从这头儿看到那头儿,再从那头儿看回到这头儿,把整个菜市场都看遍了,然后买一份最便宜的、老了干了快烂了的堆儿菜。

这件事让街坊小军看见告诉了大歪。小军说:"你他妈在德国留学八年。八年抗战都该胜利了,怎么还不学成回国?让你妈整天吃堆儿菜!"

大歪一边说一边哭,一边哭他还一边劝酒。老秦坐一旁黑着脸,皮肉都紧巴着,似哭非哭,似笑非笑,看着更难受。小武被他俩一刺激,酸的凉的辣的一个点儿往上顶。小武家也是工薪族,经济条件不比大歪家好。可小武妈就是要强,就是事事不甘为人后。

水在街上没找到小武,走进网吧。林那天当班,领着水来到小武身后。水看见小武正抱着一挺"重机枪"猛烈开火。小武起初用"手枪"打,打着打着就换成了"冲锋枪",换成了"重机枪"。"重机枪"

才解气呢!

水递过去饭盒，说:"炒三丝，现摘的青菜。"听到"现摘的青菜"，小武想起了大歪妈的话，泪水夺眶而出。大歪妈说:"孩子，不指望你将来能孝敬，只要不在这儿吃堆儿菜，妈也就满足了!"小武不想让水看见他落泪，回手一挡，打飞了水递过来的饭盒，绿的黄的白的撒了一地。旁边歪着脖子嚼方便面的两个小留学生见了，都说可惜了这菜。水伸手拽小武，小武抓过一支笔，看也不看就往后戳。小武说，听见背后一声喊，才看清楚手里攥的不是笔，而是一把裁纸刀，刀上溅满了鲜血。

受伤的是林。后来的情况是，水开车送林去医院，小武替林照看网吧里的生意。

小武说:"那天要是没遇见大歪就好了。没遇见大歪就不会说到堆儿菜。"

小武说:"那天要是不喝酒就好了。不喝酒就能开车送林去医院。林也就没机会单独跟水在一起。"

小武说:"大歪也太他妈歪了。你妈吃堆儿菜，你自己考试挂科，都不是什么好事，你他妈请客吃饭干吗呀?还喝酒!这人要是点儿背，就事事背。酒里都藏着鬼!"

候诊大厅很大也很安静，坐着三个人，这是水后来描述的。病人们很安详，坐着不出声也不挪地方。柜台里坐着个小护士，拿腔拿调地告诉水，医生过二十分钟才能来。二十分钟过后，水再问，护士说:"那就再等二十分钟!"

水让她催催，这胳膊上还滴着血呢。正在煲电话粥的小护士不高兴了，她朝大厅深处一努嘴，说:"那位下午就来了，不也在等?"水循声望去，见角落里果真还坐着一位，目似瞑，意暇甚。水觉得，这候诊大厅就像一个太平间，不同的是病人们一起诈了尸，都坐起来了。这样一想，水立刻没了脾气。

医生来了。他坐下来问东问西，就是不看伤口。他问林，从哪儿来的？多大年纪？男的女的（这还用问吗）？打过破伤风针没有？在哪儿打的？打过针身体有过什么反应？强烈吗？林一一作答。

医生满意了，凑过来看一眼伤口，立刻警觉起来，问，是不是刀伤？什么刀伤的？钢刀铁刀陶瓷刀？还是青铜刀？刀口上有锈吗？什么锈？是不是打架了？跟谁打的？警察知道吗？

水脸色苍白，紧张地看着林。

林说是自己不小心划伤的。医生不信，说这位置不对。

林说："锯木头时用力过猛，锯条弹起来又落下，刚好落在胳膊上。"

医生用蓝眼睛死盯住林，问："真的？"

林说："真的！"

事后，水一再感激林，说："多亏你，不然小武同学可麻烦了。"

林说，我没那么高尚。你没见他思维缜密，一个问题跟着另一个问题，没完没了。应了他一句，就像应了美女蛇的召唤，进去就出不来了。就像老城区里密如蛛网的小巷，小巷里又套着小巷，穿行着小溪，七拐八绕，不留神还掉沟里了。

林说："我只是为自己。"

小武说："我怕过麻烦吗？在德国混，什么时候缺少过麻烦？"

小武说："林和水在网吧里相识，在医院里相知，在那两个倒霉的地方！"

小武在稿纸上絮絮叨叨。几页稿纸因为承载着过多的真情，都紧张地卷曲起来，变得面目全非，语焉不详。

四

女主编说："继续，后面还有一段儿小武同学的独白，特精彩！"

我看出来了，小武是来蹭热点的。当然，这也是《西部华人报》的一贯作风。可想想是求人办事，真话不能全说。我问女主编："小武是报社的签约作者？"

女主编一愣，说："刚签的约。你说这文章能火不？"

我说："水是从广州来的留学生，不是华二代。据我所知，林手臂上也没有伤疤。"我想起上届元宵歌会，林把袖子撸到肘间，露出两条结实、光滑的手臂。

女主编一脸失望。我建议她改一个名字，权当作小说发表。

女主编说："不借助林的名气怎么行？没有名人在后面戳着，写再好谁看。"

第二个作者名叫阿东。阿东在一家健身俱乐部打工。俱乐部是连锁的，每个分店其实都长得差不多，里面分两大区域。一个是男女混用的健身房，有器械、教练，包括一个游泳池。另一个是男女分开的桑拿室和休息室。

桑拿又分干蒸和湿蒸。干蒸有60度和80度两种。年纪大的在60度的桑拿房里睡觉，年轻人都聚在80度的桑拿房里。他们洗干净身体，把拖鞋留在门外，只围着一条浴巾进去。湿蒸则什么都不围，人进去就行。

阿东发现一个有趣的现象，女宾区也有桑拿房和休息室，不少女孩子就是不在自己的地盘里好好待着，偏跑去男宾区里聊天泡脚蒸桑拿。俱乐部的规矩是：女人可以进男宾区。反过来不行，男人不可以进女宾区。规矩定得严格，可每次桑拿班又都开在男宾区里，由不得你不来。就好像达官贵人举办晚会，原本是男人的主场，却偏要给妙龄女郎免费入场一样。

阿东说，开班那天，男人们在这边洗澡，女人呼啦啦冲进来，坐下来就泡脚。80度的桑拿房里简直就是一个"伊甸园"。十几个人关在一起蒸，时间不能太长，太长了人受不了。蒸完一轮，女人们裹起浴巾走了。也有不走的，钻进去就冲凉，完事还要在男宾的休息室里躺一会儿，喝口水聊聊天落落汗。

阿东说，水在男宾区里蒸桑拿，把自己裹得很严，蒸完了就走，也不耽搁。后来，林也来了。

那天，林被突然闯进来的一群女人吓了一跳。见她们欢声笑语宽衣解带，都进了桑拿房，又看见阿东拎一个木桶跟过来，就问他出了什么事。

阿东问，新来的吧？

林的窘态让阿东终生难忘。女人们把浴巾往条凳上一铺，就隔着林聊起了家常。林把浴巾裹成个襁褓，不敢抬头。桑拿师傅走进来，在林的头顶上大喊一声："怎么还穿着衣裳？脱了再进来！"林吃了一惊，不知道还能再脱什么。他看见身旁的女生羞红了脸，站起来往外走。她穿着一件很窄的泳衣。泳衣都不能穿！

玻璃门又一开，进来一个亚裔女生坐在林身旁。她就是水。

桑拿师傅是木屋里唯一穿衣服的人——腰间系着一条浴巾。他赤着上身，舀一瓢清水浇在炙热的顽石上。顽石随即爆出噼啪欲裂的脆响，柠檬味的蒸汽窜起来充满了木屋。蒸汽里像暗藏着无数把旋转着的小刀，直往人的眼睛鼻子里钻。桑拿师傅从身后抽出一条毛巾，像古代武士的"背后抽剑"，在空中抡着圈儿"砍杀"起来。

林感觉每一寸肌肤都承受着痛苦，都仿佛在燃烧。桑拿师傅像传说中的大师，把内力打在人的肌肤、人的内脏、人的骨髓，从里面逼出一个寒和一个湿来。出了几身透汗，林感觉四肢百骸无比舒坦通畅。

阿东说，新手大多撑不过十分钟。撑久了更麻烦，会被蒸气灼伤气管。也有用湿毛巾捂住口鼻硬撑的。阿东看见，水进去时手里握着一块湿毛巾，出来时，湿毛巾握在林的手里。

后来，林和水就一起来了。蒸完桑拿，水不再急着回去，而是和林一起站到冰桶下面。那是一个半开放的隔间，只容下两个人。林拽翻头上的冰桶，冰水直泻下来。水叫着蹦起来，可还是够不到上面。高大的林就把头深垂下去，两只蒲扇般的大手从下面托起水，把她紧紧护在自己身上。

阿东说，林和水在桑拿房里相识，在男宾区的"伊甸园"里。

五

我闻到一股浓浓的软文味道。做报纸不容易，全靠广告维持。做硬广告难，因为你说什么都没人信。俗话说闷声发大财，大老板都是坐商，满大街吃喝的才是小贩。花钱请媒体吃喝，不是遇见了难事，就是有什么东西砸手里了。硬广告没人看，所以就有了软文。

我必须表明态度，尽管我发现，女主编的眉毛已经明显地拧到了一起。这女人有个毛病，一拧眉就骂人。有一回我去报社找她，正遇见她拧着眉毛骂人，气场相当强大。当然，谁都可以有自己的身体语言，这不过分。座山雕也有自己的身体语言，他用"笑声"向威虎山的喽啰们发号施令，说好了三笑就杀人。"不怕座山雕叫，就怕座山雕笑"，就是这么来的。

我说："阿东可真会编！"

女主编果然开骂了："谁他妈编了？看看周围的留学生吧！旅游玩成达人的，滑雪玩成教练的。你敢说就没有玩健美玩桑拿的？跟咱们当年不一样了！"

我不能说阿东写的全是子虚乌有，至少那些细节是编不出来的，就换了个角度帮她分析："要是文章刊登出来，女粉丝都跑去'伊甸园'里蒸桑拿，岂不让人误会了咱们的初衷？毕竟是治病救人，不是借机炒作。'伊甸园'付你广告费了？"

女主编笑了，脸上的肉却丝毫没动地方。"早料到你这么讲。"她递过来一个精美的文件夹。每页纸都是 11 号宋体字打印，一看就是花足了心血，准备重点推出的。没想到，这女人这么有心机。

作者阿香是一位中餐馆老板娘，她说水帮她做过跑堂。她是水的老板，也是水的闺蜜。

水不仅干活儿麻利，不偷懒，人也开朗，大家都喜欢她。与做自助餐的餐馆不同，阿香做炒菜。做炒菜麻烦，要求也多。桌布要铺两层：棉的、纸的；刀叉碗筷要摆得美观对称；餐巾纸也要叠出个花样来；花更不能马虎，要用鲜花。在旺季，一晚上翻三四次台，照这个做法，还是挺累人的。要是再来个旅游团，就更累人。

德国最贵的是人工，可花钱未必能请到好工人。阿香最爱请中国留学生，因为留学生勤快、靠谱。后来不行了，肯来打工的中国学生越来越少。请当地人？他干一个月，攒了三五百欧元就不见了。去度假的，去街边晒太阳喝啤酒的，就是不想着干活挣钱。请一个东南亚人吧，说中文他听不懂；说德语，你点一杯啤酒，他给你送来一壶茶，顺手把你吃一半的菜给当剩菜倒了。耳朵不行，眼神还不好。

阿香跟水商量，请她多做两天。水为难，说正写着两篇论文，多做会影响学业。

可两个月过后，水问阿香是否还需要人，她又想天天做了。那时，阿香已经找到新人。可如果水愿意做，阿香还是会考虑的。

阿香问："又不怕耽误学业了？"

水小声说："只想做一个月。"

"一个月？！"阿香以为自己听错了。在德国做事需要考虑长远，哪家老板愿意雇一个不稳定的员工？水不是那种人。

阿香盯着水，问："遇到难事了？"

水摇头。

阿香说："有困难跟姐说。"

水的脸红了，嗫嚅着说："阿香姐，我要攒钱买火车票……他向我求婚了。"

他就是林。林那时还在法兰克福上学，有一次来 K 市，遇见水。阿香说，林和水是在她家餐馆里相识的。

那个月，水白天打工，晚上赶写论文。那个月，水的眼圈儿都是青的。

阿香把工资和贺仪交给水，问："他给你买戒指了？"

水摇头，说："他做了一个。"

"这他也会？白金的铂金的，还是钻石玛瑙的？"

"薰衣草的。"

"傻丫头，别为一把草就把自己给嫁了。"

阿香说，她其实很嫉妒水。水拿着区区几百欧元，就敢跑去一个陌生的城市寻找爱情。戴一枚薰衣草戒指，就敢把自己嫁了。比起水，阿香可有钱多了，可她又一无所有。

阿香说，她更羡慕林。薰衣草的花语是等待爱情。林一介书生，可他信，就真给他等到了。

后来，林转学来到 K 市。情人节那天，阿香故意问水："林用一把草娶了你，情人节礼物该不会又是一把草吧？"

水笑了。

情人节的早晨，水醒来时林已不在身边。水去厨房找林，看见饭锅里暖着水最爱吃的鸡蛋羹。水去卫生间找林，看见杯子上架着牙刷。牙膏挤好了，不多也不少。水发现，林的鞋子不见了，就有点儿急。这时手机响了，是林打来的。水问林去了哪里，林也不答，说你打开窗户看看。学生公寓背对着一道慢坡，坡上长满荒草，平时很少人走。水推开窗，看见林站在满坡的阳光下，衣服都湿透了。满坡的荒草都朝拜似的伏在地上，只在中间留出一颗大大的"心"。

水落泪了。

林出名以后，许多漂亮女生都为林抱不平，说水配不上林。这话要是让阿香听见，她准会说："肯为一枚薰衣草戒指穿上嫁衣，为一颗'心'感动落泪的女孩，就是再来个天仙，林也不换！"

阿香提供了一张合影。我看过，是林和水。合影坐实了阿香讲述的一切。

六

林和水的故事在报上发表以后，反响强烈。阿香的餐馆天天爆满，找我的电话却越来越少。人心向来厚此薄彼，毫无公平可言。"抑郁"的女粉丝再没有打来电话。我说不上高兴还是悲伤。

老裴回来了。他刚从地中海带团回来，黑着脸把报纸往我的办公桌上一拍，问道："这文章是你写的？"

我说是我编的稿。

老裴说："瞎编！还结婚？纯粹是杜撰！"

我早先说过，林和水曾经跟团去南法旅游，老裴陪过他们，属于消息可靠人士。我怎么把他给忘了。

我和老裴沟通了一下。老裴仔细看过阿香提供的合影，对人物的真实性表示肯定。他还对文中薰衣草戒指的细节大加赞赏，说肯定是真的。但我私下认为，假如非要用薰衣草做编织材料，编一个花冠似乎比戒指更靠谱些。

老裴只提出两点异议：首先，林和水是在南法相识的；其次，林和水分手了。

老裴把墨镜往头上一推，那副墨镜又像画在他脸上，除了镜框的一圈儿，周围的皮肤全是黑的。老裴笑了，说："让地中海的阳光晒黑了。"

老裴说，德国的阳光不热烈，即便在盛夏，找到一块树荫就能感到通身的凉爽。这多少有点儿像德国人的性格，热不死人，也冻不死人，永远不到顶点！

南法的阳光可是热情奔放的，让人无处躲藏。午饭以后，家家户户落下百叶窗在屋里打盹儿，等日头下山了再出来做事。在南法，人们都懒洋洋的，不能太勤快，太勤快就风干了。

法国国庆过后，农民开始收割薰衣草。拖拉机在大田穿梭，割倒一片片薰衣草，看着让人心疼。脱粒机突突突叫个不停，把花籽喷向天空，画出一道紫色的"彩虹"。"彩虹"被后面的拖车收了，送去作坊里炼成香水、精油，压成能让人安眠的紫色药片。7月的南法，空气都是微醺的，满是醉人的花香。

40度的高温下，林牵着水走过一望无际的薰衣草，细小的花粉从鼻孔、从领口、从裙角拥入，从四面八方拥抱着他们。

老裴说，林在大田上连滚带爬，只为找到一个合适的角度给水照相。看见水站在田埂上，把一束薰衣草抛向林，老裴心头一震，他想起一个令人心碎的传说。很久以前，有个姑娘厌倦了家乡的一切，因为她渴望远行。一天，姑娘救起一位受伤的外地青年，她精心照顾那位青年，并约好待他伤愈，两个人一起远行。村里的巫婆窥到了这个秘密，她偷偷告诉姑娘如此这般，就能使青年现形，露出他本来的面目。谁不想见到自己恋人本来的面目呢？第二天中午，青年如约来到村口。姑娘依了巫婆的计策，突然把一束薰衣草抛向青年。

青年消失了，他化作一道紫色的云雾腾空而起，天空中只有一个声音在回荡："我就是你那颗渴望远行的心！"

老裴说，渴望远行的心还是与姑娘分离了。

那一晚，旅行团住在尼姆。酒店不大，却有一个露天的游泳池。酒店外是一条通往市区的大道，两旁的商店都打烊了，街上没一个人影儿。晚饭后，日头仍高悬在天边，迟迟不肯落下。几位旅友约好一起散步，林和水也去了。走过几排低矮的民房，就到了一望无际的薰衣草田。

南法这块土地，远古时是一片汪洋。后来，沉积岩浮出水面形成了大陆。薰衣草长在石灰岩上，每株根茎都包裹在石灰颗粒里。几个人在坑坑洼洼的田埂上走，天色渐渐暗了。

有人说："回去吧，不然要走夜路了。"

有人说："人生地不熟的，走夜路很危险。"

有人说："回酒店可以游泳啊。"

几个男人停下来，面面相觑。

水说："你们回吧，我就喜欢走夜路！"说完她一转身，也不管那几个七尺高的汉子，独自向薰衣草田的深处走去。

日间的暑气已然散去，田野上起了凉风。水头戴圆顶草帽，草帽右侧系着个蝴蝶结。她穿着短裙，迈步走过一垄垄没膝的薰衣草。天上飘着些云彩，红的。还有一大朵一大朵的紫云，好像日间蒸腾，飞升上去的薰衣草的精魂。

林望着水的背影，一股旅情涌上心头。"喜欢的种子一旦埋进心里，就再也抹不掉了。"

老裴说："林和水是在南法相识的。"

老裴说，水学成后回国，林去机场送她，却把自己留在了德国。海关门前，水双手捧住林的脸颊，用力看了好一会儿，放下手走了。

老裴说，林和水分手了，就在机场海关门前！

老裴的话就像一块冰，让我长时间沉浸在德国春季连绵的细雨中，直到房前屋后开遍了复活节的小花，我心中的冰块才慢慢融化。

五月节前夕，我熬了三个通宵，才把阿香讲的故事和老裴的故事捏合在一处，取名《林和水的故事》。我感觉林和水的故事并不像阿香和老裴讲的那样，还少了一点儿什么在里面顶着，故事就没劲儿了。可我又说不好少了什么，就把文字稿打印出来，找到女主编。女主编问林是谁呀，我说就是水的那个林呀，我的学弟。

女主编想起来了。她一耸肩一摊手，又一拧眉毛，说："他早不时兴了。这世上，易碎品真是太多了！"

七

事情往往会这样：起点像一条小溪，溪水清澈见底。随着各种水流的汇入，于是泥沙俱下，于是激流澎湃，于是身不由己。我是学历史的，早该懂这个道理。

我不该答应那个"抑郁"的女粉丝。她是那么执着，执着于林和水的初见。我不该找女主编帮忙，她又找来更多执着的人，后来连老裴也加入了。他们携手成圆，抬着我转圈儿，又猛一撒手。我摔倒在地，感觉身体痛得像一块块裂开的瓦片。我听见他们说："这世上，易碎品真是太多了！"

我的厄运刚刚开始。再去参加活动，我的摊位备受冷落。林的女粉丝要么对我不理不睬，要么对我的产品不理不睬，只在嘴角上浅笑一下，算是打过招呼。只有晚会的组织者一如既往地关心我，他们说："您别总堵在门口行吗？"

我积累了一些人脉，就打电话推销。他们都还客气，说："我知道您是谁！"我的信誉完了，业务量一落千丈，像一只跌进地窖的股票，任我怎样努力，都丝毫不见反弹的迹象。老板对我转颜转色，老裴也开始疏远我。我知道我穷途末路，在 K 市混不下去了。

我失业了，无所事事地躺了两个月，记忆力急剧下降。许多事更想不起来了。我患上了耳鸣的毛病，就去看医生。我看过许多医生。有位医生从我左耳朵里取出一截很长的耳屎，问我以前走路可还平衡，我说平衡。医生说，以后要小心，因为左耳朵里少了一截。我说，那就从右耳朵里取出一截。医生说，右耳朵里什么也没有。

从那天起，我像老人一样步履蹒跚，摇摇晃晃。我摇摇晃晃着去劳工局打卡，摇摇晃晃着参加各种面试，摇摇晃晃着从一位老板走向另一位老板。

有家私人医院告诉我，他们能治好我的病。我没忘记询问价格，但只要能治好我的病，花多少钱都值得。

医生说，血液＋排毒＋微创手术的治疗方法是他家的首创，治疗毒瘾百发百中。医生说，毒素一经从血液里清除，身体就不再需要它。身体不再需要它的同时，人的心灵仍然依恋它。医生说，戒毒之难，就难在身体不再需要它的同时，心灵仍然依恋它。

我说医生您搞错了，我不吸毒。

医生说没错，都是身体不再需要的同时，心灵仍然依恋。原理一样的病，就要用一个法子治。

一个睫毛很长、鼻头有点儿翘的护士带我做手术前的准备。她把我让进一间四壁贴砖、蒸汽缭绕的房间。十分钟后，我软塌塌趴在手术台上，身体像一条淌着热水的毛巾。护士举起针管，说："等您醒来，也许两天，也许两天以后。每个人的体质不同，结果也不同。两天里，您需要戴纸尿片，我给您换。"

我说可以。

护士又说："也可以让您的太太换，护理费能低一些。"

我说："我没有太太。"

"那您的父母呢？"

"我的父母都不在了。我也没有兄弟姐妹。"

护士放下针管，从电脑里调出我的登记表，惊声说："您没有留下联系电话，您就没有一个朋友吗？"

我说："我没有朋友。我只有我自己。"

护士一听就急了，说："万一您自己醒不过来，我打电话找谁呢？您不能总停在这里吧，我是说万一！"

我活得挺好。对路上遇见的人，对单位的同事，我客客气气，彬彬有礼。他们也都对我客客气气，彬彬有礼。但是我知道，对于彼此，我们都是空气。这样也好，下班就失联，天黑就关机，挺好。

我从未想到过万一。泪水奔流在我脸上。

那一点点，从里面顶着我的东西！

八

我活过来了。又是一个周末，窗外飘着冷雨，国内同学群里一片热闹。我看见小张老师在群里放出三只小猪。三只小猪一出来就欢蹦乱跳，挥舞着小旗说："周末阳光灿烂，咱们出去玩吧！"马上有人响应。去安宁区看桃花吧！去黄河边烧烤吧！去雁滩划船吧！

我能去哪里？我连唯一的"学弟"都失联了。我私信小张老师，问历史系可曾有过林和水。

小张老师被我冷雨般地一击，又听我好言相劝，终于缓过神来。他在"啊"了一声之后，说有这么个人。小张发来一篇文章，说是历史系一位校友写的，真事儿。

文章的题目竟与我不谋而合，也叫《林和水的故事》。作者佚名。内容抄录如下：

林是我的同窗，也是班里身材最高的男生，一米九。大一那年，林被校排球队教练看中。我劝他别去，说打排球影响学习。校队的兄弟没几个学习好的，有的还留过级。林受我影响，最终还是去了。我知道，是因为水。水只说了一句："我喜欢看打排球。"林就去了。

林和水在旧文科楼里相识。第一次开班会，男生女生都离得很远，像是两军对垒，全靠小张老师夹在中间活跃气氛。他问农村来的同学，家里可是万元户？农村同学说家里一头牛也没有。他又问内地来的同学，为什么要来大西北读书？内地的好大学不是很多吗？林左边的男生说，大西北浪漫，骑着骆驼打黄羊。女生们笑了，说黄羊可是保护动物，打不得。林右边的男生说，没见过沙尘暴，想见识一下。说话间，窗外真就起了大风，天空变成了红色，灯管儿却是蓝的，一只狗在窗外不要命地叫。图书馆的欧式钟楼、大礼堂的圆形穹顶都在沙尘里若隐若现。小张老师大喊着"关窗"，班里乱了套。轮到林发言，只有一个人在听，好像她还能听见似的。她就是水。

那时，我们两个专业的新生混在一起上大课，都在旧文科楼。楼外草坪连着排球场。每到课间，中国史专业的两位仁兄就从草坪跑到排球场，又从排球场跑回教室做袋鼠跳。两位仁兄后来都进了校队，一个练跨栏，一个练中长跑。

林走过去，用手掌把前排的座位擦得干干净净。

水是班里最乖巧的女生，穿着高跟鞋踮起脚尖，刚够到林的肩膀。对于水，林说过两句话："人小、鬼大、难招架。"另一句是："因为可爱才美！"

当年，女生们住 5 号楼，男生们住 6 号楼。两栋楼都挨着一个天水路，又都在另一面辟出空地，有小径通向饭厅礼堂，通向烈士亭图书馆和新文科楼。黄昏时分，楼前空地上最热闹，男喊女叫，羽毛球满天飞。黄昏过后，浓重的石化雾气降临之前，大西北干冷的空气中匆匆走过的、上晚自习的身影；年轻人说不清的心绪，莫名的兴奋，和没有来由的忧伤。

林为水做过许多傻事。最经典的一次是这样的：水的父亲给女儿买了一块坤表，忘记是什么牌子，反正是很贵重的一种，200 多人民币吧，是上世纪 80 年代的 200 多人民币！林看在眼里，担心了几天，又节衣缩食了几天，也买了一块坤表送去，电子的。水起初看也不看。后来看了，还戴在手腕上比画了几下，说挺好看的。林以为她收下了，不料水又说，她不能要别人的东西，这是从小养成的习惯。林备受挫折。林是这样想的，水肯在天黑以后跟他出来，就代表着某种关系某种情感，就不应该再是"别人"。林为一句"别人"难过了一周，宿舍的兄弟们也爆笑了一周。

当年，每栋宿舍楼只有一部电话，晚上要想找人就得去教室。每次找到水，都不是一件容易事。林一个教室一个教室蹚过去，边走边说："踏破铁鞋无觅处，得来全不费功夫。"幸好当年母校还没有阔起来，只有新旧两栋文科楼做晚自习教室。换作今天，天水路、飞机场、渝中几个教区走下来，林大概早就客死他乡了。

晚自习回来，林身上沾着各种味道。冬天的百合，夏天的白兰瓜。盘旋路的牛肉面，和政路的生煎包，小西湖的手抓羊肉。还有一点点说不出的，令人难以忘怀的味道。

每当我看见林"满载而归"，就知道这一夜，林又是费功夫了。

以我当年的智商，很难帮林把这件事儿想明白。林的手掌很大，能抓起一只排球，却抓不住一个水。

为了这事，我请教过小张老师。小张老师给我讲了一个中文系校花的故事。那学期，小张老师正办着一个婚姻与爱的讲座，各系的校花都有参加。小张老师在传道授业解惑的同时，也积累了不少故事素材。

小张老师说，起初，那个中文系的女生一点儿也不起眼，只是在大二那年生过一场大病。生病之前她一天能吃两斤馒头，成了一个笑话。你想，一个大姑娘每天吃得比排球队教练都多，能不是笑话？生病之后女生变了，变得不爱吃馒头，只吃菜，"笑话"很快变成一枝校花。

有一回上山植树，校花和两位男生分在一组。两位男生刚好都是她的追求者，暂且叫他们男一和男二吧。这下好了，男一一路上对校花呵护有加，树坑不用她挖，包还替她背着，汽水也尽着她喝。男二恰恰相反，一路上叫校花干这干那，态度还挺蛮横。

男一就批评男二，说你这样对待女生，简直就是个半吊子。男二说，你心疼了？男一男二在皋兰山上打了一架，事情就结束了。

看点在后面：植树回来，校花成了男二的女友。

听小张老师这么一说，我更不明白了。小张老师说，来听我讲座吧。小张老师的讲座办得挺火。题目我记不清了，大概是"寻找男子汉""呼唤高仓健"或者"中国兴硬汉"中的一个。

毕业后，林去了广州，然后出了国。

后来，水也出国了。

九

时间就像金子，可以敲成很大的一张金箔，也可以聚成一个小蛋蛋，一滚就过去了。德国的日子一成不变，十年，二十年，一滚就过去了。中国的留学生不一样了，七八年就是一代人，七八年就是不一样的面貌，不一样的人生。

我说过我羡慕林，他赶上了好时候，生活向他展现出更丰富多彩的一面。小武的故事，阿东的故事，虽然不是林的故事，却都是一代人的故事。阿香讲的故事，老裴讲的故事，还有佚名写的《林和水的故事》，它们都无限接近了我无法抵达的真实。

我为女主编"杜撰"《林和水的故事》时，曾包藏过一份私心。我想弄明白我与林的真实关系。我因为这个"学长"的身份受益，又因为它无端受过，最终搭上了信誉和事业。我太想把这事儿弄明白了。

我是学历史的，知道还原历史的真相几乎是不可能的。发生在当下的事情，都还一再反转呢！我学过考据学，知道本证、旁证和理证的区别。阿香讲的故事，老裴讲的故事，它们都是旁证。佚名的故事进了一步，但仍然没有抵达本证。本证就是自己证明自己，我就是我！假如旁证是小队长，本证就是司令，这是小张老师在课上讲过的。女主编和老裴帮我找到了两个小队长。可小队长再多也不行，二百个小队长也要听一个司令的！

小张老师教过考据学，我就向他请教。小张老师在电话那边口若悬河地讲了一通，忽然想起来问我："你不是做旅游吗？"

我说："因为林。"

小张老师发来一张照片，说："不记得你毕业那年，是林蹬着三轮车，把你们几个人的行李一趟趟送去火车站的？"

一张黑白照片，看得出是在排球场上照的。十一位男生身穿校队球衣站成一排，加上教练刚好是打一场训练赛的阵容。男生们都笑着，带着那个时代青年人特有的纯净，纯净得不带一点儿渣滓，像阿尔卑斯山的天空，像普罗旺斯一望无际的薰衣草。

最右边的男生身材最高，腋下夹着一只排球。记忆的大厦忽地亮起一盏灯，我想起来了！我认识他！他比今天的林瘦，头发也长。他是昨天的林，是我的学弟！

我们同住过走着夜风、跑着老鼠的宿舍楼。我们一同在旧文科楼里上过课，在皋兰山上种过树。我们去安宁区看桃花，在黄河边点燃篝火。我们吃过同一口锅里煮熟的臊子面、炒百合。我们喝过同一个牌子的葡萄酒，那种口感很甜、酒味很重的葡萄酒。

林从过去穿越过来，在 K 市大学的咖啡馆里与我相认，又在元宵节前夕突然离去，留下一个没有结尾的故事，让我沉浸其中，感慨万千。

"所有的历史，都是现代史！"学历史的，可不就是在过去和现在之间穿越吗？

林去了哪里？林和水又和好了吗？

我想念林！我想拥抱他，哪怕只有一次！

多年以后，我在法兰克福做旅游，接待了一个来自北京的高校教师团。行程的最后一天，导游突发急病，被送进医院。杜塞尔多夫刚好有个展会，公司导游都在团上，从远处调，时间又来不及。我急得四处找人帮忙，就得到一大把认识不认识的手机号码。一个个电话打过去，有一个竟然是林。

接到电话，林飞车赶去杜塞尔多夫。

林后来说，那天一上大巴，他就看见了水。十年不见，水的样子变了不少。林也胖了，啤酒肚都起来了。十年前，林的小腹上还没有太多脂肪，水就坐上去，两个人数着星星聊天。现在怕是不行了。

水还戴着那顶圆顶草帽。林一看见右侧的蝴蝶结，就把一路上的解说词都忘了。好在只是机场送机，林帮助客人办理退税、托运行李，目送全团客人走入海关……林做着这一切，完全是出于习惯，或者说是惯性。他的魂魄早已被一种力量摄走了。

水和一位女伴从后面过来，转过身，迎着林的目光。

"都好吧？"林问。

水点头。

"我想送你一件礼物，还没有买……"林是想说："你等一下，旁边有家礼品店。"可话到嘴边，就没有了次序。

水笑了，那是每一次任性，又被林哄高兴之后才有的笑容。水朝一个方向指了指，说："来不及了。"

林一下团就过来找我，说很后悔没留下水的联系方式。我劝他，十年了，会发生多少事？贸然联系，怎知不是打扰？林的眼圈儿红了。这么多年过去了，林还像从前那样，一事能痴。

我想出一个主意：每次上团，导游都会建一个群跟客人说事儿，水也在里面。只是一次旅行过后，客人就都退群了。天下哪有不散的宴席？

打开微信，果然是一串退群记录，群里只剩下林一个人。林黯然良久，抛一束薰衣草在群里，写了"假如还有下一次旅行"，就关掉了手机。

我不知该说什么，想问林和水是否有过婚姻，爱了那么久，怎突然就分开了？十年来，每想起这些问题，我都面红耳赤，口干舌燥。我灌下一大口葡萄酒，顺便把一肚子蠢话又咽回到肚子里。用问吗？我们这代人，谁活得没点儿难言之隐？

突然，一个微信名"淼"的女子回复了，只有五个字："去南法看云！"

西米太太

　　就像一个噩梦，寅时三刻，米隆老爹又开始"叫早"。冬天，又是疫情期间，这么叫真有点儿扰民。米隆老爹住在一楼，门口挂着一个花环，干的，有股小南瓜子面包的味道。退休后，米隆老爹换了一份工作，在一家酒店叫早。疫情来了酒店关门，米隆老爹也跟着失业。没过多久，他又像从前那样穿戴着出去了。不出去怎么办？什么都涨价，小南瓜子面包也不便宜，涨价百分之五十了，标签没焐热，又涨了！

　　最近怎么讲？米隆老爹捡瓶子遭人举报。没想到他从这个体面人住的小区里出去，只为了上街捡瓶子！人家说瓶子是私人财产，捡等同于偷，罚钱。结过罚单，米隆老爹在汽车站坐了一会儿，又遭人举报。说汽车站的座位是留给乘客的，不乘车就别坐，又罚钱。两件奇葩事纠缠米隆老爹一个人，又都见了报。米隆老爹把几家报馆的同一条报道都找来看了。次日凌晨，莱茵河左岸雾气最浓重的时候，发生了开头的一幕，只一句："惹急了，我也吃救济！"

　　疫情改变了生活。隔壁的胡安老弟不经常上班，却比经常上班的还忙。即便吃着杂豆汤蘸面包，也不妨碍他拯救人类。五一节，他出去拯救；G20峰会，他出去拯救；欧洲央行新盖了一个写字楼，他出去拯救了一辆警车，确切说是把它烧了。这些事都还发生在疫情前。那时他说："贪婪的老鼠们想毁灭世界，我必须阻止他们。"他向我借过许多东西，主要是数量不等的豆类和玉米。疫情暴发后，他开始向我借口罩。或许他认为，我家里有一个老鼠仓，藏着各种各样的东西。

胡安拽下口罩，把鼻子和嘴都放出来，问我："报上说戴口罩没用，可后来又必须戴了，不戴他罚你。为什么？"

我也不知道为什么。报上的时政新闻我看过一些："杀人犯在法院翻窗逃脱，非常危险！""跨年夜变成暴力现场""最后的好日子"。

说话间空袭警报还响了。胡安说不怕。上小学那年，正赶上两大军事集团剑拔弩张，炮口对着炮口，核弹瞄着核弹。那会儿警报一响，都是灭国级的，结果怎么样？胡安说，全班同学都往桌子底下钻，老师也钻。可每一次，都是胡安同学钻得最快。

胡安说："打一仗也好。打完了重建，大家都有活儿干。"

"要是给打死了呢？"

胡安说："人活着就像洋葱土豆胡萝卜，和打折的猪肉馅率领的一群器官。缺钱和无聊比死亡更可怕！"

不说了，他们都刺激我。我也憋了三年！

我在霍亨索伦大街的咖啡馆里喝了点儿酒。时代的大潮风起云涌，霍亨索伦大街也在起变化。先是两边橱窗的颜色。疫情乍起的那年，一些门脸儿还投资搞装修，马粪纸糊了橱窗，可糊了半年，再没见它开张。坚持开张的都搞起了多种经营——兼卖着口罩。花布口罩手工缝制，万国旗似的一路挂过去，乍一看还以为欢迎某国首脑。这么忙活了半年，下来一道政令：布口罩不许戴了，防不住病毒！

再就是营业项目。街上倒了三家老字号：一家卖表的，一家卖香水的和一家高档厨具店。新开了两家一元店和一个做核酸的，生意都不错。街上多了些乞丐，他们都很年轻，挡着道儿乞讨，相当地理直气壮。一个驼背的、推助步车的老妪对乞丐说了句什么，他才让开。我认出那乞丐，上个月我还问他："您这么年轻，就没点儿别的打算？"他冲我一龇牙，我就不问了。

也有不挡道的，是一个年轻女人。她在火车站睡了小半年，不睡的时候就抱着两条腿，巴巴着眼四下里张望，像一只可人疼的小狗，谁看见都上去想摸一把。许多人给她钱，我也给了。两个月过后，"她"长出一嘴小胡子！

情况就是这么个情况，我想搬到乡下去。

乡下的房产流通性差，买了不如不买。中介是个意大利人，他热情，抓住我不放，好像我是他亲手点燃的二踢脚，一撒手会飞到天上去。他开车带着我在莱茵河两岸跑，看了许多房产，都不错。一路上，我专家似的指指点点。他是个聪明人，后来就带我去看一栋百多年的老建筑。

弄开门，意大利人先向我道歉，说西米太太，也就是房主，病得不轻住在医院里，请我多包涵。

我说我认识西米太太，她曾经是我的雇主。那时我还在大学读书，寒暑假时过来做卫生、修理花园。

意大利人心不在焉地听着。一路上，每当我发表见解，他都是这种两眼迷离、心不在焉的状态。或许他听见了，谁知道呢。这会儿他敲着门板，冲我点头，说："实木的！实木的！"我知道那扇门漏风，有时还漏进来树叶。门铃下有一行花体小字，写着：西米太太。

西米（Schimmel）这个姓氏不能直译，因为它是"霉菌"的意思。我们认识那年，西米太太还是个漂亮的老姑娘。这不是一句恭维话。邻居们都说她怪，抱怨她的"豪宅"从俾斯麦时代就不曾修缮过，拉低了整条街的房价。西米太太的"豪宅"共有三层，上下都空着没人住，只在中间亮起一盏灯，像一座鬼楼。

我决定购买，但需要落实一些细节。比如地下室是否还干燥，楼顶是否漏水，内室的墙皮是否发霉脱落等等。老房子啦，几十年没有修缮啦。"特别是"我盯着意大利人迷离的双眼，一字一句叮嘱他："我想看看二楼所有的房间！"二楼所有的房间我都进去过，包括西米太太的卧室。作为杂役，我打扫它们。只有一个房间，我从未涉足。我担心那里面藏着脏东西。

意大利人听了，抬腿去了花园。花园是一道斜坡，或者说这栋房就建在一道斜坡上。慢坡的荒草很像女人们晾晒的床单，沉甸甸往下坠。下面是静静的莱茵河水。别人家也有斜坡，可别人家在斜坡上挖游泳池，远远望去，像给草坪开出了蓝色的天窗。只有西米太太不开天窗，她却总爱在草坪上游泳！

往日的情景又浮现在眼前。那年夏天，西米太太吹圆了一个橡皮游泳池，放满水，自己脱得差不多了泡进去。由于常年的爬山和采食野果，西米太太身上没有赘肉，看起来比年轻女人还性感。我红着脸站到远处观看。不观看不行，花园是斜的，"游泳池"也是斜的。我担心它裹着光屁股的西米太太滚到莱茵河里去。

一同前来观看的还有隔壁花园的老汉。他穿得像一个巴伐利亚农夫，露出多毛的小腿，站在篱笆桩前跟西米太太聊天，说一些无关痛痒的蠢话。有些话愚蠢得让我听了想哭，西米太太却笑了，还傻姑娘似的把两条腿在水里拍打。她紫色的嘴唇就像一只蝴蝶，一碰就能飞到身体外面去。她这么风骚，怎么就甘心做一辈子老姑娘？

西米太太喜欢晒日光浴，晒过之后就脸颊绯红，心情大好，趴过来让我给她按摩。德国人也奇怪，按摩时喜欢把自己剥光。

我那时已经跟西米太太有点儿熟了，知道卧室旁边的小房间不能进。我猜想里面藏着害羞的东西：隔壁老汉的圆顶帽、绣着金领边的罗登呢马甲，或许还有脏得发亮的鹿皮短裤。每当我把手按在西米太太温热的身体上，心里就感到困惑，不知道还有什么比眼下的事更让她害羞？

我试探着问过隔壁老汉。他是个鳏夫，又是西米太太的近邻，有些事就不好说了。老汉有一肚花花肠子，这是我亲眼所见。有一回，他找来一个东欧姑娘在花园里戏水。戏水就戏水，他却光了膀子，操起一把水枪往那姑娘身上喷。东欧姑娘叫唤着满园子乱跑，把隔壁家小孩都吓哭了。西米太太这边也没闲着，踢盆子摔碗，骂骂咧咧像是要给那孩子抱不平。东欧姑娘再就不来了。

隔壁老汉显得有些尴尬，眨巴着两芬尼（注：马克时期的硬币，直径为两厘米）大的眼珠，告诉我西米太太另有心上人，青梅竹马的那种，只可惜他死于战争。再问，隔壁老汉不答，好像嫉妒了，又似乎有点儿遗憾。我想，他心里一定有鬼。

一天，趁着西米太太又晒太阳，我劝她在园子里挖一个游泳池。话说到一半，西米太太先急了，噌一下站起来，好看的脸也变了形，说："您真疯了！"

那是第一次，西米太太无缘无故地凶我。我发现那天隔壁老汉没有出现，以为西米太太恼了迁怒于我，就没多想。这地方经历过两次世界大战，经历过冷战核战的威胁，还将继续经历多阴少阳的天气折磨，谁能没点儿怪脾气？假如女导演谭雅·维克斯勒早二十年拍出《歇斯底里》让我看见，我或许会有另一种想法。

那年秋天，雨水来得很密，莱茵河水也一涨再涨，花园里积着大大小小的水洼。西米太太让我把雨水清走。我仔细观察了一下，见草根结得紧，水渗不下去，草坪沉甸甸的像一块蓄满水的地毯，怎么弄都不成。我建议她在草地上打几排垂直的圆洞，直径大约十公分就行，把洞里塞满鹅卵石。再下雨时，水就会顺着洞里的鹅卵石流到地下。这是我从一个德国园丁那里学会的。

西米太太很坚决地说不行。

我说打几个洞，花不了多少钱。

西米太太突然又急了，好像我言语冒犯到她。她吼起来："我不允许您再说这种疯话！"

到底是谁疯了？那一刻，我在心里为隔壁老汉平了反。

随着时代的发展，疯子的标准也在起变化。比如现在，天不亮就"叫早"，或者像胡安老弟那种想法，才算是疯子呢！

我辞了工，去城里一家中餐馆做跑堂。起初，西米太太每月都过来吃饭，也不知她怎么打听到的。她吃不惯川菜的麻辣，总剩下不少菜，却给我小费，这让我很不好意思。2月的那个夜晚，用过前餐，西米太太叫住我，从果绿色的手包里取出两支小红蜡烛，点上。烛光里的西米太太并不显老，依然是漂亮的。她小声告诉我，花园里的草该剪了。我们俩就都默不作声地看着对方。那是西米太太最后一次来餐馆吃饭。

波恩那时还是首都，德国人民就都跑来闹事，"灾难"总落在阿登纳大街上。我在那条街上遇见过全国的三教九流，见识过开着拖拉机游行的农民。拖拉机轱辘一人多高，拴着细铁链，像刚从雪山上滑下来的。我还见过举着牌子抗议的建筑工人，抗议的原因令人费解："反对坏天气"。坏天气也能反对？后经高人指点，我发现"反对坏天气"下面还藏着个"钱"字，意思完全变了：从无解的天问变成了"多给俩钱儿"的世俗追求。

左翼也上街，最麻烦的还是右翼。右翼一上街警察就紧张，因为反对右翼的市民更多，两边时常能打起来。

那天一早，天上盘旋着直升机，地上跑着警车，河对面打了两枪。有了这阵势，餐馆里不会上客人。闲到下午，进来一个人，是西米太太。

西米太太穿一件黑衣，戴着白手套，手指头都是红的。她找我借纱布。我把整个急救包塞给她，又暗自庆幸受伤的不是她。

她似乎是感激的，却没有道谢，只闪动着一双蓝眼睛看我。我心头一软，说："管那些右翼干吗？多危险！"

太平年间的示威游行就好像早有剧本的作秀，大家都是走过场，折腾完走人，没人拿自己的命硬刚。我是为她好。

谁想又是一瞬间变脸，西米太太厉声说："德国不能再有战争！我看见过战争，看见过两代人被炸死在地下室里，爷爷和孙儿！"

那是我最后一次见到西米太太。

意大利人引着我钻地下室，爬顶楼，又推开二楼的一个个房间。它们像多年未见的老朋友一样没有变老，只有我变老了。

意想不到的变化发生在西米太太的卧室。一个巨大的画框诡异地悬挂在卧室正中，上下左右都空空的。画框的正反两面装裱着同一幅画，德国女画家凯绥·珂勒惠支的名作《怀抱死去孩子的女人》。画面中的女人佝偻着身子，把整个脸深埋在死孩子怀里，似乎还想焐热孩子冰冷的身体。

晚年的西米太太遭遇过什么？我感到一种无以言表的压抑，一种从天而降的绝望。我想跳起来把那画框砸一个稀巴烂！

意大利人递过来两份合同，看了看手表。我命令他："打开旁边的房间！"意大利人一怔，没想到我反应这么大。他不悦地提醒我，房间是西米太太布置的，作为房主，她有权这么做。我凶狠地命令他："打开旁边的房间！"

"是啊，您在这里做过事。"意大利人换了一股怪腔调，头也不回地走入昏暗的、散发着松木味道的走廊，"战争结束前，本地遭受过一场惨烈的轰炸。有三颗炸弹……"他似乎摸到了钥匙，冲我诡异地一笑，说，"都没能击中它。您说，这是不是幸运？"

"放心，我不会把它拆了重建。"

意大利人耸耸肩，灵巧地转动着钥匙。我有点儿害怕了。我害怕看见破碎的钟表，皮肉烂在床上的尸骨，就像小说中描述的那样。我害怕看见一个心碎的女人用来报复世界的一切。

然而，什么也没有。除了一张老式的梳妆台，房间里什么也没有。没有一件破碎的东西，甚至没有蛛网和霉味，只在发黄的梳妆镜上闪着一种不可思议的明亮。一个大约十岁的少年站在明亮里，身旁是一位年龄相仿的漂亮女孩。

镜子后面的墙壁上贴着九张黑白照片。我的目光抚摸它们，我看见了 1945 年 3 月的天空。

1945 年 3 月 7 日，盟军轰炸了这个位于莱茵河左岸，早已失去防空能力的小镇。炸弹劈开教堂，劈开墓穴，劈开祖父和孙儿藏身的地下室……

轰炸远去，警报解除，断壁残垣里滚出浓烟和焦尸的味道。德国兵在广场支起两口大锅，一口锅煮盐，一口锅煮米，煮好分给活着的居民。粥煮好了，警报又来了，吭吭吭，锅都给炸飞了。

那是"二战"结束前最平常的一天，死去的人并不比前一天更多或者更少。

上午，少年对女孩说："下午来我家，爷爷也在。我家地下室更深，更牢固。"女孩使劲地点头。

中午，少年死了，少年的爷爷也死了。女孩活着，她活成了西米太太。

签完合同，意大利人说："西米太太在医院里等您。有句话，她想亲口对您讲。"

三十五年了，西米太太还记得我？我想尽快见到她。

去医院需要翻过一座山，时近黄昏，孤独的山路上看不见一辆车。行至半山腰，有两辆警车拦住去路。一辆警车横在山道正中，打着双闪，另一辆"埋伏"在路边，一片盛开的、嫩黄的复活节小花中间。警察说："山上发现一颗哑弹，戒严了。"

"今天早上就说戒严，怎么拆到了现在？"

"这回是一颗鱼雷。"

"就不能快点儿？"

　　警察笑了，说："您想跟着炸弹一起飞到天上去吗？"

　　这种事，隔些年就能碰到一回。这回还好，哑弹落在山上。落在城里可就麻烦了，有时需要疏散几条街，有时需要疏散几公里。要是挖出个超级炸弹，坊间还会猜测，万一没拆好给炸了，从某条街到某条街就全平了。

　　山上都能挖出哑弹，城里会给炸成什么样？这是一片被高爆弹、航空炸弹和凝固汽油弹"耕种"过的土地！

　　这期间，意大利人打了两个电话，一个打给医院，那时他还不住地看我。后来他走开了，走到路边那一片嫩黄的、复活节小花中间去了。

　　我仰望天空，傍晚的，像是在深思一样的天空。

　　我又见到了西米太太。她整个人都陷在一团蓬松的被褥里，只露出头和右侧的手臂。她的脸颊不再绯红，她的眼睛不再闪动。她面色焦黄，两眼无神地呆望着我。

　　我把脸凑近她，想让她认出我，却感觉生命的力量正从那一团蓬松的被褥下面消逝。我展开购房合同，一页页念给她听。我将修缮她的祖屋，而不是拆掉它。我甚至向她保证，我会留着那个房间，留着她和那个少年的照片。

　　西米太太静静地听着，没有一点儿回应。我来晚了。

　　意大利人示意护士，该去叫医生了。

　　医生来了，俯下身听听，取出一支笔，缓缓转过身来，问："谁是家属？"

　　突然，我看见西米太太的手指动了一下。她吃力地勾住手，像是拼上了全身的力气。我听见她说："不要……在后园里……挖土。盟军的哑弹！"

　　她伸出了三根蜡烛般透明的手指。

小　舅

一

"喂，你在哪儿呢？"小舅问。

我环顾四周，博登湖的阳光好像一道影子落在我脸上。德国的阳光并不热烈，立秋后更没有了热度。

"快点儿过来。明天是周四？周四就过来。"

小舅是我在德国唯一的亲人。我们很少见面。他在北威州开着一家餐馆，从此百事缠身——进货做账招呼客人，打酒刷碗照看油锅，都是他。姥姥去世那年，他没有回国。我在南德读书，也难得一见。只有暑假，小舅才想起我，请我到餐馆"帮"两个月跑堂，挣一些散碎银子。就像立秋后的阳光，虽然没了热度，但也还是阳光。我在德国并非形单影孤，还有一个小舅。

"可是现在开学了，周四、周五我都有课。"

"请假，请假也要过来。我这边有大事儿！"小舅在"大事儿"上加了重音，语气也是不容商量的。

从南方出发的慢车每隔十分钟就要停靠一个小站。有些站台小得像一粒纽扣，它们被柔软的、地毯般的绿色接引着。教堂、湖泊、低头吃草的牲畜、农家院落里盛开的鲜花点缀其上，时隐时现。云飞得很低，在阳光的照耀下，就像一张张硬贴上去的剪纸，不真实。但我觉得，这才是南德乡村最真实的写照。

来到餐馆已是掌灯时分。阿玲正歪着头，在吧台的蓝灯下打酒。餐馆紧挨着莱茵河，右手一个漂亮的啤酒花园。门口立着牌子，上面用中德文写着：周六包场，请在啤酒园就座。一见面，小舅拉起我进了后厅，随手把门关上。

情况是这样的：出国前，小舅是一家国营大厂的工程师。最近，厂里组织技术骨干赴德国培训，途经杜塞尔多夫。带队的是以前的老领导，团里还有一些老同事老相识，都说想见小舅，都说："曹工出国十几年，杳无音信。修成哪路神仙了？"

还说："花钱吃饭，给谁不是给？不如给曹工。"

小舅当即表示："有朋自远方来，做东是必需的，给钱就生分了。"

吃饭不是吃饭。出国前，小舅是全厂最有前途，也最令人瞩目的工程师。令人瞩目是多方面的。二手设备坏了，小舅一出手，好了。英文、日文的技术资料，也是小舅翻译。当年，学明白一门外语就可以混饭，小舅又自学了德语。天杀的他还是一个体育人才。春季运动会上，长跑、跳远他都破过纪录。小舅出国后，局里再举办运动会，厂队接连败北。老领导不骂别人，专骂小舅。骂完一声叹息："当初就不该放他走。"

同事听了一笑，说："曹工岂是池中之物。"

都以为小舅成了神仙，谁知道神仙也怕烂仗。在国外十几年烂仗打下来，小舅变成了另一个人……走麦城的事先不提，不管怎么变，小舅还是小舅。话说到这份儿上，吃饭就有了别的意思。

此外，小舅了解过，组团方背景深厚，接待方也是欧洲名头最响的"龙行旅行社"，每年的旅游团、培训团多了去。与他们搭上关系，还愁餐馆没有生意？

无论怎么讲，周六这顿饭都非常重要。

小舅围着圆桌转了两圈，沉思片刻，下达了指令："国内的贵宾我来招呼，阿玲负责酒吧和大堂，你照顾好啤酒花园里的本地客人。争取外援固然重要，本地客人咱也不能丢。重要的是，关键岗位上都要有自己人。国内贵宾大概有五十位，本地客人也不下这个数。你外面的压力不小。准备得再好，也怕人多。最不放心的还是厨房，就让大刘管吧。你也帮着多操点儿心，抽空儿去厨房门口听着点儿，别让他俩再干起来。我陪着客人分不开身，阿玲又是个女人，压不住事……"

二

小舅最不放心的还是大刘。大刘三十出头儿，筋骨强壮。那年他刚办好签证，就得知妻子怀上了孩子。在别人看来，儿女事小，出国赚钱事大。可大刘不这么想，当即表示放弃出国，结果被中介一顿好骂。中介甚至找到大刘的领导，指着鼻子说违约不单罚大刘，单位的信誉也会受到影响，以后再有人想出国就难。领导和徒弟们就都向大刘施压，说别为了儿女情长，断了大伙的财路。大刘一咬牙出国了，谁想出国以后才知道，要他做二厨。大厨的位置早已被一个叫"小个儿"的厨师"抢占"了。

当年，德国的中餐馆厨师不少都来自国内，三年一轮换，就有了一个工作交接的问题。从工作交接"衍生"出一条不成文的"规矩"：如果老板同时聘请了两位厨师，先到的那位做大厨。道理其实很简单：当年，国内游客少，留学生也没有闲钱下馆子，餐馆生意全靠本地人撑着。厨师炒菜就不能太中国，必须学会做德式中餐。

德国人喜欢甜酸口，"北京汤"却要喝辣的，黄花木耳鸡蛋碎肉，乱炖一锅还勾着芡，挺咸的。吃完他们也知道交流，说："北京汤好，

餐馆就好。"也不知这话从何谈起？反正我在北京活了二十八年，豆
汁喝过，没喝过这汤。这汤，喂狗怕都不成，狗不能吃盐。

可你就得这么熬。不然，德国人舀一勺放大鼻子底下吸溜，说：
"怎么味儿不对呀？"

你说老师傅走了，新厨师会做正宗的中餐……他也听你把话讲
完，然后说："换厨师了？我以后不来了。"今天的饭钱，他还是会
结的。

换厨师可以，换味道不行。

小个儿比大刘早来一个月。早来者早学，再来的就是二厨。要说
这时间，也是大刘自己耽误的。

二厨就不一样了，不仅做油锅汤锅，还要准备各种食材。刷锅
洗碗淘泔水，也是二厨的事儿。生意不好做，就得数着花洋钱。只
有周末，老板才舍得花钱雇一个洗碗工。大刘说，二厨，就他妈一
碎催！

从早到晚切这个炸那个，炒勺摸不着，油锅里爆花倒在大刘胳膊
上烫出几个血泡。也是好久不干粗活儿了，有点儿手生。在国内，这
都是徒弟们的事儿。干活儿，大刘不怕。脸面，大刘也不怎么看重。
出国为了挣钱，不为了光宗耀祖。可不当大厨就拿不到炒勺，不拿炒
勺就等同于丢了玩意儿。丢了玩意儿不行。大刘是谁？手艺人。手艺
人都挂相儿。生来一个林黛玉，谁愿意一辈子扮演袭人？

"手艺人都挂相儿"，这是牛老板的高论。牛老板是北京一个有争
议的财经人物。我出国前做过记者，采访过他。牛老板知道我找他不
是为了采访，而是为了争议，就躲着不见我。我打听到他正在装修一
个门店，需要经常往南城的一个劳务市场跑，就一大早过去贼着。我
看着他与工人们聊天，也叫面试。工人都坐马路边上，有的吸烟，有
的嗑牙花子，也有往地上擤鼻涕吐青痰的。

牛老板骂一句："都他妈混混儿，没一个手艺人。"那时，我已经

陪他转了一个上午，感觉有点儿能搭上话了，就问他这话怎讲。

牛老板说："手艺人都干净。人干净，工具也干净，脚底下收拾得利利索索。"

又说："还要看嘴巴。"

我问："不是看眼睛吗？心灵的窗户？"

牛老板笑了，说："嘴才是人脸上最重要的器官。一个人的成长、阅历、学识，都长在嘴上。你看那有事没事儿就张着嘴的，多半是草包笨蛋。"

我正想把话题往争议上引，不料牛老板又杀出一句："嘴巴重要，没事儿请闭紧你的嘴巴！"

我白费劲了。

大刘完全符合牛老板关于手艺人的论断。小个儿不行，他长得不像。

小个儿总张着嘴，好像随时准备发出"啊"的一声惊叫或者叹息。他说他曾在凯宾斯基酒店做过大厨。他说酒店上货用的手推车都是进口的，特别沉，还说酒店冷库里的哈根达斯冰淇淋特别好吃。他的拿手菜是烧茄子，干炸湿炸，味道不错。有段时间，我竭力向客人们推荐烧茄子。

我向德国客人推荐，茄子的订货量随之增加。我向两位北京来的客人推荐，说烧茄子是凯宾斯基酒店的招牌菜。北京客人听了一愣，在弄明白"凯宾斯基"不是某位俄国沙皇的绰号之后，他俩一起回过神来，说："凯宾斯基酒店不卖烧茄子。"

大刘说："就会这点儿玩意儿，还是冒牌货。"

大刘也是不怕丢了玩意儿，是自己的，就不会轻易丢掉。他是看不惯小个儿炒菜，他看不下去。可油锅正对着炒锅，不由得你不看。小个儿炒菜时也张着嘴，好像随时准备发出"啊"的一声惊叫或者叹息，这菜还能好吃？

大刘也不给小个儿面子。周末拌饺子馅，酒吧女跑进来帮忙，顺手打一颗鸡蛋进去。小个儿说："饺子馅里不能打鸡蛋。"酒吧女顶他一句，小个儿晃着脑袋讲开了："鸡蛋是什么？蛋白质。什么叫蛋白质……遇热它会变硬，饺子馅儿变硬了还能好吃？"

大刘端着一碗水走过来，问小个儿："鸡蛋羹嫩不嫩？"

小个儿一抻脖："嫩呢。"

大刘把水缓缓倒入肉馅，手里还搅和着，说："加点儿水不就嫩了？如果加得适量，一碗水就不是一碗水了。"

小个儿一瞪眼："那是啥？"

"就是一碗肉啊。"

"啊？！"小个儿又把嘴张开了。

小舅把一切看在眼里，找机会把小个儿的大厨撤了，换成大刘。小个儿心里不服，明里暗里使坏。终有一天，两个人在餐馆门外的土坡上干了起来。

那天来到坡上，小个儿还问："在哪儿打？"大刘早已站高一步，说了句："在这儿打！"就一个泰山压顶把小个儿的眼睛封了。小个儿也不白给，踹伤了大刘的小腿。结果是，小个儿戴了四个星期墨镜，大刘的腿瘸了一个月。表面上扯平了，梁子也由此结下。

员工之间的争斗，只要不杀人不把厨房点了，老板一般不管。有些老板甚至不希望员工之间过于和睦。厨房里都是吃的用的，太和睦了老板倒霉。

老一代华人开餐馆，大多没有休息日，倒不是生意有多好，而是不舍得让自己的肉身休息。都是受累的命，一休息，肉身就软了。再说，休息能干什么？

可每个月总有那么几个夜晚，说不上是哪一天，大刘和小个儿擦干净灶台，倒完泔水，顶上门板各自回家，正是月朗星稀、万籁俱寂之时。两个人同时回到宿舍，不洗澡不睡觉，又各自换好衣服，推开门，分别朝着小城的深处走去。大刘穿西服，小个儿穿风衣。大刘系领带，小个儿喷香水。

房东尤利娅太太住在一楼。守寡以后，她养成了面窗而立的习惯，不为等谁，只为看看窗外的活物。到了晚年，她把面窗而立改成面窗而坐。长夜难眠的日子，面窗而坐的尤利娅太太凝视着窗外皎洁的月光，和月光下两个渐行渐远的背影，长叹一声："还不是一股道儿。"

他们真不是一股道儿。大刘向左，小个儿向右。大刘找同乡，小个儿不知去干什么。大刘的同乡也是厨师，住在两公里外另一个镇上。同乡好赌，却每赌必输，每赌又爱拉上大刘。赌桌前，同乡下大注，大刘跟着下小注。同乡输大钱，大刘却总能赢几个小钱。赢到的钱大刘存起来一点儿，花一点儿，比如买烟，比如买彩票。又不是血汗钱，"挥霍"了也不算伤天害理。

彩票买久了，大刘摸出了一点儿门道儿。中奖的七个数，大刘猜中过两个，赢回了本金，便投资买了一台袖珍收音机，挂在调料桌旁边的墙上。周六晚上，大刘拧开收音机，一边炒菜，一边听广播。

大刘学过几天德语，会说："要""不要""或许""警察来了"……够用了。大刘还有一本事，他识数。两位数以内的德语单词，他张口就来。听到就能记住，记住就能从烂粥一样的外国话里，把它给搅和出来。至于哪一句是新闻，哪一句是广告，哪一句又开始播中奖号码了，连同播报的时间、频道，大刘都清楚。要是哪天电台播晚了，大刘还抱怨。至于押中七个数、六个数，或者五个数，大概能赢到多少，他也了然于心。

大刘的去向说清楚了，小个儿的去向一直是个谜。小舅问过大刘。大刘倒是猜出来了，可他不说。年关那天，大家都喝得高兴，只有小个儿咧开大嘴哭了，来回喊着一句话："对得起谁呀？对得起谁！"

就有人问他："小和尚给憋坏了吧？"

小个儿一听，又不哭了，手指着裤裆，说："就对得起它，就对得起它了！"

小舅看看大刘，大刘看看小舅。

大刘认为，人都是动物变的。大刘的上辈子是一只鹰，看见猎物就一展翅膀，飞过去撕了它。小个儿呢？大刘冷笑，眼里闪出犀利的寒光。

餐馆临着莱茵河，夏天时常有女孩子穿着"内衣"从窗外走过去，一直走到河堤上面。小个儿就笑眯了眼，一双眼紧咬在女孩身上，胡子一抖一抖，就像老鼠闻到了香油。大刘骂他："看什么看？有瘾？"

小个儿一声不响地收下，晚饭时全还给了大刘。晚饭时，阿玲坐大刘对面，发梢里的摩丝香味完全盖住了饭香菜香。大刘看她一眼。小个儿说："看什么看？也不想想是谁的菜，就敢动筷子！"

阿玲与小舅的关系众所周知。小舅妈在国内，阿玲在国外。平日里，大家都尊称阿玲一声"老板娘"。小个儿这么讲，就有点儿搓火了。

大刘果然火了，说："凭什么不敢动筷子？许他这边一个，那边一个。老子在德国出着牛马力，就应该当阉人？"

阿玲捂着脸跑去了后厅。这不是祸起萧墙吗？

小舅不露声色，月底发过薪水，吩咐大刘和小个儿："从下月开始，你俩轮流做大厨，两个月一轮换。"

月初，小个儿接过炒勺，大刘还在心里笑他。大刘是谁？国内星级餐厅的大厨，额外在一家烹饪学校里兼着课，教过的学生上百位，见面都尊敬地叫一声"刘老师"。德国怎么了？德国就不需要手艺人了？

一个月过后，大刘觉出来不对。德国人对中餐的认识，大多还停留在炒饭炒面上，再来一碗热汤就满足了。什么是手艺？甜酸鸭、西红柿炒鸡蛋就是手艺！那个月，大刘看着啤酒园里猛吃猛喝的顾客发呆，傻子似的愣半天。他发现客人们该吃吃该喝喝，吃完喝完照样给小费。老板顾客小个儿跑堂，好像谁都没吃亏。

大刘可亏大了。我替他算过：周末值班，通常是大厨值下来。一周值两次，一个月就是八次。值班老板另外给钱，钱虽然不多，可孩子的奶粉钱有了。奶粉也不便宜。大刘有家室，知道出国为什么。休息？休息能干什么？巴掌大一个城圈，一张天票 5 欧元，只能在城圈里转转，还不算吃喝的花费。休息？休息他敢干什么？

起初，大刘的目光是迷茫的。后来，他像所有受尽折磨的人那样，目光里闪射出狂躁与倔强。后来，一切都消失了，大刘的目光变得温润如水。

接下来的一个月，大刘精心侍弄着油锅，比侍弄他老婆还上心。不让他烧菜，他就打扮菜，用废弃的菜皮菜叶雕刻成莲花、旭日和小鸟，装饰在盘边，把每一道菜都打扮得花枝招展，惹人喜爱。

小舅都看见了。看一个人不光要看他怎么说，还要看他怎么做。小舅不计较大刘的"冒犯"，也不想过久地惩罚他。小舅甚至有点儿喜欢大刘，那么高傲，像极了当年的自己。可高傲要分地方，高傲又不能过了头。德国人招工时喜欢怎么讲？"zuverlässig！"什么叫zuverlässig？字面上是"为人可靠"，字里面还藏着一个"好使唤"。您得随叫随到，任劳任怨。别今儿拉肚子、明儿脑袋疼地请假。想挣钱，您就得"好使唤"，讲别的没用。

小舅想让大刘忘记自己曾经是"一只鹰"的过去。这里面藏着另一个道理：换了一块云彩，您的过往、风光就都一风吹了！不明白这道理，您就得付出代价。

小舅就付出过代价。

三

小舅出生在北平南城一个大杂院里。姥姥在西屋的土炕上生过十二个孩子，活下来六个，两男四女。两男就是大舅和小舅。

年轻时，大舅和小舅因为一个女人翻了脸，女人是小舅的初恋女友。亲人之间一旦翻脸，就连路人都不如了。此后，大舅和小舅不能见面，见面就开打。姥姥家的窗玻璃上总贴着橡皮膏，暖壶也不知配过几回胆。以后再给姥姥过生日，大舅和小舅必须分着来。大舅早一天，小舅晚一天。多年以后，小舅去了德国，我才想明白其中的道理。这一早一晚，刚好印证了中德两国不同的民俗习惯：中国人做寿喜欢赶早。不到六十，先把六十大寿办了。做寿材也是，人还活着，棺材漆已经刷了八道。德国人不一样，做寿可以拖一拖，办早了不吉利。

中国人尊老。家有一老，如有一宝。才五十，就有人喊他"张老""王老""李老"。德国人又不一样。活到七老八十，也不愿听人喊他"爷爷""奶奶"，亲孙子倒是除外。您得叫他"小年轻"。

与大舅翻脸前，小舅用情专一。与大舅翻脸后，小舅变成另一个人，换女友如换衣服，还专拣着漂亮的换。我认识一位小舅的前女友，人到中年，依然端庄美丽。提到小舅，她满眼都是喜欢，说："有机会，我给你讲讲小舅的故事。他很有才华！"

那年，"很有才华"的小舅已经结婚。小舅妈并不漂亮，她甚至是小舅的前女友中最不漂亮的一位。喜欢漂亮的小舅娶了最不漂亮的小舅妈。婚前，小舅支边去了西北，小舅妈就跟去西北。小舅调回北京，小舅妈又跟回北京。如影随形的十年耗尽了她的气血。婚后，小舅妈像一个与狂风恶浪殊死搏斗过的船长，没留下一点儿力气给自己，只好眼看着自己婚姻的小船在港口里碰碰撞撞。

一直有女人来"看"小舅。她们不光"看"，有的还要住下。这一住，小舅妈就要经常住回到娘家。小舅妈低下头，说："也就三天。住久了，母亲会问。"

小舅说："三天够了。"

小舅妈走后，小舅把房间重新布置一番。揭去结婚照，贴上他亲手制作的油画，再弄一些小草棍儿、小树叶之类的装饰。

三天后，小舅妈回来，进厨房就做饭。

可别人不骂小舅，专骂小舅妈。他们说："天底下，真有这样的女人！"

我觉得，这种事不应该骂女人。我曾经问过小舅妈："都这样了，还要它干吗？"我是指婚姻。小舅妈笑了，说她第一次见到小舅时，还以为办公室里着了火——一屋子人都在抽烟聊天打扑克，或者抽烟喝茶看报纸。只有小舅坐角落里看书。他在自学日语。

小舅妈的意思是：男人专注的样子很迷人。

小舅妈说，改革开放以后，厂里引进日本设备，小舅做翻译。厂里选拔技术骨干赴日本学习，上千人报名，小舅考第一。后来，小舅被德国专家彼得看中，又在彼得的帮助下赴德国工作……都是过五关斩六将，走麦城的话一句没提。

她不说那次去日本学习，考第二、第三的都去了，小舅没去成。她不说小舅在德企只干了一年，第二年就失业了。有段时间，小舅在德国混得其实很惨。

"因为他的高傲！"小舅妈微笑着说。

小舅的出国之路异常坎坷。他学过日语、英语，最后去了德国。担保是彼得出的。彼得说："德国需要像您这样的工程师。"

彼得送过小舅几样东西，一支圆珠笔，一个银灰色的啤酒杯，一只橙子。圆珠笔我没见过。啤酒杯有一本书那么高，也放在书架上，上面顶着那只橙子。一鸣叔叔好喝啤酒，当年的散装啤酒都用饭碗盛着。一鸣叔叔就好奇，想看看德国的啤酒杯长什么样。来到小舅家，他被那只顶在啤酒杯上面的，圆圆大大的橙子惊住了。他说怪不得德国人长得高大，原来他们的橙子（其实是西班牙的橙子）也大，比咱们的大两倍，不知是甜的还是苦的？他这么一嚷嚷，许多人都去小舅家看那只橙子。

多年以后，我母亲还念叨："因为一只橙子，小舅妈把你小舅给弄丢了。"

小舅出国时已年过不惑。彼得说："您聪明，学德语不成问题。"

又说："第一年有点儿难，以后会好起来。"

第一年，小舅住地下室。第二年，他把"家"搬到地面上，计划着把小舅妈也接到德国，好日子就在眼前了。

德国也有"江湖"：善的人是真善，恶的人是真恶。小舅搭乘地铁，有个女郎一直用蓝眼睛好奇地看着他，看着看着就掏出一张20马克的绿钞递到他鼻子底下，说："这钱您更需要。"

小舅看看自己，裤子没破，衬衫上也没有掉纽扣。他只是刚从夜校里出来，正在看一本《外国人学德语》。

新同事乔治属于后者，他也用蓝眼睛看着小舅。乔治来自捷克，一来就申请避难。刚好那些年国际局势突变，东欧易帜，一夜之间把乔治编的理由扫个灰飞烟灭。律师就劝他说："倒霉的孩子，谁能想到呢？再编一个理由吧，再编一个。"乔治一边干活，一边编故事，活儿没干好，官司也来了麻烦。

来了麻烦，乔治先找小舅。倒不是小舅能帮他打官司，而是乔治以为，小舅能默默地听他骂街。骂谁呢？当然是骂你的国家。这不好那不好，也不知你的国家把他怎么了。

不回应还不行。小舅在休息室看《外国人学德语》，乔治走进来，说："读书能让蠢货感到快乐！"一个名叫阿道夫的工头站在旁边怪笑。小舅想想小舅妈，忍了。可乔治上了劲儿，他掏出一张报纸，大声朗读起来："日前，又一批中国难民翻越冰雪覆盖的阿尔卑斯山，进入巴伐利亚南部。据当地警方统计，人数超过二百……"

"二百人？上帝啊！"阿道夫肉眼一翻。

"这可咋办呢？"乔治转过脸看小舅。

"这可咋办呢？"阿道夫也转过脸看小舅。

两个人一起冲着小舅摇头，仿佛他做了不该做的事情。小舅站起身往外走，乔治拿餐刀一挡，眼睛看着阿道夫做了一个切割的动作，说："把小棍都给他们割下来！"

两个人一阵狂笑。

小舅平静地看着乔治的脸，那脸上还咬着半截儿香肠。小舅抡起铁拳，砸在那张脸上！

在警察局，彼得一脸疲惫地坐在小舅对面。

彼得说："下手太重了，鼻梁都断了！"

彼得说："为什么一直忍着？为什么不早点儿告诉我？"

彼得说："就要换长期合同了，怎么会搞成这样！"

小舅也不回答。他昂起头不看彼得，仿佛彼得做了不该做的事情。

这一段，小舅妈说得涕泪交流。她不认为这是"走麦城"。

再找工作就难了。劳工局位于市区的一栋旧楼里。楼里搞装修，所有的标牌都用塑料膜包着，走廊里一股白灰味。进门一个接待大厅，里面一溜儿小门，都是办公室。

找工作的人很多，也都很年轻。他们或戴着耳机听音乐，或凝神于窗外，哲人般陷入沉思。再有人进来，他们会极快地剜上一眼。只一眼，就显示出一股霸气——不像来找工作，倒像是谁欠了他们。

"砰"，办公室那边一声闷响，接着就有人喊起来。

"您可以走了。39，39 号请进来。"一个女人的声音。

"还没说完呢。我需要一个冰柜！一个冰柜您听见没有！"一个男人在吼。

"还要我说多少遍？冰柜不行！下一个，39 号。"

"换一个小的行不行？"

"不是大小的问题，是根本就没这项费用。"

"您得让我吃饭吧？"

"是让您吃饭，可我们也有规定……您走吧。"

几个脑袋从沉思中抬起来，都好奇地朝那个方向看。

"砰！"又一声闷响。一个三十多岁、额角带着弹孔的男人站到大厅中央。他举着一张纸，像举着一面旗帜。小舅发现那弹孔里并不往外冒血，而是一个刺青。男人环顾四周，朝脑袋们大喊："我没有钱，见着便宜的就必须多买。冻薯条减价，我炸薯条自由；西蓝花减价，我西蓝花自由。没有冰柜？早他妈臭了！"

脑袋们立即恢复了原状，听音乐的听音乐，凝神于窗外的凝神于窗外，哲人般陷入沉思。

原来是领救济的，怪不得都有一股霸气，舍我其谁呀？

楼上负责找工作。与领救济的人不同，找工作的人年纪都大，都赔着小心。在哪儿都一样：把日子过烂了易，过好了难。

办事员是一位中年男子，容貌酷似皮尔斯·布鲁斯南版的007。办公桌上却立着一个穿和服的日本女人，背后墙上挂着一面锦旗，上书"天生我材必有用"七个大字。小舅看着那面锦旗，笑了。

007在键盘上一阵敲打，嘴里念着："大学毕业，工程师，会日语、英语、德语，男性……"他两眼一亮，说，"有家工厂需要您。"007打出一张纸，连连向小舅鞠躬，说："初次见面，请多关照。"

接过小舅的护照，007一愣，赶紧看电脑，又转过脸狐疑地看看小舅，再看电脑，脸色变成了德国的天空——铁打的青灰色。

007问小舅，是否在德国上过大学？拿过学位？小舅说没有。007又问，是否有其他国家的文凭？英国的美国的法国的……日本的也行啊。

小舅都没有，可他是一个优秀的工程师！

007把两只手打开又合上，合上又打开，重复了许多遍，仿佛想捉住藏在两指间的、肉眼看不见的精灵。他诚恳地告诉小舅："不知道您对德国了解多少。您的专业很有前途，可您的学历不行。当然，这不是您的过失。假如我的国家能够承认您所受的教育，假如再过二十年，情况会完全不同。可是现在不行。这不是您一个人的问题。您知道，每天有多少人找到我，他们坐在您现在的位置上。伊朗来的外科医生，开着一家杂货铺，数学博士做计程车司机，主持人在超市卖货，作家在餐馆炸鸭子……"

又说："您不到五十岁，再读一个大学吧。"

漂在他乡，最腐蚀人心的不是寂寞。把你的过往都一风吹了，才是！

大学也有江湖。在国内上学都是想方设法让你快，小舅感觉，这边反过来了，都想方设法让你慢。比如上必修课，必修课就意味着大家都得上。都得上的课他选在一个小教室里——只因为教授喜欢。小教室里只有十五把椅子，只能坐十五位学生。第十六位就要等一年。上课时间也没个准数。A教授喜欢早起，就早上七点钟开课。B教授擅长熬夜，就晚上七点钟讲学。打工都不好安排时间。

德国大学也有标准学制。可标准学制就像高尔夫球场的标准杆数，都得另外计算杆差。这么说吧，本地人读六七年不毕业的有的是。外国学生要过语言关，要打工，就更难。

小舅扛了一年，退学那天，小舅落泪了。来到德国以后，小舅落过两次泪。上一次是因为打乔治丢了工作，让小舅妈赴德一事变得遥遥无期。本以为小舅妈会抱怨，谁知小舅妈说："我就爱你的高傲！"

退学后，小舅安慰小舅妈，说他又找到了一份工作。其实那时，小舅已流落民间，干着各种短工苦工。他干了五年，攒够了开餐馆的钱，再提接小舅妈来德国的事，小舅妈却拒绝了，因为小舅身边有了阿玲。

四

认识小舅那年，阿玲刚满二十五岁。除了年轻，阿玲还有别的优点：她腿长，虽然谈不上胖，身上也有一些小肉肉。关键是底子厚，够她在德国潇洒一阵子。

德国这个小地方，初来乍到的看看还可以，待久了就觉出不对。先是天气冷，整年晒不到几回阳光。缺少阳光，寒气就重。寒气一重，脂肪就容易堆积，堆积在肚皮大腿和屁股上，葡萄似的一大串。没几年，浑身上下摸哪儿都疼，看哪儿都走样儿。德国人的性格也像这天气，绝没有南欧人那种隔着两条街就跟你打招呼的热情。

对付寒冷，德国人有办法：冬天蒸桑拿，男女脱光了坐在一起蒸。夏天飞去马略卡岛晒太阳，为的就是把寒气逼出来。马略卡岛每天忙着接待德国人，都把这当成了大事儿，平安夜的弥撒都用德语说了，人称德国的"第十七个联邦州"。

再就是安静，太安静了。才弄出点儿动静，就有人敲门，过一会儿，警察还来了。它也不是老安静，等您适应了安静，它又不安静了。越是到深夜，就越要闹出动静。开摩托的，开跑车的，排气管子比人腿还粗，专挑着人烟稠密的地方飙车，马达声刹车声传出去多远。遇到这种情况，警察反倒不来了。警察也闹，喜欢拉警报。经常是拉着警报的警车前脚儿过去，拉着警报的救护车后脚儿来了，也不知是真有贼，还是真有病。消防队听到动静，突然想起来搞演习，这个动静更大。后来，空袭警报还响了。真不是夸张，在德国住过的朋友，谁没听到过几回空袭警报？

在一个安静惯了的地方，突然间不安静了，更让人难受，还不如您一直就不安静呢。德国人买房租房，都躲着警察局、消防队和医院，就是受不了那份乱。

阿玲认为，德国人也不是真心喜欢安静，都给你攒着呢。但凡给他个理由，他闹得比谁都厉害。听说有年底突击花钱的，这噪音，也可以攒起来一块儿释放？

第三是花粉多，劲儿大。来德国以前，阿玲对花粉并不过敏。来德国以后，阿玲年年花粉过敏。吃药打针都没用。最严重的几天，阿玲的脸红得像个关公，浑身上下地刺痒。可一回到国内，一下飞机，站在机场上打两个喷嚏，好了！

阿玲认为，在这种地方要想不发疯，就得学习德国人，把积攒下的"垃圾"一块儿给它释放出来。也不能经常释放，一礼拜释放一次就行。

杜塞尔多夫虽说是德国第六大城市，人口却只有六十万。老城区小得很，巴掌大一块地方，城东边烤鱼，西边能闻见味儿，走过来刚好赶上吃。从海涅大街到莱茵河畔平行着三条美食街。周末的夜晚，美食街浸润在半明半暗的夜色里，飘着德国脆皮猪肘、那不勒斯比萨和西班牙海鲜的香味。食客来自天南海北，都坐在两侧的长椅上，中间留一条过道，走过去并不容易，人挤着人、腰挨着腰，一步步往前挪，也有人堵在半道，伸长了脖子往成人酒吧里张望。成人酒吧的门窗都大敞着，爆响的鼓点一个个往外飞。酒吧里灯光昏暗，不时有"探照灯"一扫，照在两个穿丁字裤的妙龄女郎身上。她们在吧台上走来走去，蛇一样扭动着身躯。

再往外是博物馆街，大博物馆牵着小博物馆，沿街散落。人流和喧嚣一瞬间消失得无影无踪，只有古树街灯，大漠残烟，像极了另一个世界。

阿玲从不去博物馆街。她喜欢美食街的喧嚣，美食街的迷乱，美食街的为所欲为。她有一搭无一搭地上着学，周末都泡在美食街上，一泡一个通宵。

阿玲交过许多男友，时间长的有三位。第一位是北京人毕胜。毕

胜比阿玲大两岁，却天天追着阿玲喊"姐"。出国前，毕胜干过一年
小报记者。头一回发表文章，有位老编辑拿他的署名开心，说毕胜是
南北朝时期一个江洋大盗的名字。毕胜把署名改成了"圣桑"，此后
一直使用各种笔名发表文章。"亚伯拉罕""摩西""穆罕默德""卡扎
菲"，他都用过。"圣桑"是19世纪一位法国作曲家的名字，圈外人
很少知道。可后来的几位都是世界名人，有的当时还在世。虽然是一
家小报，这么闹也受不了。毕胜因此丢了工作，靠他在外企做高管的
亲姐资助，来到了德国。

出国前，毕胜没做过家务。出国后，毕胜喊阿玲一声"姐"，顺
便把自己和家务全盘托付了。阿玲负责家务，毕胜负责打牌喝酒看
足球。

分手是因为一个钱包。阿玲在国王大道上丢了一个钱包，打电话
找毕胜倾诉，毕胜不接。后来倒是接了，阿玲才说个开头，就被毕
胜拿话截住，说："姐，我这边忙着呢，正事。过一会儿给你回哈。"
其实，他正和几个哥们打麻将。气得阿玲站在一家名品店门前落泪，
连保安都出来了。事后，毕胜说："姐，别哭了，丢多少钱呀？我补
给你。"

这是钱的事儿吗？

第二位是"艺术家"，许多著名的广告都出自他的手笔。两个人
在酒吧里相遇，阿玲喜欢他的艺术范儿和他那张有模有样的脸。"艺
术家"看人的眼神总是那么无辜，让阿玲无缘无故地就有一种负疚
感，就想为他付出。

"艺术家"喜欢泡酒吧，阿玲也喜欢。"艺术家"见着亚裔女孩儿
就往身上凑，也不管人家是否带着男朋友。阿玲劝过他许多次："家
里没有吗？"也吵过他许多次，没用。

阿玲一跺脚走了，发誓给"艺术家"一点儿颜色看看。"艺术家"
也有短板——不会做饭。认识阿玲以前，他只有两个"朋友"：面条

和速冻比萨。他又不是非常有钱，工资的二分之一都给了前妻和孩子们。只有周末，"艺术家"才舍得花 50 欧元，去美食街买一回醉，顺便改善一下伙食。认识阿玲以后，"艺术家"的伙食水准明显提高。阿玲恶毒地计算着时间，只等着"艺术家"的肚皮被方便面和冷冻披萨塞满，无辜的眼睛里再一次流出悔恨的泪水，才回去招安。

第二周气温骤降，阿玲"偶然"从"艺术家"的楼门前经过，"顺便"上去拿一件衣服。一个星期没人打扫，公寓的地板倒还干净，阿玲心里喜欢。花瓶里插着郁金香，桌子上搁着半个切开的火龙果。火龙果在德国挺贵的，阿玲也喜欢。浴室里氤氲着水汽，浴缸里泡着"艺术家"和一个棕皮肤的亚裔女郎。阿玲盯着"艺术家"无辜的眼睛，一巴掌打在他那张有模有样的脸上，转身走了。她听见那女郎惊恐的叫声："这谁呀？一进来就打人。"

第三位是大学同学小猪。小猪来自农村，家里有一个农场。阿玲说："农村人实在，说话不会拐弯。"人实在，感情就容易专一。小猪也觉得阿玲不错，带着阿玲来到自家农场。喝过下午茶，小猪和阿玲开着拖拉机在麦田里一阵疯跑。刚收过夏麦，麦田上晾着成捆的麦秸，很像老北京盘子里的一个个驴打滚。

农场旁边有个养鸡场，也是小猪家的。阿玲发现，鸡笼子都小得像一个盒子，母鸡在里面只能站着，不能转身。许多鸡的屁股上都落了毛，腿上长出可怕的红疮。阿玲说："你家鸡舍也太差了，鸡都生病了。"小猪欣赏地看着母鸡，说："它们吃得很好，活得也很好。"

说话间，一条流水线轰然转动起来，皮带托着无数只毛茸茸的小鸡去了远方。

阿玲问："它们这是去哪儿？"

小猪说："亲爱的，它们要被磨成饲料。"

"磨成饲料？！"阿玲失声大叫起来。

小猪抓起一只小鸡看看，丢回到皮带上，说："公鸡，不会下蛋。"

又说，"它们吃得很好，活得也很好。"

从农场回来，阿玲开始做梦。她梦见一群毛茸茸的小鸡都瞪着她，然后飞起来变成了粉红色的泡沫，太阳似的当空悬着。突然，太阳里冒出小猪的脸，他开口说话："它们吃得很好，活得也很好。"

阿玲吓醒了，在床上坐半天才恢复理智。阿玲曾经以为，小猪比"江洋大盗"能扛事儿，比"艺术家"用情专一，没想到他会吓人！这些年，遇到的都是些什么人？阿玲仰头望着窗外，看着天上的星星发誓："一定离开这里。"

第二天太阳出来，阿玲又后悔了。杜塞尔多夫不好？其他城市也未必能怎样：柏林冷，科隆乱，法兰克福又都太忙了。它们都不如杜塞尔多夫精致、悠闲、有艺术范儿。都说杜塞尔多夫是小巴黎，而不是什么别的德国城市。还有老城区的醋汁牛肉，莱茵河边的炭火烤鱼，日本街的大酱汤与寿司，想想就舍不得。

那天清晨，阿玲在报刊亭里看到一则招工广告，是小舅贴的。

小舅的餐馆离杜塞尔多夫不远，坐火车大约一个小时。红尘中的一个小时，阿玲可以接受。不接受也能顺着原路回来。餐馆面朝莱茵河，后面连着一个小区。小区里有一个无所不卖的超市、一家包治百病的诊所、一个囊括各科的药店、一家花店、一个殡仪馆。多走几步还有幼儿园、学校、教堂、墓地……人生一世，还需要什么呢？

阿玲没干过餐馆，干起来才知道累人，也消磨人。阿玲看着小舅，看着他黎明即起、洒扫庭除，看着他干到子夜，丢完垃圾，锁门回家，一天都耗在餐馆里。对客人，他重复说着几句话，保持着同样的笑脸。

小舅打开门，查卫生的来了，查黑工的来了。

小舅打开信箱，催款信来了，罚款单来了。每封信都写着日期，编着号码，都写明了付款期限，措辞也还客气，"逾期不付，依法严办"，严谨得滴水不漏。可一看内容，金额算错了，罚款的理由也编得驴唇不对马嘴。写封信申诉吧，没等到投递，新的催款信来了，新的罚款单来了。说的是一件事儿，措辞是一样地客气，信却是从另一个衙门，或者同一个衙门的另一个部门发出来的。只是日期变了，编码变了，付款的限期也变了。同一件事，后面跟着两套人马，你都得应付，一个也不能少。

小舅回复了 A，B 过来又问了一遍。小舅回复了 B，A 想想又转回来了。都不怕麻烦，都不怕绕远儿，都有的是时间陪着你绕远儿。小舅不行，他得挣钱，他得处理餐馆内外的糟心事。

他得活着！

与小舅相比，阿玲感觉自己的遭遇简直不叫事儿。那天，两位查卫生的官人前脚儿迈出大门，阿玲后脚儿追了出去，朝着天上大喊一声："我明白了！"倒把两位官人吓了一跳。

明白了之后再看小舅，阿玲又开始糊涂。他怎么就不憋屈不发泄？他怎么就没有发疯？他内心也忒他妈强大了，他简直就是一个谜。

一个满月的夜晚，阿玲尾随着小舅出了餐馆。她倒要看看天黑之后，男人究竟是个什么东西。阿玲见识过"江洋大盗"，见识过"艺术家"，也见识过小猪。现在，她很想见识一下内心强大的小舅。

小舅果然没有原路返回，他朝着小城的中心走去。阿玲跟在后面，心里一阵小鹿乱撞。她看见小舅拐进一条老街，街两旁都是些百多年的建筑，笼罩在一片古老、阴郁的暗影里。阿玲不由得两腿打战，几次把皮鞋卡进石子路里。

小舅走着，身影越拉越长。突然，一阵嘹亮的歌声从前面传来，是西北民歌"花儿"。"花儿"的穿透力极强，整条街都听见了。

"要出事。"阿玲心想。她仿佛看见两旁的窗户都亮起灯来，黑洞洞的门里大喊着跳出来几条壮汉，街口开过来一辆警车……可是，什么也没有。周围一片死寂，没有一盏灯亮起来，没有一个人跳出来，也没有警车堵在街口。阿玲愣住了，她感觉这里不是城市，这里是一片戈壁荒漠！

歌声嘹亮，带着一股子苍凉。那是一个人的苍凉，一个人的呐喊，一个人的杀得兴起。阿玲感觉有一股剑气从头顶直穿到她的脚心，她感到一种从未有过的清爽。

月光照亮了石子路，斑驳的墙壁隐没在黑暗里。石子路就像先人安放的琴弦，被肆意的歌声拨响，也拨响了阿玲的心弦。泪水流在她脸上。阿玲脱下鞋拿在手里，奔跑在空旷的街道上。

大漠残月，一个女人披着发，手里拎着两只鞋，赤脚跑在戈壁荒漠。她一边跑，一边流着泪。

阿玲和小舅在一起了，是小舅告诉小舅妈的。这么多年了，小舅没瞒过小舅妈，小舅妈也从未在意过。然而这一次，小舅妈在意了，她在意得厉害。她说只要有阿玲在，她就不会去德国。在国内，她还有个地方躲。在德国，她能躲去哪里？

阿玲不想拆散这对儿患难夫妻，又不舍得放手，那就推着走吧。在国外，谁不是这么一步步走过来的？

小舅妈离开北京，回老家承包了一片荒山种橙子。橙树生长期长，挂果晚。小舅妈说她能等。

小舅妈离开北京前，操起剪刀咔嚓嚓把床垫剪成了碎片，连同小舅作的油画和小树叶、小草棍一起扔进了垃圾箱。

五

小舅的公寓离餐馆很近，有主次两个卧室，我住在次卧。夜里起来，听见主卧里有女人说话，是阿玲的声音。阿玲说："酒杯、汤碗、刀叉也是新买的。你真要花1万欧元吃这顿饭吗？银行的贷款还没有还上，厨师的工资已经押了三个月，下个月必须发了。"

没有回答，一阵窸窸窣窣的声响过后，又听阿玲说："还有大刘，两个月前他老婆生了个儿子。他提出回国看儿子，你不准假，那时就闹过一阵儿。"又说，"前天，他老婆发来儿子的照片，听小个儿讲……"

"想家了？"小舅问。

"是想儿子了。听小个儿讲，大刘这两天常说梦话，说可怜的孩子，一生下来就看不见老子。我担心……"

卧室门砰一声开了，小舅只穿着内衣站在走廊里。看见我，他松一口气走过来，两眼直愣愣盯着我。我感觉，他眼神里有一种异样的光，忙过去扶他的手臂。他的手臂冰凉，上面全是汗。我鼻子一酸，小舅老了。这些年，小舅真的老了。

小舅直盯着我，好半天才说："这顿饭太重要了，绝不能有半点儿闪失。"

我点点头。

周五的早晨下起了小雨。雨丝很细，在晨风中哆嗦着飘来飘去，雨伞都挡不住。来到莱茵河边，远远望见一辆冷藏车停在岸边，一个伙计抄着手，冲着我大喊："怎么还不开门！怎么还不开门！"

食材都到齐了，荷兰的青菜，挪威的龙利鱼，地中海的大龙虾……大龙虾很好，都是活的，从西班牙空运过来。这种尺寸的龙虾，西班牙海鲜店每周只进一箱，进多了怕卖不掉。听小舅一口气订了三箱龙虾，海鲜店老板捧着电话跳起了弗拉明戈。

买猪崽儿时出了意外。餐馆用的食材都是从汉堡送来的，一个月送一次，价钱相对便宜。小舅也去农场买一些禽、蛋回来，数量都不大。这回，小舅带着大刘来到农场，一张口就要二十只猪崽儿。农场主当场傻眼，问他想干什么。

小舅说："去你家猪圈看看。"

那是一个典型的农家大棚，大约有两层楼高。前后都开着门，门也高，能走进去高头大马。猪圈排列在两侧，中间留一条两三米宽的过道。一进门，大刘就像鬼子进村，猫着腰，直奔猪崽儿而去。

大刘喜欢小动物，早年他曾在一所学校食堂做大厨。厨房里有老鼠，大刘不抓老鼠，也不让别人抓，就这么养着。等老鼠养得膘肥体壮，大刘找来一只大号塑料袋，固定在下水槽的一端，又在另一端纵火。老鼠受到惊吓，纷纷跳进塑料袋里逃命。大刘顺势收口，提着一口袋老鼠在厨房里转悠着欣赏，吓得二厨和帮工都叫唤着往厨房外跑。大刘玩累了，才把老鼠一只只拎出来，放在灶火上烤。老鼠痛苦地叫，大刘欢喜地听。

学校食堂的二厨和帮工们永远无法忘记这样的一幕——在一团焦臭的青烟中，大刘摇晃着脑袋发表感言："又搓了一窝儿老鼠，又搓了一窝儿老鼠！"干完这件事儿，他能高兴好几天。

老实说，我一向敬重大刘。唯独他这个嗜好，或者说，他那股子来历不明的杀气，让我胆寒，让我不敢恭维。

大刘挂相儿。那天中午，猪崽子看见大刘猫着腰进了猪圈，都吓得鬼哭狼嚎，不要命地往老母猪肚皮底下钻。老母猪抡起尾巴，甩大刘一脸猪粪。

迎着雨点般的猪粪，大刘捉住了十只猪崽儿。可猪崽儿必须由专业人士宰杀，大刘没摸着下手。农场主说，这是为了减轻猪崽儿的痛苦。杀都杀了，还在乎痛苦？

也许是因为思念儿子，也许是没摸着杀猪，大刘心中不快。到下班时，他命令小个儿："再蒸两锅米饭，明天人多。"下班时差人蒸饭，分明是一种惩罚。小个儿急了，说："吃得了吗？瞧瞧你买的那些猪崽儿吧！"

听小个儿提起猪崽儿，大刘也急了，抢起一勺剩菜泼向小个儿。小个儿从油锅里捞出三只鸡翅，甩在大刘脸上。小舅冲进厨房时，两个人正一个抢炒勺一个操铲子，干得正欢。小舅大吼一声："都给我住手！明天是我的大日子，谁敢挑这个日子闹事儿，老子饶不了他！"小舅手指着小个儿骂出一串狠话，眼睛却一直盯着大刘。

厨房里一片死寂，小舅一抖手掏出皮夹，拈出两张百元绿钞，压在调料架上，说："今晚的奖金，明天加倍。"又拈出四张 50 欧元的橘红色钞票，分别给了洗碗工阿憨和三个女学生。

小个儿用抹布按住左臂上一道血印，嘴唇哆嗦着，拿起一张绿钞，说："老板放心，道理我懂。"阿憨接过钱，在嘴上亲了一下，对女学生说："谁去喝酒？"

大刘铁青着脸，看也不看那钱，径直走出厨房。小舅顺势拽住他，一起进了后厅。过了半晌，大刘从后厅出来，红着眼回到厨房，拿起调料架上的绿钞。

我听见身后有人长长地出了一口气，是阿玲。当晚无事。

六

周六一早，小舅西服革履，像一位大战前夕巡视战场的将军，从厨房巡视到吧台，从吧台巡视到大堂，从大堂到啤酒园。想想不放心，他去了地下室，把货架、冷库仔细查看一番。再回到大堂，小舅笑了。

朝霞映照在莱茵河上，啤酒园里亮起一道湿漉漉的霞光。昨晚的一场夜雨，把啤酒园里的盆花、吊篮，和四周的青竹喂得饱饱的，这会儿正红是红、绿是绿地闪着光。太阳伞撑起来了，露天餐桌上绿的桌布、红的辣椒瓶、宝蓝色的烟灰缸煞是好看。刀叉、餐牌、啤酒垫儿、餐巾纸在小推车上列队整齐；德国人喜爱的幸运曲奇饼已经到位，有满满的一大桶。我打着黑色领结，站在啤酒园里，带着胜券在握的微笑。

大堂的布置可谓豪华：五张圆桌排列有序，主桌挨着最大的一扇窗，其余四桌分列两侧，如星拱月。一条大红缎带贯穿桌面，桌布是象牙黄的，素白的瓷盘里托出一朵朵餐巾纸叠的、粉红的莲花。桌子中央放一个转盘，转盘上是一个景泰蓝花瓶，花瓶里盛开着一大束鲜花。刀叉勺、酒杯均已到位，前餐的、正餐的、喝汤的、甜点的，梅酒杯、香槟酒杯、葡萄酒杯……闪着银器和水晶的光芒。

阿玲身穿旗袍，系着爱马仕丝巾，发髻里插着珍珠簪子，颤巍巍动着。三位高挑的女学生站立在吧台前，青春靓丽。莱茵河就在窗外静静地流淌。

厨房里弥漫着一股味道，那是上等食材经过细心调理之后散发出来的醉人香味。炉里挂着烤鸭，笼里"睡着"乳猪。它们的灵魂早已放下各自的恩怨，快乐地飞翔在天国。龙虾吐干净糟粕，游于池底，只等着快乐的一刀。阿憨扯起一块比床单还长的抹布，精心擦拭着刀叉，昨晚的奖金发挥了作用。小个儿站在油锅前一声不响地做事。大刘嘟囔着嘴，似乎有些不悦。仔细听，他竟然哼着小曲。一切都美妙极了。

兵强马壮，各就各位，小舅点头。他想起普奥战争前夕，俾斯麦观察到普鲁士的各路军团陆续到位，放下望远镜对威廉皇帝说过的那句话："皇帝陛下，您不仅能赢得这场战役，还将赢得整个战争！"小舅的眼眶湿润了。他的大日子到了。十几年筚路蓝缕，不容易啊。今天，他不允许出半点儿纰漏。

收拢队伍，小舅重申："贵宾进门、起灯、花雨、迎宾曲，一个都不能少！"

傍晚，两辆五十座豪华大巴停靠在莱茵河畔，贵宾们来了。老领导走在前列，笑容可掬地伸出双手。队伍里有不少熟悉的面孔。贵宾们走进餐馆的一刻，水晶吊灯、大红灯笼，和窗台上硬木雕龙的座灯齐刷刷亮起来，三位女学生把花瓣儿，连同切碎的彩纸抛向空中。虽然是手工操作，不是机器吹送的，可意思有了。落花如雨，残阳如血。

还有音乐，音乐也响了。一定要热情，太热情了，是一位老汉嘶哑雄浑的歌声：

> 长鞭呀，那个一呀甩哎
>
> 啪啪地响呀，哎嗨个咿呀
>
> 赶起那个大车，出了庄儿哎
>
> 立志，那个斩恶浪啊，哪怕那风雨狂啊！
>
> 哎嗨个咿呀，哎嗨个咿呀
>
> 要问那个大车哪里去呀……

怎么回事？昨晚测试过两遍的《迎宾曲》，怎么今天放出来一个《青松岭》插曲？谁干的？！小舅顾不得多想，一个箭步冲进吧台，弯腰拉开下面的电器柜，肩头早被一个脑袋结结实实地撞到，是阿玲。阿玲的簪子飞了，鞋也掉了，"哇"一下哭出声来。小舅忍着肩膀上的疼痛，上去捂住阿玲的嘴："奶奶，你不要哭！"

《迎宾曲》响起来，贵宾们早已笑得前仰后合，没了庄严。老领导把寒暄的话全忘了，抡起巴掌，一下下拍打在小舅受伤的肩头，缓一口气，说："老伙计，真有你的，一点儿都没变，还是那么幽默。"老领导拍了几下巴掌，示意大家安静下来，说："我介绍一下，这位就是曹工，曾经是我厂最年轻，也最有前途的工程师。曹工出国十二年，现在是什么海？哦，龙海酒楼的总经理。莱茵河畔多了一位爱国华侨，我们大家多了一位国际友人。"众人鼓掌，阿玲引贵宾们落座，女学生端上香槟，一场危机就此化解。

迎宾酒过后，七碟八碗的前餐上来。开吃了，才发现桌子上全是银器和水晶，好看归好看，吃起来却碍事。花，先转移到窗台上。几副刀叉，边吃边撤，早晚也剩不下。只是这高矮胖瘦大小不一的梅酒

杯、香槟杯、红白葡萄酒杯，一人四个，一桌就是四十个，山墙似的
堵在那里，夹菜、布菜都很不方便。要命的是，智者千虑，忘了茶
壶！也不是忘了茶壶，是喝了十二年凉水，早忘了自己中国人喜欢喝
热的习性！

老领导凝视着桌面半晌不语，小舅竟然浑然不觉。后来，老领导
清了清嗓子，对小舅说："许多人你都认识，就不用客气了。明天还
要上课，酒不能多喝，还是上茶吧。"

小舅这才猛然醒悟，赶紧吩咐阿玲撤酒杯，换上茶壶茶碗。

二百个酒杯，平时哪里用得上？都是临时买来，刚拆箱就都上了
桌。箱子还在楼下扔着。吧台就这么大，撤下来的杯子，用过没用过
的堆在一起，挤得像一座小山。帮忙的女学生没见过这阵势，听说晚
上要喝红酒，就一桌三瓶，提前把十五瓶红酒全开了。豁开嘴儿的酒
瓶子都立在吧台上，像一排蓄势待发的炮弹。茶壶茶杯也是个问题，
平时用不上这么多，需要去地下室里找，在积着陈年老灰的货架上
翻，再拿回到吧台上清洗。洗好了才发现：有瓷的、泥的，还有景泰
蓝的，质地虽然都不差，可怎么看也不像一支正规部队，而是一群散
漫的游牧部落。

这还没完，热水呢？也要在吧台上烧。烧水壶只有一个，够
用吗？

最混乱的时候，啤酒园里来了客人，酒水单打出来多长：三十杯
皮尔森、二十杯可乐、八杯杜塞尔多夫老啤酒……都跟商量好了似
的，一块儿来了。屋里屋外都朝着吧台喊，茶呢？酒呢？可乐呢？

打皮尔森需要技术，更需要时间，否则它不起泡沫，层次感也
差。有一个笑话，说是一个日本人、一个美国人和一个德国人去酒厂
喝酒。他们看见各种酒都在大桶里装着，想喝什么自己跳进桶里喝就
行。日本人看到清酒，跳进清酒桶里一顿喝。美国人喜欢威士忌，也
找对了酒桶跳进去。只有德国人，扎进皮尔森啤酒桶里，头上撞起一

个大包，才发现里面并没有酒。德国人找到酒厂老板，说这不是种族歧视吗，老板笑了，说："一杯真正的皮尔森需要等七分钟！"

等七分钟？再等七秒钟估计都会爆炸！吧台早已被各种酒杯、饮料杯、待清洗的茶杯、茶壶、翻倒的红酒瓶子占领。"大部队"还在源源不断地跟进。这阵势，就像中途岛海战时，南云中将的航母甲板：先是把高爆炸弹换成了鱼雷，想想不对，又卸下鱼雷换上了高爆炸弹。来回这么一折腾，甲板上乱了套。最乱套的时候，美国人的飞机来了，炸弹来了。

本想打一场名垂青史的普奥战争，却打成了功亏一篑的中途岛海战。怎么会这样？

小舅毕竟是小舅，他没有乱阵脚，盯住混乱的吧台沉思片刻，马上做出决断："红酒杯里全倒上酒，免费送给啤酒园的客人喝。腾出来位置洗茶壶茶杯，给贵宾们上茶水。啤酒园来的所有酒水单都先压一压，等出完了茶水再说！"

"每个人都送？"

"每个人都送！"

我想好说辞，大盘子托起红酒去了啤酒园。对于意外的馈赠，德国人还是乐于接受的。他们接过红酒，说一句："为什么不呢？"也有酒精过敏不能喝的；晚上开车不敢喝的；岁数太小不允许喝的；岁数太大喝了找不回家的……毕竟是少数。乱子转移到了外围，"主战场"的形式稳定下来。

上正餐了。清蒸龙利、北京烤鸭、香菇菜心……龙利是北海的龙利，鸭子虽然不是北京的，却也精工细作：先用香料喂上，喂到鸭肉里入了味儿，缝合，往鸭皮里打气，再按进热汤里。鸭皮里的空气经热汤一激，都支棱起来，硬让鸭皮和鸭肉分了家。然后是挂糖、沥干、吊炉慢烤……这功夫下的。烤出来的鸭子，皮是皮，肉是肉，德国一绝。

小舅扽一下西服，站起来，说："德国有句俗话，结果好，一切都好（Ende gut，Alles gut）。德语中结果（Ende）一词与鸭子（Ente）谐音。到了中餐馆就可以说，鸭子好，一切都好（Ente gut，Alles gut）。鸭子是家常的鸭子，咱们借它的福音，预祝领导和贵宾们此次出国培训考察一切顺利，一切都好。"

画外音是有的：虽然经历过磨难，可我仍然是一条好汉。结果好，一切都好。你可以理解成当下，也可以理解成过去的许多时光。

众人喝彩，纷纷挽起袖口，下手卷饼，都说好吃。一道菜，几天的工夫，能不好吃？

组团方主管凑过来敬酒，说："曹总啊，培训团一出去十天半个月，前几天吃猪肘、香肠、披萨饼，客人们还觉得新鲜，可顿顿吃，这胃里受不了呀。德国的中餐都有一股甜酸味，您这厨师手艺可真好。"

"厨师都是从国内大饭店请的，一个擅长淮扬菜，一个精通鲁菜。"小舅微笑着回答。

油焖大虾上来了，烤乳猪上来了。挪威的大虾，德国的乳猪，一水的有机饲养。

旅行社经理伸出大拇指，说："曹总大手笔，在德国能吃到乳猪，难得，难得。贵方能否提供一份儿团餐菜单？分三个档次。我司有旅游团、培训团、商奖团、自驾团，贵方要是有意合作……"

小舅笑了，说："好好，我们拟一个合同。"

旅行社经理说："合同我们有现成的，明天就能发给您。贵方只需提供菜单和价格就可以。"

小舅说："好。"

小舅笑了。自从开了餐馆，他变成了另一个人，经常笑着，一年四季，常备不懈。笑成了习惯，也笑出了毛病。可这一次，他真心笑了。他环顾四周，看见散落在各桌上的茶壶茶杯，脸突然红了。

一个机敏的人，即便在一片祥和的气氛中，依然能分辨出杂音，预知危险。大堂里觥筹交错，啤酒园的一举一动，都逃不过小舅的眼睛。他猎狗般警觉的双耳始终竖立着，过滤着各种杂音。刚才，吧台那边有过一阵嬉笑，小舅给阿玲丢了个眼色。女孩子们的笑声，还好，只是不能太吵。

他最担心的还是厨房。

厨房里果真出事了，闹起来的不是大刘，而是洗碗工阿憨。

七

洗碗工阿憨是东欧来的难民，原名伊普拉辛。他具有斯拉夫人的彪悍和底层人民的淳朴（大刘说他"缺心眼儿"）。大刘和小个儿都说伊普拉辛这名字太长，不好记，不留神会说成"一把拉稀"。虽然"一把拉稀"更好记些，可老板不允许——怕引起误会，影响到餐馆的生意。

大刘认为：一个卖苦力的，没必要把名字搞那么复杂。他说伊普拉辛长得像金兀术的大哥粘罕（也不知他从哪儿见到的？），说就叫他"阿憨"好了。这不是种族歧视。留学生去德国工厂做工，也经常会遇到这种问题。一个车间里突然来了两个张、三个王，德国人也犯迷糊，必须起个洋名区分一下。男的叫"亚当"，女的叫"夏娃"，再来的就叫"苹果""小蛇"。

阿憨虽然听不懂中文，可刀叉勺，他懂。进一步交流，需要女学生翻译。

阿憨还会说一句脏话——"笨蛋"，是大刘教的。大刘也不是故意教阿憨说脏话，这还要说到清洗地毯。餐馆大堂的地毯需要定期清洗，否则就会粘脚。清洗的过程是这样的：先用肥皂水洗，洗完了再刮水。刮水的活儿最累，因为要用力把水刮干净，否则就像踩在一块蓄着水的海绵上，走起来吧唧吧唧的。

刮水时，大刘找来一把平底锹，让女学生抱着锹柄站在上面，再用粗麻绳套住平底锹的底部，由一个人拽着麻绳跑，借助女学生的体重刮水。过去都是大刘和小个儿轮换着拽麻绳，女学生被拽得咯咯笑。阿憨来了，见女学生咯咯笑，大喜，一个人拽着麻绳全场跑。大刘拿抹布，小个儿拎水桶，跟在后面收水。女学生笑得欢，阿憨跑得也欢。全场刮完，阿憨累趴下了。

大刘瞪阿憨一眼，说："笨蛋！"阿憨记住了。以后谁再骂他"笨蛋"，他立刻骂回去。

那天，空酒瓶撤回到厨房，阿憨把酒瓶先堆在脚下，接着刷碗。大刘喊他把空酒瓶扔进垃圾桶，说都什么时候了，还想着垃圾分类？笨蛋！

阿憨听见"笨蛋"，立即用德语夹着中文骂了回去。阿憨也是累了，不明白大刘为他好。厨房这种地方，前后都是油锅汤锅，热油热汤落到地上，是瓷砖最好的润滑剂。把空瓶子堆在脚底下，不是给自己埋雷吗？

吧台紧挨着厨房，我冲进去劝住大刘，再按下阿憨，说："你怎么又犯憨？想想今天是什么日子。"

吵闹声还是通过厨房与吧台之间送餐的窗口来到了大堂，就像交响乐里突然冒出来几句独白，虽然短暂，却也醒目。"独白"大多是德语，老领导听见了，侧过脸细听，一切又归于平静。

小舅解释说："是伊普拉辛，一个厨房员工。"

老领导问："还雇了白人？"语气中有惊讶，也有几分赞许。

小舅说："东欧来的。"

旅行社经理插话说："刚才去洗手间，看见后面还有一个小厅。"

"是会议室。"

"摆上餐桌，能坐四十人？"

"眼力不错，刚好四十人。"

"平时有客人吗？"

"平时没有。"

小舅陪旅行社经理去了后厅，不多时谈成了合作：旅行社租用后厅做培训场地，每场培训不会超过三小时，专家、翻译都由旅行社负责。租金按场次结算，酒水、餐饮费用另外支付。小舅只负责投资投影仪、屏幕、写字板等几样设备。

收获满满。

大龙虾端上来了！酒红色的虾体趴在细瓷花盘上，依然保持着它生前搏击海洋的霸气，空气中飘过一股奇香。"曹总大手笔！"贵宾们纷纷举起相机，击掌惊叹……

阿玲走到小舅跟前，毕恭毕敬地站住。小舅看到她双手捧着的细瓷花盘，一怔。他仿佛看见，十二年的血、十二年的泪，都落到那盘子上了，又绽放成一朵朵小花，微雨似的向他飘来。小舅的脸颊湿润了。刚才，他听见一位当年的下属谈到评高级职称的事，心里还刺痛了一下。现在，他眼里又闪射出高傲的光芒。十二年，他拼得一点儿也不差，仍然是那个令人嫉妒的工程师，那个高傲的青年，他的雄心从未老去。

他应该说点儿什么，他必须说点儿什么。他站起身，举起茶杯，以茶代酒。众人都转过脸看他，包括老领导。大堂里一片肃静，能听见莱茵河潺潺的水声。

小舅说："我……"

"我中了！"后厨里一声凄厉的呐喊，"我中了！"

虽然，厨房的门紧闭着，呐喊声还是穿过送餐的窗口，和建筑物的缝隙来到了大堂。

我中了？多么熟悉的声音。在异国他乡，熟悉的声音总能引人关注，何况，它来得又是那么肆意嘹亮。所有人都朝着喊声发出的方向望去。

上龙虾时，大刘拧开了收音机，又到了晚上八点。

匣子里报出一组数字，大刘浑身一抖。据小个儿后来讲，大刘像发了疯，用手指头蘸着辣椒酱，在墙上写下一组数字，又从皱巴巴的裤兜里摸出一个钱夹，从钱夹里摸出一张纸片，摁在墙上，仔细核对了两遍，接着，就是那一声呐喊。

小个儿说，那一声呐喊太瘆人了，说不上像什么，困兽的嘶吼？战士的呐喊？啤酒园里的人都听见了，我也听见了。我觉得它是泪，是思念是委屈是壮志难酬。

它就是爱！

大刘一把扯下围裙，掼到地上，举起拳头大喊："我中了！七个数中了六个，老子不干了！"

"你不是争大厨吗？给你！"大刘把炒勺甩给小个儿，炒勺打在灶边，又弹起来飞进泔水桶里。

乱了，全乱了！厨房的门被哐地一脚踹开，门板都劈了，翻在地上。厨房紧挨着酒吧，贵宾们都往酒吧上拥，吧台上站满了人。老领导拉了几把没拉住，一个人坐到窗边，望着莱茵河水默然无语。啤酒园里也听到动静，都说杀了人。德国人本不爱看热闹，这会儿竟有几位男士跳起来，问是否需要报警。见无人回答，他们都跑到吧台边的走廊上，抻长了脖子往厨房里眺望。

小舅冲进厨房，几乎是在哀求："大刘，今天晚上无论如何不能撂挑子，这是在打我的脸呀。这几天的工资加倍，加倍给你。三倍，三倍怎么样？四倍？"

出国打工，谁不是为了挣钱？大厨这行当，月薪 3000 多欧，加上各种补贴，一年小 30 万人民币。当年，中介公司不都是这么算吗？听着很多是吧？可那是毛利。就像是一条鱼，你总不能把它全吃了吧？得先去鳞，再去内脏，掐头去尾，剔了鱼骨沥干净血，剩下的才是净重——鱼肉。作为一个大厨，每个月真金白银能攒下的，也不过 1000 来欧。

中奖了，七个数里中了六个。就算赢不到 50 万欧、10 万欧，5 万欧总该有吧？三年劳务，拼死累活，能攒下 3 万欧元、5 万欧元吗？可那是怎样的三年呀？大刘活明白了。

大刘说："加十倍老子也不干了！二十四天年假、五十二个周末全他妈拿来换钱了。人得过看得见的日子。我整年累月，圈在这十几平米的厨房里，伺候着一口冒着烟儿的破锅。德国再好，可我看不见！"大刘掏出一个信封，撕开，把一沓钞票抖落到案板上，说，"这是你昨晚给的红包，还真他妈不少，500 欧，500 欧元总有吧？说他妈的什么'出生贺礼'，我儿子不要出生贺礼，我儿子只想见他老子！老板，我真想不明白，你母亲去世那年，你在哪儿？这他妈都是为什么呀？！"

"大刘！"小舅大吼一声，惊天动地。他咣当一声，跪倒在污水横流的地板上。

我感觉一座山在我眼前轰鸣着崩塌了。

厨房里一片寂静。寂静，就像一滴橄榄油落在水面上，从厨房向外面漫延开来。

八

代表团走后，餐馆的生意格外清冷。小舅终日坐在一张餐桌旁凝视着窗外，谁来也不挪动一下位置。窗外是德国常见的阴天，乌云在天上翻滚，雨却迟迟没有落下来。小舅吃得很少，话更少。谁问，他都不答。

上个周末，餐馆生意突然好转，客人很多。小舅在大堂和酒吧之间来回跑着帮忙，脸上挂着笑。忙到午夜，小个儿洗完灶头，把废油从泔水槽里一勺勺撇出来，倒进临街的回收桶里，收工走了。跑堂擦干净最后一只酒杯，也走了。小舅还没有吃晚饭，就已经趴在桌上睡着了。阿玲打包了一份油菜，关上吊灯。

大堂的灯全灭了，阿玲想想，只留下吧台上几盏小灯蓝幽幽亮着。月亮从莱茵河上升起来，又是一个满月。月光照在啤酒园上。月光透过雕花木窗照进餐馆里。阿玲忽然想起来，五年前，她就是在这样的月光下"爱"上了小舅，然后就一直跟着他，顺着他。可这是爱吗？为什么呢？连没上过大学的大刘都会问一句："为什么呢？"

月光拨动了阿玲的心弦，可她的心倦了，再发不出任何回响。趁着今晚的月光，阿玲想告诉小舅。女人的心倦了，小舅能懂。

阿玲按下了电钮，卷帘哗啦啦落下来，该锁门了。小舅依然睡着，所有的声响都没能把他吵醒。阿玲走过去轻轻拍他一把，说："都走了，回家吧。"小舅不响。阿玲再推，小舅身子一歪，碰翻了窗边的佛像……

阿玲打来电话时，我还在心里骂她。小舅死了？你他妈有病吧？小舅那身体。他年轻时去青海支边，每天清晨都要在黄河边跑步，跑出汗，脱光了用黄河水擦身子。黄河上游，又是清晨，河水多凉啊。小舅擦得通体透红，穿好衣服，跑着去工厂上班。青藏高原强烈的紫外线、常年不懈的冷水浴把小舅的身体锻造得坚如钢铁，每块肌肉都如希腊雕塑般健美。这是一位从青海回来的阿姨告诉我的。工厂离黄河边不远，我想，小舅妈或许在河边偷窥过小舅的身体，并因此爱上了他，心甘情愿地为他做任何事，一辈子。

到了壮年，小舅的皮肤依然黑里透红，像新酿的杜塞尔多夫老啤酒，体能不输壮小伙。他才五十多岁，怎么会死？被黄河水擦得通体透红，花十年时间自学日语，被多少女人爱过的，高傲的小舅，怎么会死？在不惑之年毅然出国，面对流氓挥起铁拳，勇猛的小舅，怎么会死？

我愣神儿的工夫，阿玲已经说完一通话，在听筒那边喊我，说：

"你快过来办手续吧。我是外人，这种事儿我办不了。"

我蒙了，问阿玲："你说什么？"

阿玲急了，喊起来："你还不明白吗？你是他在德国唯一的亲人。遗体的处置，员工的遣散，还有欠下来的债务，这些事儿你不办谁办？要死亡证明吗？我发给你！"

我想到了小舅妈，打电话问她何时能来德国，阿玲需要回避吗？拨了好几遍才把电话打通。我问她我应该怎么办，我还不到三十岁，没处理过这种事情。

小舅妈静静地听我说完，接着是很长时间的沉默。我想她没有听明白，又想她吓蒙了，谁想她突然冒出来一句："老家的橙子丰收了。"

小舅妈说："今年的橙子，结得又大又甜。"

洋插队的最好时光

我在德国漂泊了三十多年，两年前生过一场大病，历经几次全麻手术之后，我的记忆出了问题：许多近在眼前的事都想不起来了，却只对一些往事记忆犹新。

有段时间，我像老人一样唠唠叨叨，给晚辈讲"洋插队"的往事。我给儿子讲，儿子冷笑着回我："您又说打零工。"我给国内来的孩子们讲，他们都以为我在编《天方夜谭》，说等有了生活体验——他们管打零工叫生活体验，再与我交流。

我注意到他们的目光——那种平视世界的笃定与当年的我多么不同。祖国强大了，他们再不必经历我们所经历的一切。

我写了两年，把写好的稿纸从抽屉的缝隙间投过去，直到那里面也塞满了稿纸，才打开抽屉。往昔的日子又浮现在我眼前，那些年轻的日子，刻骨铭心的日子。它们沉浸在暗淡无光的叙述里，被油嘴滑舌的调侃、空洞的排比，和装腔作势的形容词弄得七零八落，就像急雨中纷纷飘落的玫瑰花瓣。

我把头埋在"往事"中哭泣，不知道我的真情实感都丢在了哪里。

我的真情实感都丢在了三十年前，那个炎热又寒冷的夏季。我这么写并非自相矛盾，德国的夏季本来就是自相矛盾的——昨天还炎炎夏日，今天就秋雨霏霏，隔一天，能差一个季节。夏天在自己的季节里胡作非为。过几天，夏天，它又回来了。

可是我的夏天，她再也没有回来……

一

苏联解体那年，我搭乘一架图-154客机一路向西，在伊尔库斯克加过一次油，在莫斯科机场停留两天，换了一架飞机才来到德国。那天，莫斯科下着大雪，科隆却还在秋天。第一次在B城登高，我看到了一座红色的城市。乌鸦在红色的屋顶上盘旋，悲鸣着为城市叫早。天空是灰色的，仿佛常年不醒。老城区亮着街灯，早起的人们从七个方向穿越中心广场，隐没在灰色的晨雾里。先民在创建这座城市时使用了许多红瓦，又把许多门脸儿、山墙涂成了黄色、蓝色。一年后我才明白，那都是在抵抗天空的颜色，仿佛不这样，人间的三原色就凑不周全了。B城的阴天多。我带着方便面带着维生素，我不能带着故乡的阳光。

只有绿色四季常在。老城区茂盛的梧桐、安静的椴树、挺拔的挪威枫、醉人的丁香，它们都绿着。结果实的都去了郊外。B城不大，郊外的橡树、核桃，和野栗子树连成了片。秋天到了，成熟的果实啪嗒啪嗒打在地上，野栗子不如超市里卖的大，却更甜。野核桃要放一放，等青皮脱净了才好吃。橡树子攒起来可以换小熊糖，所以也有人捡。绿色在天空凋零，又在大地上延续。下雪了，地上长出巴掌高的麦苗，玫瑰的叶子和雪下面的野草都还绿着。天那么冷，它们都还绿着。

莱茵大学的主楼曾经是克莱蒙伯爵的官邸，一座漂亮的巴洛克式建筑。"二战"时被炸塌了楼顶，经历了爆炸和火灾，只有一楼（德国的0层）幸存。一楼的天花板高，窗户也都细长，楼道里站着"金甲武士"，说明它三百年的历史并非浪得虚名。

莱茵大学的 PNDS 考试（德语水平考试，1994 年 2 月以后被 DSH 取代）赶在个阴天，发榜日又是阴天。接待大厅里灯光昏暗，安静极了。拿到成绩的考生都像出笼的小鸟，有约着去老城喝酒的，有商量着打零工的。也有梨花带雨，拽着德国丈夫走过幽暗的走廊，找主考官说事儿的。轮到我，穆勒小姐在键盘上敲打几下，说："口语没过。还有一次机会，要是您再考不过……"她从 286 电脑后面探出一张圆脸，嘴唇上沾着棉絮状的糖粉。她在吃柏林人，一种蘸糖的油炸食品。据我观察，喜欢甜食，又不太在乎自己身材的德国女孩心眼都不坏。去大学办事，我希望遇见这个胖乎乎的女孩，她能给我带来好运。

"您将被大学除名！"穆勒递给我一张纸，上面签着主考官梅耶的名字。

梅耶先生身材魁梧，年轻时曾在联邦军队里服过役。日耳曼人的严谨，长年军旅生涯磨炼出的果敢，使他养成言简意赅、一针见血的说话风格。他讲课像极了杜登词典：简洁、严谨，从不拖泥带水。他把德语课教成了一门艺术。

考试那年，正赶上梅耶先生闹更年期，严谨中又多出一个固执，就像华容道上原本只埋伏着一个关羽，后来又转出来一个张飞，全让我赶上了。

考试前，我剪了头发，不是理发店剪的。在理发店剪一次要花 19 马克，还有小费。理发师是一个瘦得像影子似的男人，名叫卡巴拉。卡巴拉擅长剪希特勒时代的发型，脑勺以下全部剃光，俗称"盖儿头"。这称呼不文雅。可活到卡巴拉那样的年纪，已经不在乎什么文雅不文雅，只要你不往他的瓷猪里塞小费，他就会记恨你。

留学生之间都是互助剪发，我的头老高剪，老高的头我剪。出国前，我学过理发，曾经给模特剪过一次，老师说剪得像狗啃的。被我

"啃过"之后，老高在莱茵大学出了名。无论他走到哪里，都有人惊喜地从背后认出他来。

老高是我的学长，他插队时割过麦子，手里有分寸。可德国人不看分寸，只看细节。希特勒时代的发型虽然也难看，可那是理发师剪的，一剪子挨着一剪子是可以看出来的。有规矩的难看就好比合乎法律的作恶，在这方面，德国人的容忍度还是蛮高的。德国人恨的是没有规矩。乱刀剪出来一个难看就是没有规矩。

在德国混，理发的钱真不能省。

口试那天，也许是我难看的发型、蹩脚的发音，激怒了梅耶先生。看着这么一个人糟蹋他的艺术，梅耶心里有多生气？他多次打断我，有一次甚至态度粗暴。陪考官脸色大变，悄悄递给他一粒酒心巧克力。梅耶先生接过巧克力，在手里一捏，考场里就飘起一股酒香。我知道坏了。

梅耶先生的口气和缓了一些，问我中国有五千年的文明，为什么偏要来德国学历史？

这是一道送分题。这种套话，早在德国大使馆面签时我就背熟了。关键时刻，铁面梅耶还是给我机会了。我从腓特烈大帝讲到威廉一世，从歌德海涅讲到康德叔本华，把我能想起来的德国名人都请出来吹捧了一番。陪考官是一位中年妇女，她听得脸颊绯红，露出少女才有的羞涩。梅耶先生脸上的肉也理顺了一些。德国人没什么城府，喜怒大多挂在脸上。我看在眼里，心中一喜，不小心冒出来一句："我还想研究德国的城堡。"

坏就坏在这句话。在德国，见人说人话，见鬼说鬼话不行，你得说实话。可实话又不能全说，节外生枝的话可千万别说，除非你有本事再把它给圆回来。以后，无论考试、延签，还是找工作，我都问一答一，绝不节外生枝，再多说一句废话。

陪考官一听来了兴致，问为什么。我说："德国的城堡漂亮，数量也多。我想，它们大多是骑士城堡。"

陪考官哈哈大笑，打翻了一个杯子。梅耶先生盯着我，像一头暴怒的狮子。他没有笑。

二

莱茵大学的食堂一共有三层，是"二战"时期的建筑，每一个细节都经不起推敲。食堂人做事也继承了这种风格：他们把菜单都写在0层的一块小黑板上，写得龙飞凤舞，像上古传下来的天书。大家都是蒙着往上走，总有惊喜。咖啡馆位于0层。

与老城区那些历史悠久、腔调十足的咖啡馆不同，大学咖啡馆就像一个歇脚打尖的大车店：桌子有高有矮；都凑到一起说话，又都彼此不认识；语言五湖四海，完全听懂是不可能的；杯子也不讲究，有用小杯喝的，也有用海碗的。碗里漂浮着层次丰富的泡沫，名曰"牛奶咖啡（cafe au Lait）"，看着就很解饱；屋里烟火气十足，到处都冒大烟。窗外的光线忽明忽暗，屋里的烟影时隐时现。

我身旁有两个男生，都是A班的，在说考试的事。靠窗的高脚凳上坐着一位亚裔女生，正低着头看书。她的侧影很好看。这时，窗外忽地一亮，我看见她胸前别着一朵玫瑰，确切说是一枚玫瑰花形状的胸针。

女生抬起头，正与我四目相对。她是一个引人注目的女生，倒不是因为侧影好看，而是她的目光。怎么说呢，她的目光就像陶努斯山的泉水。如果你知道当年美第奇家族的公主远嫁杜塞尔多夫，因为嫌弃当地的水质不好，不惜远道陶努斯山汲取过山泉水的典故，就会明白我那时的感受。

一个帅气的小伙闯进来，把一杯咖啡泼在地上。小伙掏出纸巾擦地，一边偷眼看那女生。女生的嘴角向上翘着，带着一种参透人心的愉悦。她看着我，仿佛那坏事是我干的。我心里一乱，抓过一张报纸在脸上挡着，就听 A 班的男生说：

"南希的口语考砸了，差几分。她丈夫，那个德国老头儿，找到主考官说情。"说话的是山东人，拿教会奖学金。每逢马克到账，他就会蒸几笼屉包子请自费生吃饭。他的口碑不错。

"哪一个南希？"问话的来自北京。他父亲做国际贸易，为他备足了一年的生活费。当年，有这种实力的，都是自费生中的翘楚。

"南斯拉夫的南希，咱班最漂亮那个。她丈夫向考官保证，每天晚上给太太补一堂口语课，考官就让她过了。就差几分。"

"就差几分？换成咱们，还得再考一次。老高上次不也就差几分，又熬了一个学期。真该奏丫一本！"

"揍谁呀？咱们都是过客，待不长，就别惹那麻烦了。"

"考听力时，我忘了 Alphabetisierung 怎么讲，念到第二遍时才想起来，真他妈悬。"北京人说。

"我也蒙了，查过字典才想起来。"

"你丫作弊！"

"乱讲。"山东人压低了嗓音，似乎在笑，"你知道的，考官会提前把关键词写在黑板上。那时考生都还在忙着找座位，没人留意黑板。我先不进去，站门口望一眼，看见黑板上写着 Alphabetisierung，一转身进了厕所。关上门一查，原来是扫盲的意思。学长说过，考试一定要早去。"

"高！人权呀。考官能拦着你上厕所？"

"没有德国丈夫德国妈，咱只能拼智力。"

"鱼有鱼路，虾有虾路，能过关的，都有点儿名堂。"

有人咣啷一声抽走一把椅子，有人吮喝着，从我头顶递过去一杯热巧克力。喧嚣没有源头也不知去向。谈话停顿了片刻，再传过来，竟听着有些忧伤。

"将来有什么打算？继续在莱茵大学读？"山东人问。

"不读了，找工作了。"北京人答。

"老高转去科隆学旅游。你把他的餐馆工作接下？"

"干餐馆工资低，我好歹过了语言，下月去斯图加特干流水线，时薪 20 马克。"

"学业耽误了。"

"甘蔗没有两头甜，先挣点儿钱再说吧。不像你有奖学金，我家早被掏空了。"北京人说。

"生活不易。"山东人叹了气。

我才生活不易呢！我想，看见对面的高脚凳空了，心里莫名其妙地难受了一下。

三

我是自费生。倒退三十年，自费生也叫无费生。担保人不是八竿子打不着的"亲戚"，就是没见过面的"朋友"。担保只是个形式，一下飞机（也有坐火车来的）就得找地方打工挣钱。

当年的夜校，除了外语班还有各种速成班：学烹饪学理发的，学针灸按摩的，学员大多是一批人，都知道自己出国后干什么。我学过理发，学过烹饪，又在亲友的怂恿下学过半年针灸……全没用上。学了几句德语，用上了。

德语老师也出过洋，他教会我一个单词：Beistand。他说："假如有德国人帮你介绍工作，光说'谢谢'是不够的，必须说 Beistand。"

又说："你们看这个单词的结构，Bei 代表'在你身边'，stand 表示'站着'。'在你身边站着'是什么意思？"

同学们都笑了，说那是找碴儿接近，对老师您有意思了。

老师说："还笑？到时候怕你们哭都找不到调门。过语言关之前，每一个马克都非常珍贵。要数着花洋钱。"

说完这话，老师一捂脸，背对着我们，另一只手敲着黑板，说："意思是'与你并肩作战'。记住，要感谢人家与你并肩作战。这句话用得着。"

这句话也没用上。我发现在德国，似乎没有人愿意与我并肩作战。

我的留学生涯，首先从找到一份"工作"开始。起初，我想找一个专业对口的工作，比如教师。我是学历史的，在国内做过教师。后来，我又想通过烹饪或者理发挣钱，这些想法让我走了不少弯路。

我应聘过跑堂，应聘过酒店服务生，都因为口语不好落选。我应聘超市搬运工，也不行。我站在大学主楼光线昏暗的走廊里，从长短不一、颜色各异的纸片中寻找好运。我翻烂了一本《俺囊涩》，它是B城最负盛名的，专门刊登广告和星运命程的市井小报，终于找到一份打扫卫生的工作。每周干六天，每天早上干一个半小时，路上还要跑一个半小时，挣到的钱刚够交房租。那时我想，只要不露宿街头，干什么都成。

老板丹尼丝是一个年轻漂亮的德国女人，生一头卷曲的金发。她带着几个土耳其人包下一家服装店和两栋写字楼的卫生，从清晨苦干到夜晚。老实说，她让我对未来充满了忧虑。

丹尼丝算得精，她让我每天早来十五分钟做准备，又不肯多支付报酬。我就不得不早起。早上没睡好，下午上课时就犯困。稍微一闭眼，就听口语老师喊："林先生，费屎蛋（verstehen：明白）？"

我当然"费屎蛋"，可我得活着。我把打工的事告诉口语老师，口语老师把脖子扭向窗外，对着空气说："他刚才什么都没说，我也什么都没听见。"我没有劳动许可，学期内打工是违法的。

我把打工挣钱的事告诉了家人，说我在一家德国人开的服装店上班，这是事实。我还在信中写了一句德文。母亲举着这封信跑到后院的李老师家请教。虽然父亲一再说，李老师教俄语，不一定会德语，母亲还是去了。信的内容就这样泄露出去，连同一张夹在信中的照片。

隔壁的刘大爷看到照片，说："这小子，一步跨入现代化了。"东屋的大头、前院的阿臭，他们都看好我。大头后来给我写信，说："你丫一天挣的，够哥哥干一个月了。回国得请客啊。"又说，"孙子，等站稳了脚跟，把哥哥也办出去！"

我说来吧，没问题。

只有我自己知道，我掉进一个凶险的怪圈里，一只巨大的齿轮正一扣扣向我压挤着，把我挤向一个不可逆的方向——PNDS考试。我只有两年时间，只有两次机会。要是再考不过，我将被这个齿轮挤得粉碎。

从穆勒小姐手中接过成绩单，我明白了什么叫哭都找不到调门。

有人说你花的钱，都是在为你想要的世界投票。说这话的人一定没挨过饿。每次从超市里"投票"回来，看着我"想要的世界"，我经常这么想。考试前，我梦见了妈妈的红烧肉，糯糯的，吃得我脖子根发凉，醒来一看全是口水。那天，我断粮了。

那天上午，房东太太过来敲门，说下个月水费涨价5马克。中午，我舔干净最后一滴牛奶，又收到她送过来的电话公司账单。

下午，老高来了，来给我剪发。我打开冰箱门，才想起里面是空的。老高问，又断粮了？我说明天就有钱了。我没骗他。丹尼丝说，薪水已经在路上，明天能到账。

老高没说什么，剪子咔咔咔响过一阵，突然停住手，一脚踢飞了凳子。那凳子呼啸着翻了个身，变成一只空啤酒箱。老高说："你真能藏宝。"我猛然想起，还是搬进来那天，老高拎上来一箱子啤酒。后来酒喝完了，箱子被我翻过来，垫上一张报纸当凳子用。时间一长，就真以为它只是个凳子。箱子的押金是5马克，够在大学食堂吃两顿正餐。

老高问："有一个餐馆工，你想做吗？"我想起了那句话："感谢你与我并肩作战！"

餐馆位于中心广场，与莱茵大学隔着一条街。后来，我时常趴在教室的窗台上，朝那个方向张望，就像从一个世界望向另一个世界。我望见古茶色的玻璃窗后面攒动的人头，系着白围裙的跑堂跑进跑出。仅凭这些，我就能算出那天的工作量和跑堂到手的小费，虽然我只是一个吧台帮工。

来到中心广场，老高看一眼手表，说还早，就一屁股坐在长椅上，从兜里掏出一只夹肉面包。

初春时节，广场上冷清得很。要是到了夏天，广场上热闹得像一个时装舞台，全城的男女老少都想过来走两步，喝一杯冰镇啤酒或者热咖啡，找一棵树让小狗把尿撒了，才算过好了这个夏天。

还有那些德国女孩儿。老高说，德国女孩儿与法国女孩儿很不一样，她们不会打扮自己，但她们有本钱。别看她们冬天穿得跟灰耗子似的，到了夏天，她们丢掉灰不拉叽的冲锋衣，脱下磨破了的牛仔裤，露出胳膊露出大腿，一个个都像荷兰田野上盛开的郁金香，上面姹紫嫣红，下面水葱儿似的挺拔鲜嫩。

B 城人喜欢露天用餐，更喜欢坐在露天餐桌旁边看人，是那种死盯着人看。这当然是不礼貌的。平日，他们在步行街高视阔步，从不盯着看人。可一旦坐到露天餐桌旁边，点一杯啤酒或者咖啡什么的，来一份鳕鱼土豆泥或者烤鸭红菜头，他们就会性情大变，就会死盯着人看。露天餐桌就像一件隐身衣，让他们收拾起平日的自己，变成了另一个人。他们看女人的身材，看男人的气派，欣赏着看，肆无忌惮地看，看个把小时，才满意地打一串酒嗝，徜徉着离去。

露天餐桌怎么会是一件隐身衣？这么说吧，如果你走进一家超市，第一眼看到的全是商家想卖给你的，因为它们跟你的视线一样高。想买点儿性价比好的商品，就要往下面看一看。露天餐桌比行走着的人矮，从矮处过来的目光是不容易被察觉到的。即便被察觉到了，也不该轻易说破，否则会招致不快甚至愤怒，而那个香浓季节的某种神秘的馈赠，也被你的冒失败坏了。所以每次上街，我尽量不往露天餐桌那边看，或者干脆戴上一副墨镜，把才朗润起来的天空，重新调回到它本来的模样。

我也需要露天用餐，在火车站，在地铁里，在步行街的长椅上，在那些令警察光火，又挑不出毛病的地方。吃的是夹肉面包（有时也夹生菜，夹煮熟的鸡蛋）。面包用速食袋装着，吃的时候就着袋子，边吃边喝水，不然会噎着。我不看别人，也看不到什么好脸色。两三分钟过后，速食袋归了垃圾桶，一顿饭就算吃完了。再紧着双脚，赶去下一个打工的地点。

老高不这么想。他说凭什么不能在露天餐桌旁边吃饭，五年后你过来看看。老高的面包里夹了腌鸡蛋，腌出油的那种，特别香。我就佩服老高这手，无论走到哪里，气势永远不倒。老高把面包举到嘴边上，文雅地昂起头，朝广场的深处望去，就像大学教授站在讲台上，朝教室的深处望去一样。他不满意了，嘴里嘟囔一句："这广场太冷清，你不觉得少了点什么？"

"寒假刚过，还没到旅游旺季……"我像一个抢答的学生，也尽量文雅地点着头。

"我是说，缺少中国游客。你看，都是些挂着照相机的日本人。"老高咬住面包，在嘴角优雅地一撕，仿佛用锃亮的 WFM 刀叉，撕开一块阿根廷牛排。

"或许，费用是个原因。"我语气凝重。出国那年，我把一家人的口袋掏空，才勉强凑足一张单程机票。

一个流浪汉提着裤子，怪叫着从广场上跑过去。一个推助步车的老妪险些被他撞倒。老妪站稳，抱怨道："您根本就没有看到我！"

"将来不成问题。"老高豪迈地一挥手，像一位上市公司老板，在董事会上做远景规划，"富裕起来的中国人一定会过来，看看古老的欧洲。"

我们俩穿着汗渍的工作服，在初春的寒风中优雅地交谈着，就像在柏林国际旅游展（ITB）上，谈着一桩"伟大的购买"。

吃过面包，老高的思想落回到现实，谈起餐馆的情况。餐馆老板叫小鸡，是一个中年男人。餐馆的外墙上也画着一只鸡，外地人时常把它看成商品广告，进来就要鸡吃。忙的时候，这种客人令人厌烦。小鸡就夯着嗓子喊："我是小鸡，不卖烤鸡。"

夏天，小鸡家的露天餐桌铺出去多远，跑堂扛着满载酒杯的棕红色托盘儿健步如飞。我的工作是在吧台上洗酒杯，工资一月一结，不拿小费……

都说德国人古板，可他们的老祖先给孩子起名时却一点儿也不古板，甚至富有想象力。我曾经去一家德国餐馆应聘。老板的名字叫"七根毛（Siebenhaar）"，听起来很像一个笔名，比三毛还多四根头发。我记不清他家餐馆外墙上是否也画着七根头发。如果画了，只要他这辈子不改行做发廊，就不会有太大的麻烦。

正想着，老高站起身，说："走吧。"

一进门，我感觉眼前一黑：一个两米多高、骨骼粗壮的"小鸡"站在吧台后面，正凝神于一块悬在半空中的电视屏幕。几束蓝光斜射下来，照亮了他半个脸颊。我有心理准备，也还是倒吸了一口凉气。

电视里正播放每周一次、激动人心的乐透奖抽奖仪式。一只透明的大球缓缓转动，里面摇元宵似的摇着半笸箩小球，每个球上都有数字。起初，赌徒们还能盯住自己押的数字看，用眼睛把它抓牢。小鸡也这么干。

少顷，大球开始加速，小球们腾空而起，都没头没脑地朝着赌徒们砸来，屏幕内外响起一片嗷嗷的惨叫声。小球都砸在大球壁上，又噼里啪啦落去了球底。突然，一把钢叉从天而降，人手般灵活，叉起一只小球，把它放在早已"出炉"的一排小球后面。摄像机对焦，主持人报数，一个崭新的数字诞生了。

"不！"小鸡一巴掌拍在吧台上。他侧过脸看我，问："会干活儿吗？"

我说我做过清洁、修过花园，学农时捡过麦穗儿，夜校里学过烧饭……

话音未落，那边又开始摇元宵，小鸡把脸转过去。这回他咧开嘴，在嘴唇上用劲儿。

最后一个数字也揭晓了。又一声怒吼，小鸡骂一句："狗屎！"

有位牧师说过："乐透奖作不了假。能中大奖的，都因为上帝爱你。"这句话，他对弥留之际的病人说过。对十恶不赦、行将伏法的罪犯，他也这么说。

收了魂，小鸡开始上下打量我，提了几个问题，问我从哪儿来，来多久了，来干吗，有税卡吗。我一一做答，小鸡点头表示满意。我松了一口气，谁知小鸡突然问我有什么技能。

我傻眼了，刷杯子还需要技能？上大学时，有个孝感来的表匠借我的学生证开了一个修表摊儿。作为回报，他请我吃过一回牛肉面，同时答应教我学修表。因为懒，我没有学。如果那时学了，我还会修上海牌全钢手表。

我说我会针灸会按摩会气功会烹饪，我还会给自行车拿龙，就是调整车条的松紧，把变形的车轮恢复成一个圆圈儿。老北京胡同里长大的孩子，谁不会这手儿？

"拿龙？自行车？"小鸡也傻了。他看看我，又看看老高。老高是南方人，不懂得拿龙，想帮我解释，又编不成句子。小鸡去了里面。老高正怪我多嘴，小鸡又转出来，把一张纸片贴在吧台后面，一捋袖子，露出几块疙瘩肉，又指指我，说："太瘦了，要多吃菠菜！"

（德国人的玩笑话：意思是多吃菠菜，能使人变得强壮）。

老高和跑堂都笑了。

小鸡说:"下周六来吧。"

走出餐馆,老高说:"去我的宿舍看看?总比你住的阁楼强。"又说,"你那阁楼,夏天热得能蒸桑拿,冬天又冷,房租还贵。"

老高的学生宿舍位于 B 城南郊,早先是一家医院,有主、副两栋楼。副楼建得比较粗糙。主楼是一栋百年建筑,红砖砌就,一水的老式长窗,只在顶层开一个圆窗,由七块玻璃拼接而成,很像一朵盛开的玫瑰花。楼内的设施相当完善,进门一个圆形大厅,壁炉、落地镜都充满古意。天花板泥着花纹,地面铺着彩釉花砖,岁月还没有磨掉它上面的明亮。楼内有厨房、电视房、台球厅、洗衣房和一个学生舞厅。

老高住在主楼,阳台伸进后园里。我朝后园里望了一眼,听老高说:"有眼福。"我不解其意,又朝后园里望了一眼,只看见一片荒草。

屋内有一桌一椅一床,墙角立着书架。唯一的奢侈品是墙上的一小幅油画,画的内容十分诡异:一条大船在海面上航行。突然,蓝色的海水里跳出三个体态妖娆、全身赤裸的女妖。她们抓桨的抓桨,攀缆绳的攀缆绳,都奋力往船上爬。船上的水手们各自划着桨,对女妖的到来视而不见。只有一个船长模样的人看见了。他大张着嘴,像是喊那三个女妖过来。可他的身体被一名水手捆绑在桅杆上。他越喊,水手就越使劲地勒绳子……

老高说:"如果满意,下周去办手续。桌椅和床是公家的,弄坏了要赔。书架是我的,留给你。"

我问老高:"怎么谢你?"

老高叹一口气,说:"都是自费生,不说谢。"

四

第一晚,我睡得忐忑不安,熬到清晨,心里又充满开启新生活的兴奋，就像我才来到 B 城时那样。天空阴得像一块铅板，没有云，或许云也是铅板的一部分。院墙与墙外的梧桐树之间夹着一条小路。小路上走过去三个人：一个戴着耳机慢跑的青年；一位步履蹒跚，满脸戒备的老者；再就是一个胖姑娘，她在晨雾中吃力地甩着两条胳膊，并借着这股惯性渐行渐远。

后园很大，近处是一块修剪过的草坪，远处疯长着荒草。不时有松鼠出没，蹿到一株老树上面。那株树已经很老了，光秃秃的枝杈人手般伸向天空，一根巨大的树杈横亘在距离地面两三米高的位置，像是留给谁的坐骑。

金小姐说，那里烧死过一个女巫。女巫曾经把手放在一个男孩头上，那男孩就死了。男孩临死前浑身干瘪，像一个被抽去灵魂的老人。后来，女巫又用同样的法子让一个青年爱上了她，所以必须把她烧死。

"后来呢？"我问。

"后来那里就长出树来，后来又有了这栋楼。一个希腊诗人在楼里住过，他擅长画画。"

我想到了老高留下的油画。

金小姐是 A 班的，教室与我们隔着一个庭院。出于一年多的同窗之谊，金小姐提醒我：这栋楼就像一个结着怨气的老人，说不定在与谁作对。老房多作怪，楼里怪人多，离楼里的人远一点儿。她同时向我表示欢迎，欢迎我住进莱茵大学最漂亮的学生宿舍。

金小姐就是一个怪人。她很有些与众不同，有人说她是韩国财阀的千金，看穿着有点儿像：绣花的衬衫要么大黄，要么大蓝，眼妆也画得精致，打着耳钉。也有人说她不是，理由是她颧骨太高，鼻子却塌着，与韩剧里整过容的财阀小姐有着不小的差距。金小姐常说德国太闷，说要转学去英国，可说了一年，还在语言班待着，还在学生宿舍住着。台湾来的富家子弟就不这样。他们先买下一栋别墅住着，毕业后再卖掉，白住几年房还能赚点儿钱。

再就是一个焦脸男人，他在厨房点起一盏大灯，通宵达旦地亮着。灯光聚焦在下面一个鱼缸里。鱼缸里游着无数条奇丑无比的小鱼。焦脸男人躬身观察那些鱼，随后站起身，搓着手背对我说："不能断电！"我说这么费电，换私人房东早急了。焦脸男人也不解释，一提裤子走了。我发现，其他同学都对这种现象视若无睹，这让我对德国人的公益心产生了怀疑。

厨房不清净，楼道里又传出女人的歌声，是用中文唱的。当年，B城的中国留学生还很少，也都活得小心，一般不会在公共场所大声喧哗。这又是哪一怪？

歌声从楼道的深处传来。走过几个房门之后，楼道开始变得狭窄，光线也变得影影绰绰，空气中似乎悬浮着很古老的东西。有一个房门，据说是当年的太平间。原以为没有人住，后来有一天，那扇门突然开了，门里坐着一个黄发垂肩、面如死灰的男生，他在读法律。

楼道的尽头有一个浴室，里面是两个独立的淋浴间，左边的门敞开着。右边关着门，歌声和水汽从里面喷涌着出来。这浴室不分男女，男女生一边洗澡，一边隔着墙聊天的事时有发生。可硬能把湿漉漉的歌声唱到门外，让一层楼的人听见，却不常见。那女孩一定遇到了糟心事，否则也不会站在喷头下面唱个没完。

她很会唱，唱得也好听。在国内上大学时，班里的文体委员就很会唱歌。文体委员是一个乖巧的南方女孩儿。那年春游，她一屁股坐在我的车后架上，硬要我骑车带着她上山。她说："我用歌声犒劳你。"我骑了一路，她果真也唱了一路，没重过样儿。大西北的山路，路两旁莽莽苍苍的，看不见多少春色，倒是文体委员两片嘴唇一张，唱出来一路春光。

我蹑进左边的淋浴间，轻手把门带上。隔壁的歌声止住了，淋浴声也停了，浴室里静悄悄的，弥漫着水汽和玫瑰花的香味儿。我屏住呼吸，想象着隔壁是一只松鼠，正转悠着眼珠想心事。不一会儿，那边又响起了歌声和水声。这回，她唱的是《恰似你的温柔》。

这首歌，最初也是文体委员唱给我听的。大三那年，文体委员的姨妈从美国回来，要接她去国外读书。文体委员起先不肯，后来还是去了。

分手那晚，我送她到女生楼，她送我到男生楼。两栋楼之间隔着一个排球场，周围是一片蓊蓊郁郁的杨柳。我们俩你来我往送到了半夜。那是一个满月的夜晚，月光如水，把排球场里照得很亮。文体委员拢了拢头发，从后面扎好，说："别送了，我用歌声陪伴你。"又说，"不要回头！"她就给我唱这首《恰似你的温柔》，她也是才学会的。她的歌声温暖湿润，在夜空中传出很远。踏着她的歌声，我走了，走到拐弯的地方站住，一回头，看见她也在那边站着，看我……

"到如今年复一年，我不能停止怀念，怀念你，怀念从前……"

隔壁女生的歌声温暖湿润，珍贵的东西又一一浮现在我的眼前。我推开喷头，让冰水直泻到我泪水横流的脸上。

那天，她没有穿浴衣，只用一条浴巾从腋下裹住身体，从影影绰绰的楼道里向我走来。我认出来了，她就是那个在大学咖啡馆里见过的、戴玫瑰胸针的女生。她也认出了我，红着脸一侧身，噔噔噔小跑着去了楼上。我闻到一股淡淡的玫瑰花香，又看见她微微翘着的嘴角，像一个笑开的月牙儿。

她叫晓蕾，住在那个带玫瑰花窗的房间。

五

语言班里有两位老师。口语老师叫"胡他妈喝"（Hutmacher），是两个娃娃的妈妈，她自己也像商场里卖的娃娃，一通电就咯咯咯笑个不停。开学那天，她泄露了自己做姑娘时的姓氏，并说拥有这个姓氏的人都是贵族。婚后，她随了丈夫，改姓"胡他妈喝"，意思是"做帽子的人"。她说三代才出一个贵族，可从贵族变成"胡他妈喝"也就一晚上的事。我可怜的孩子们。

班里的女生最先会意，都笑了起来。

女生们大多来自东欧。那些年苏联解体，南斯拉夫内战，东欧也不太平，年轻漂亮的女孩子就前赴后继嫁到了德国。她们的丈夫多有积蓄，也多有年纪，看见妻子小野猫似的欢蹦乱跳就满足了，也不指望她们学会觅食。要是真学会了觅食，反倒麻烦了。上语言班，就像街上遛弯、林子里跑步一样，免得在家里憋坏了。口语老师想必是误会了，以为我们都是来德国寻欢作乐的，就经常在课上闹出一些笑话，好像闹笑话才是她的职责所在。那一年，如果有人去学校找我，进笑声最响亮的教室准没错。

这当然是一种福利。在经常需要考虑下顿饭吃什么、吃不吃的第一学年，我没抑郁没有寻短见，口语老师功不可没。可甘蔗没有两头甜，口语老师教会了我们说一车皮话，意思只有一点点。正如梅耶先生所说："B班的考生只会胡扯。"因为胡扯，全班同学又在新一学年悲喜交集地重逢了。

语法老师是一位四十多岁的单身汉。说单身并不确切，因为那时同性不可以结婚，所以他只能"单身"。他的课"干货"很多。哪个街区又要扔大垃圾啦（能捡到旧衣服旧家具旧电器）；春天挖熊葱（德国的野韭菜），夏天摘樱桃，秋天捡苹果捡核桃捡栗子，该去哪块草地、哪个山头、哪片林子啦；哪座教堂又搞活动，有免费晚餐啦，都是他透露的。这当然是另一种福利。那一年，我们班发生着惊人的变化，主要是男生。比如某人两天前还穿得像一位老绅士，突然就变成了一个空降兵。随着季节的变化，教室的空气也在起变化：变换着炒栗子、熊葱和时令鲜果的味道。

我至今想不明白，为什么语法老师总传授野战军才需要的知识？

出于热心？同情？还是只想告诉我们一个真理：在这个物质高度发达、无处不均匀无处不保暖的国度，你精着屁股跑到他指定的街区、林地、草场、教堂，就能找到吃的喝的穿的。一个月后，你准还能活着！

两位老师看人的眼光如此迥异。那个学年，每天的课堂气氛都像极了《阿房宫赋》中的描述："歌台暖响，春光融融。舞殿冷袖，风雨凄凄。一日之内，一宫之间，而气候不齐。"

班长苏珊每天都打扮得花枝招展，像有着赶不完的酒会与派对。她时常在课上弄出事情，好让同学们注意到她身上的变化。口语老师也乐于相助，两个人一个吹笛一个捏眼，配合默契，经常把全班同学逗得开怀大笑。

那天，苏珊穿了一条黑短裙，就像把一块黑丝绒紧绷在白桦树上那样。口语老师见了，赶忙请她站到讲台上写板书。其实完全没有那个必要，可口语老师偏要她站上去。一场好戏就开始了。

苏珊慵懒地把手轻轻放在腰间，一步一扭地上了讲台。口语老师在下面挤眉弄眼，见没有人领会，就伸手抡了一下苏珊的短裙。谁想那裙子有弹性，抡下去一点儿，又蹿上去一截儿，把里面的什么都露出来了。口语老师笑得像个佛爷，说："看看吧，都看看吧。"这下好了，全班男生都抻长了脖子，盯着苏珊的那个地方看。女生们见状，都笑得前仰后合上不来气，班里乱了套。苏珊懵懂地转回身看看大家，扭过去写几个字，再转回身看看大家，又扭过去写几个字。腰肢摆弄来摆弄去，全班同学笑得更响。

苏珊摆弄完腰肢，并没有像往常那样原路返回，而是忽地往下一蹿，几步就来到我眼前。风云突变，我瞬间成了全班的焦点。全班同学都转过身，用责备的眼光看着我。我也跟着转过身，不住地向空无一人的身后张望。苏珊来到我跟前，两条光滑的胳膊往桌上一撑，说："昨天中午，我在中心广场看见你了！"

不等我回答，苏珊又说："你当街坐着啃面包，我从旁边经过你都没看见，你很饿吗？"

又一阵哄堂大笑。这都哪儿跟哪儿呀？

她这是故意的。

六

每到周五，天主教会办的学生食堂就要吃鱼，这回是几条很小的鲱鱼，都是生的。看样子，它们一离开北海，就片甲不缺地上了我的餐盘。德国人酷爱艺术，开发廊，要请个"艺术家"设计橱窗。开枪店也要设计，让谁都有打两枪的想法。我以前的房东太太上街时，总要戴一顶蓝色丝帽，丝帽上插两根绿色鸡毛，连着一页红色纸片。仿佛时刻等待着一位绅士，深情款款地走到她面前，拔出鸡毛，在纸片上写下最动人的诗句。

鲱鱼晚餐设计得像一朵花：生鱼洋葱土豆泥，银色紫色黄色，颜色配得好看。吃起来费劲，腥得睁不开眼。排半天队，总不能空着手过去说我不饿。来德国一年多，我成功地换了一副肠胃，生的冷的带气儿的，都行了。可这全须全尾的生鱼还是头一回吃。我发现远处有一个德国男生，正幸灾乐祸地看着我笑。

"林，不会吃鲱鱼吗？"一个女生叫我，声音很甜。或许是我的错觉，有段时间，我感觉人世间的问候都是甜的。当然，这不包括每天必说的废话。

晓蕾托着餐盘，站在我面前。我说："你怎么知道……我的名字？"

她伸腿勾过一把椅子，在对面坐下，大方地看着我，说："老高的朋友嘛。你的信箱，还有门铃上的标牌都是我换的。"

"你认识老高？"

"楼里就一户中国人，当然要认识他们。"我注意到，她说的是"他们"而不是他。看来，她还认识老高的妻子茉莉。

"你那个朋友老高可真逗。他含着一口水……在楼道里……"晓蕾扑哧一笑，肩膀抖了几下。

我想象着老高含着一口水，在楼道里作怪的样子。她很快收住了笑容，低头把手里的刀叉交换了位置。

我的外衣好久没洗了，衬衫上好像脱了一粒纽扣。

晓蕾捏起一条鲱鱼，鱼头朝下，张开两片嘴唇说："看，这样吃。"接着一口吞下。

我学着吃了一口，还是腥。"德国人怎么爱吃这一口儿？"

"这是荷兰人的吃法，和洋葱一起吃就不腥了。起初我也吃不惯，还带回去再烧一遍。让楼长看见，他教给我这种吃法。"

我很好奇，问："咱们还有楼长？"

"也是一个学生，叫马库斯，读了七年不毕业，也不知用了什么法子一直在楼里住着。楼里的大小事没有他不知道的，比管理员还清楚。大家都叫他楼长。"

她用纸巾擦了擦嘴唇，睫毛忽闪一下，定睛看着我，问："你好像总在打工？"

我避开她的目光，说："周末会打一点儿。这你也知道？"

"你是全楼回来最晚的人，楼长说的。"

又是楼长。老太太才会隔着窗帘窥视别人，年轻人也这么干？

我说："真有这无聊的人？隔着窗帘，就能把别人的家事都看明白？"

晓蕾严肃起来，像警告，又像是规劝："一个人在国外，这么打工可不行。别太累，吃不消呀。"

我眼圈一热。一年多了，听到的全是"林，镜子没擦干净""林，快点刷，酒杯不够用了"。"别太累""吃不消"只写在一月一封的家书里。亲耳听见，这是第一次。

两个男生走过来，他们觑我一眼，笑哼哼地过去。我像被什么刺了一下，身体倏地一缩。一年来，我变得越来越不自信。衣袖上的一块油渍，课堂上的一次昏睡，发音不准引来的哄笑，都会让我倏地一缩，缩回到深处的自己。要是哪天我身边突然冒出一个漂亮女生，将会是怎样一件令人撮火的事情。

从食堂出来，晓蕾问我今晚可还打工。我说不打工，回家。她说她骑车。其实那天我也骑车，可我说我坐车。老高说过，如今的女孩子，有男朋友的，出国前都甩干净了；单身的，都想着牵大洋马。要是不想受伤，就别动那心思。

晓蕾背对着夕阳站着，眼神里有一种说不出来的味道。夕阳像一个不要命的情人，扑过来搂住她亲吻她，在她的发梢上吻出道道金光。我忽然明白，摄影师拍人像时，为什么爱用逆光。

我希望，那道光是我！

"五月节就要到了，楼里组织舞会，在楼下的学生舞厅。你来吧。"说完，她也不等我答话，把书包往车筐里一夹，骑上车走了。车筐在她身后摇着跳着，像一只颠簸的小船。晚霞落在莱茵河上，像刚刚燃起的，紫色的火焰。

七

月朗星稀，后园里像落了一场雪。都说月移花影动，那晚的月光却是不动的，就像睡在草地上一般，能听到她轻微的鼾声。玫瑰花窗躲在高高的尖塔下面，我仰望它，感受她的气息正漫过花窗，款款而来。

从咖啡馆的一次凝眸，到浴室里的歌声，再到昨晚大学食堂偶遇……

都说今生的一次回眸，能换来来世的同船共渡。可今生这么快，为什么总让我遇见她？还"渡"进了同一所学生宿舍？

我要做工要上课，不能熬夜。可一闭眼，又是她。她说："看，这样吃。"她说："别太累，吃不消呀。"

后园外是一条五百米长的坡路，坡上长满了蒲公英，坡下就是莱茵河。河的对岸有一个旅游小镇，古建筑的灯光都还亮着。灯光斜铺在莱茵河上，像一条永远也走不通的路。

那些年，B城发生着深刻的变化。资本家都忙着把冒大烟的工厂搬去国外，再从国外源源不断弄回来银子；工人就算失业，也不发愁生计；学校里追求快乐教育，孩子们除了玩不想别的；政府也慷慨，乱停车都不用担心罚款。B城的一切欣欣向荣，欢歌笑语从缀满鲜花的阳台飞到街上。街上走着银行白领和失业汉，他们都活得不错，都欢欣鼓舞，都恨不得天不亮就跑到街上，去拥抱他们的好日子。

我被他们的快乐情绪感染，很想融入他们。可每当我尝试着走近他们，欢声笑语就都草草收场，只有挥之不去的寂寞与我同在。晓蕾不一样，她看着我，嘴角向上翘着，像一个笑着的月牙。

我决定去一趟科隆，亲口问问老高。

老高见到我就一愣。他那时经常泡在图书馆里，被同学们视为楷模。只有我知道，他不是。

我装作偶然经过的样子，也就随便聊聊。老高说他与晓蕾不熟，只知道她学医。与其他女生不同，晓蕾不牵大洋马。当然，牵大洋马也没有什么不好，不管将来是否变成马的主人，至少在刚开始的几年能跑得快一点儿。在国外，难也就难在刚开始的几年。

当年，如果有人说"谁谁嫁大洋马了"，或者说"谁谁牵大洋马了"，其实是没有贬义的，最多也只是嫉妒。"天用莫如龙，地用莫如马""以梦为马，不负韶华"，都是好词儿，没有贬义。

猪狗牛驴，与人类驯养的其他牲畜相比，马是多么地与众不同。

它让人想到远方，想到驰骋，想到开拓。当年的自费生，平生第一次坐飞机就是出国。翱翔于万里云海之上，就像骑上了骏马，谁不想驰骋，不想开拓？

老高说晓蕾不牵大洋马，我心里高兴了一下。老高说，晓蕾的担保人是一位医生，叫乌佛（Ufer），在海德堡上班。Ufer 是"河岸"的意思。我想，一个人的河岸，或许是另一个人的"彼岸"，心里又难过了一下。老高就像一位巫师，让我一会儿高兴，一会儿难过。

老高有一句没一句地说着，不时瞟我一眼，令我很不舒适。我假装满不在乎，晃着脑袋左顾右看，好像我专为看风景来的。正晃悠着，忽听老高一声断喝："林，咱不能玩火，咱也玩不起火！"

这话太突然了，就像一把匕首直戳心脏。我愣住了。

老高讲起了他的前妻茉莉。老高的故事我知道一点儿，不全面，没有想到会如此惨烈。

认识茉莉那年，老高是历史系的助教，茉莉是德语系的校花，两个人郎才女貌。我们那一代不时兴早恋，大学里认识就算青梅竹马了。历史系分房那年，茉莉弄到一张经济担保，死活要去德国留学。老高拗不过，也辞了职追出去，三十大几的人进了语言班，孩子似的牙牙学语。他还不如孩子。有些话孩子可以说，老高说就有问题。

老高在宿舍说："浴室里，镜子是圆的，肥皂是方的，细高的是牙膏。"

老高在楼道说："肥皂是用来洗手的，牙膏是刷牙的，装在一个小圆筒里。"

老高在厨房说："肥皂和牙膏都出白沫，都能去污，却不能混着使用……"

后来，全楼人看老高，眼神都怪怪的，背后都说他弱智。

我来德国那年，茉莉跟老高摊牌了。说摊牌不准确，仇人之间图穷匕见才叫摊牌。茉莉不是仇人，她爱老高，分手时只有心疼，没有仇恨。那样的"摊牌"，或许只发生在我们那一代，发生在已经远去，却永不消散的昨天。

茉莉说："分了吧，撑不下去了。"

老高说："下学期，我就能过语言。"

茉莉问："小舌音练好了吗？"

学语言要赶早，年龄越大，小舌头就越硬。为了发好小舌音，老高含着一口水，在厨房里"嗷嗷嗷"练舌头。有段时间，他一张口，全楼的人都想吐。

老高说："在舌根上用劲儿，能听出来。"

"然后呢？"

"然后我打工，你上学。"

茉莉盯着老高的眼睛，说："打零工一小时10马克。累得半死还怎么读书？不读书，耗光了青春你将来能干什么？"

这下把老高问住了。在德国读书，要么有奖学金，要么家里有钱，要么牵大洋马，要么就是夫妻俩牺牲一个，这是坚硬的现实。没有外援，光凭十个手指头就能把书读出来的，老高还没有听说过。老高愿意为茉莉牺牲，可他也是个大学老师呀。

老高说："你一个大学生嫁给开货车的，就不委屈？"

"委屈？"茉莉笑了，说，"有句话现在可以说了。你知道那些钱我都怎么挣回来的？"

茉莉德语好，过去都是茉莉挣钱养家。

老高一惊。茉莉又笑了，说："看你吓的。嫁给你，再难我没做过亏心事。我在工厂里守机器。你知道那机器多热吗？里面有1000度，打开盖迎面一股热浪。身后摞着通天到地的原料筐，没处躲没处藏的。原料筐里面全是铸铁件，要是哪天倒了砸下来，人也就完了……"

我后来去德国工厂打工，见过那种原料筐，上下都有槽眼抓着，一般不会倒。可是有一样:守机器的全是顺着屁股沟儿流汗的臭男人,没一个女生。茉莉肯去干那个,老高也他妈值了。

茉莉说:"我只想把书读出来,想着你也能读出来。"

又说:"我爱你,可这与爱情无关。生活中没有如果。如果当初不出国,或许我们能相亲相爱地过一辈子。可是现在不行了,开弓没有回头箭。有多少人还看着等着羡慕着,咱们回不去了。这是现实,不能骗自己。"

当年有一句咒语:"出国不易,留下来难,回去更难。"一代人过去了,咒语变成了笑话。

老高早知道它是一句笑话。历史系教授说过:"学历史的,别人热的时候,咱们要冷。别人冷的时候,咱们要热。"可茉莉不知道,她不懂中国历史。

当年与茉莉结婚,系里拿不出婚房,就在男生楼里腾出一间宿舍,让两个人在里面先把好事儿办了。女孩子住在男生楼里,做饭、洗涮、如厕都很不方便。夏天不能敞着门通风,夜晚又总有男生精着屁股在水房里洗澡。即便这样,洗衣做饭洒扫庭除,都是茉莉干。这么好一个女人,那么多苦日子都熬过来了,怎么到国外说分就分了?

老高把旅行箱塞进出租车里,茉莉跑过来抱他。老高知道,最后的时刻到了。他紧紧抱住茉莉,呼吸着她潮湿的呼吸,感觉有一个硬硬的东西顶在心口,是存折。茉莉说:"省着花,顶过这一阵就好了。"老高不要。茉莉说:"听话,我有劳动许可了,挣钱会比你容易。"

茉莉说:"以后难过了,多想想我的不是。"

老高捶着脑门,憋了好久,说:"我怎么敢想她?这些钱是她打零工一笔笔存上的,最小的一笔只有15马克。我不要它帮我顶过最难的日子,我要她一直在这里。"老高用拳头抵住心口,说,"一直在这里顶着,在这里顶着!"

我抓住老高的肩头，我的头顶着他的头，让我那发自肺腑、难以抑制的悲伤与他保持着同样的节奏。几个人停住脚步，朝我们这边张望。

老高说："你还没有过语言。自己都这么难，拿什么爱人家？"

八

五月节的下午，我洗过澡，换过衣服，身上一尘不染。那个下午过得很不好：阳台太亮，椅子太硬，床上又像长满芒刺，躺下又必须坐起来。到了黄昏，听见门外的人声越来越响，脚步声嘈杂，知道时间到了。

厨房和台球室里挤满了人，他们都很兴奋，笑语欢声不断。外来的女生不仅兴奋，还到处游走、吧唧嘴，像发了情的母鹿，把木楼板踏得嘎嘎作响。

来到一楼，往左拐下楼是学生舞厅，往右是电视房。电视房里空着。我心里想着楼下，两条腿却走进了电视房。一进来就骂自己：你丫怎么就这么尿？想好的又犹豫，决定的又变卦。怪不得德国人说我虚伪，说我揣着明白装糊涂。

我是真糊涂。德国有许多事，看着明白，其实糊涂。比如这税卡吧，巴掌大的一张牛皮纸，没有它就不能工作，就不能卖自己……的力气。发税卡是市政府的事，它的事它让你找劳工局，说是走程序。劳工局需要雇用证明，你就必须先找到一个雇主。可雇主又说没税卡不敢雇用你。转一圈再回到市政府，它又不走程序了。你问它为什么别人有的拿，偏要为难我？它说，好，您走吧。

至于去衙门里办事，这个办事员说行，那个办事员说不行的糊涂事就更多了。老高说过，当你还不能把是非曲直讲清楚，当你还不能维护自己的权利，糊涂事就会接踵而来。

电视房里有两面落地窗，一面对着走廊，另一面临街。天幕在窗外徐徐落下，藏蓝色的苍穹上闪着几点星光。我不停地换着频率，找电视广告看。我喜欢看电视广告。广告里的人与你在街上、在衙门里见到的不一样。倒不是他们有多漂亮，而是他们会笑，不是嘴笑眼睛不笑的那种，而是嘴笑，眼睛也笑。笑得你心里暖暖的。在这个乡音听不到、洋话不全懂的地方，有这么个东西暖暖心，挺好。

不时有女生从厨房出来，端着汉堡包、啤酒和果盘什么的去了学生舞厅。她们经过走廊时，朝电视房望一眼，都咯咯地笑。回来时再望一眼，笑声就更响。有一个金发女郎索性进来，坐在不远的地方，用眼角瞄我。她发现我一直捏着遥控器找广告，乐此不疲，终于忍耐不住站起身，瞪我几眼走了。

楼下的鼓点一阵儿紧一阵儿慢，打铁似的响，人受得了吗？这么一想，两条腿像被丝线牵着，走到楼下。音乐震动着楼板，青烟缭绕，蓝光刺眼，也有绿的光紫的光，这里是学生舞厅。学生舞厅与街面上的不一样，来宾大多是周围几个宿舍的学生，和一部分学生家长。因为是五月节，跳舞之外又多了一个表演秀。我进去时，一位老爹正手持话筒，用力把身体拧成 S 形。旁边蹦着两个女郎，只穿着抹胸和内裤，露出来肚脐，估计是老爹的女儿和女儿的同学。

老爹唱道：

> 你不该独自一人参加舞会，
> 你不该靠我那么近，
> 你不该，我不该。
> 我俩都渴望单独在一起。
> 你不该那么轻轻地转过身来，
> 你不该那么热情地看着我的眼睛，
> 你不该，我不该。

我们本不该做那种事，

可你为什么不对我说不？

……

在夜的暗影里，我们激情燃烧。

如今我俩从梦中醒来，

我后悔全副身心地要你，

就像我们都不会离去，

你不该，我不该。

我们静悄悄躺在这里，

你的眼睛告诉我一切，

你的嘴唇令我迷醉。

抱紧我！再问一句，

你为什么不对我说不？

观众席里，一位妇人与他唱和："这都取决于你呀，真没办法，谁能对你不动心！"

德国的老年人真有办法，他们总能与年轻人玩在一起，从不把自己当外人，也没有什么违和感。我感觉到冷，想回去换件衣裳。一个伴舞女郎跳到我眼前，把两条椴树般结实，又软若弹簧的大腿交替着踢过头顶。看手段，一点儿不输巴黎的康康舞舞娘。我又热出一身汗来。

舞池边坐满了人，周围还站着人。晓蕾那桌还坐着焦脸男人和金小姐，留着一把空椅。晓蕾告诉我，焦脸男人就是"楼长"，叫马库斯，也学医。

金小姐一听就笑起来，说他呀，学的可是宗教。马库斯忙说你别乱讲。

那边的麦克风突然不响了。老爹站在大灯下面，急得要落泪。晓蕾跑过去帮他调试。

金小姐冲马库斯一撇嘴，说："泡女生呀。你不是喜欢泡亚裔女生吗？还把她当成了宗教。"

马库斯黄脸一红，嗫嚅着说："挺快乐的一件事儿，非让你搞得那么沉重。"

"你快乐了，别人呢？做你的女友，保不准哪天要睡到大街上去。"

"男人只回忆美好的往事，所以快乐。"马库斯老气横秋地拉着长音，"而女人……"

"你偷走了快乐，受伤的却是希善。你的套套里难道就没有责任这个东西？"金小姐提到了希善，一个长相一般、个子很矮的韩国女生。

"嗨！"马库斯咆哮着转过身，整个人对着金小姐，说，"是我的妈妈，跟你说过多少遍，是我的妈妈！"

"她早不管晚不管，偏等你把人家姑娘睡了半年，才咆哮着跑过来，把姑娘的行李都扔到大街上去，好让你再换一个是不是？你还送给希善，"金小姐喘了一口气，瞪着马库斯，"你还送给希善一条旧的汗衫，说他妈的想你的时候就拿出来闻一闻。我真不明白，你们丫凭什么这么自信？"

老爹在一片咆哮的喝彩声中挥着手，踌躇满志地退回到黑暗里。舞曲响了，两个女生隔着八个人招呼马库斯过去跳舞。

金小姐捅一下马库斯，说："去呀，那边还干着呢，像非洲的河床。"

"又喝酒了！"马库斯没好气地说，颠着屁股过去了。

看着马库斯的背影，金小姐泄了气，眼神也暗淡下来。她突然发现身边有我，侧过脸，像看一个陌生人那样看着我。我感觉很不自在，正想借机溜走，金小姐两眼忽地一闪，说，你不是中国人吗？我去过中国的乡村。有一回，看见路边坐着一个乡下女孩，她抱着一只大碗吃饭。"那只碗这么大，"金小姐用手比画着一口锅的尺寸，问我，"她干吗要吃那么大的一碗饭？"

来到德国以后，这种奇谈怪论我听到得太多，感觉很无聊，就没好气地答她："那女孩正在长身体，当然要多吃。"

金小姐狐疑地看了我几眼，一拍大腿说她饿了，失陪了。

我把金小姐的话告诉了晓蕾，暗自吃惊着自己的多嘴。晓蕾听了一笑，似乎她早已知道。

邻桌有两对男女聊得正欢，电视房里见过的金发女郎也在其中。她咬着另一个女生的耳朵，眼睛却盯着我。另一个女生看看我，笑了起来。两个女生就都看着我笑了起来。她们的男友扫我一眼，目光冷峻。

晓蕾说："她们说你呢，过去请她跳个舞吧。"

我说："她们在取笑我。"

"怎么会？"晓蕾说，"都在一个楼里住着，也好练练德语。"

我不想解释电视房里发生的一切，就说："她们不喜欢跟外国人跳舞。"

"你确定？"晓蕾不高兴了，她走过去说了几句什么，一位男生就牵起她走进舞池。金发女郎走过来邀我。头一回跟德国女孩跳舞，我跳得深一脚浅一脚，手心里全是汗。金发女郎很会跳舞，音乐一响，她浑身的肉都兴奋起来，拽着我转圈，还亮着眼睛四处张望，看见熟人就丢去一个眼神，仿佛与中国青年跳舞是一个可以炫耀的惊人之举。周围的人也都亮着眼睛看我们。我感觉，他们的眼神是友善的，没有歧视，心里放松了许多，脚步也合了拍。舞曲加速，金发女把大腿插进来，拽着我快速旋转。我听见有人给我们吹口哨，很悦耳。屋顶上的彩灯同时也是音箱，转出来的碎光就像火苗，一串串飘在她的脸上。她闭上眼，一副很满足很陶醉的模样。

"棒极了！"晓蕾递给我一杯啤酒，说是邻桌送的。她看起来很得意，像是办成了一件国际交往的大事。邻桌的两位男生也冲我一笑。看来人与人之间，就隔着那么一点点。

马库斯好像是那个晚会的组织者，照明、音响，包括勾兑鸡尾酒，都喊他。他骂一句"狗屎"，不停脚地跑着。快曲后面跟着一个慢四，晓蕾问我会吗。马库斯插进来对晓蕾说，那边有人找她。

那是一个慢动作：马库斯微笑着收回目光，转过脸看我，眼神唰的一下变了，变得像一块冰，迎面向我砸来。一起砸过来的，还有一团狐臭。

在德国，善意与敌意，热情与冷漠，就像空气一样寻常，像天气一样捉摸不定，又像阵雨一样猝不及防。我眼睛不眨地回敬他，心里复盘着刚才发生的一切。刚才是金小姐撑他，我又没有得罪他。

马库斯穿着一件花格子衬衫，居高临下地审视着我，眼神里有一种来历不明的傲慢，仿佛他是一位法官，世袭的那种。而我才是一个下流坏子，整天以玩弄女性为乐。要不是有金小姐的一番话在前面垫着，我或许真就信了。他还真有两下子。

僵持了几分钟，音箱里发出一声闷响，屋顶的彩灯闪了两下，灯光变成了一团青灰。我闻到一股酸腐的味道，明白了。他是在警告我：离她远点儿！

马库斯终于开口了，他说："林，有件事儿我搞不懂。你们留学生怎么都忙着打工？难道你们来德国，只为干这个？"

他戳到了我的痛处。我反问他："你靠什么生活？父母？还是助学金？"

马库斯很烦躁地摇头，又挑了挑一边的眉毛，说："既然没有钱上学，干吗要来德国？"

我考虑该不该撑他。我还没有过语言，连最起码的劳动许可都没有，靠打零工活着。仅凭这一点，就让我觉得眼前这个焦脸男人强壮得像一头大象。这是在人家的地盘。然而不回应，又怕他误会，以为他以后想怎么踩都成。

我问："你知道在餐馆跑堂，一天能挣多少？"

马库斯一愣。他没想到我虚晃一枪，从后面干上来了。思索片刻，马库斯说："如果是周末，加上小费，150 马克总有吧。"

他不傻，肯定也打过零工，不是那种不劳而获之徒。我很诚恳地看着他，说："十年以后你就懂了。不是你的力气更值钱，是你的国家，仅仅是现在！"

我在"仅仅是现在"上面加了重音。马库斯的黄脸腾地一红，抬起屁股走了。

马库斯来到大灯下面，说想给大家唱支歌，接着就骂街似的唱了起来：

> 该死，我爱你！
>
> 我不爱你。
>
> 该死，我需要你！
>
> 我不需要你。
>
> 该死，我要你！
>
> 我不要你。
>
> 我不要离开你！

晓蕾笑笑，说咱们跳舞吧。我握住她走进光影里。马库斯的歌声渐行渐远，听不见了。

晓蕾说她学医，我说我知道。她调皮地看着我，问我还知道什么。我想了想，握她的手用点儿力。我说我学历史，将来想学艺术史。又说我在国内做过记者，采访过许多有头有脸的人物。我不知道我说这些干吗，做过记者、想学艺术史和有头有脸，这都跟她有关系吗？我还他妈的在打零工！

她仰着脸认真地听着。灯光变成了朦胧的紫色，周围飘浮着来路不明的烟雾。我看不清她的脸，只知道她在笑。因为她笑的时候，我的手臂上会有电流流过。我想她的嘴角和眼角还会笑弯成月牙，很亮很亮的月牙。

晓蕾把一只手搭在我肩上，那一小块皮肤就被她焐热了，痒了起来，有一点点麻。上幼儿园的时候，小朋友们都喜欢相互挠痒痒肉，也相互害怕着。只有一个叫"鱼头"的家伙不害怕，因为他没有痒痒肉。每次我们挠他，"鱼头"不笑，只是像鱼一样滑溜着身子躲闪。

可是今晚，我不躲，也舍不得躲。我把她握得更紧，只盼着就这么一直跳下去。

我说你歌唱得真好。晓蕾一惊，问我怎么知道。

我说后园里的松鼠跑进浴室里唱歌，被我听到了。

舞厅的光线变得更暗，像瞌睡人的鼾声，把音乐都带走了调。我感觉晓蕾的脸红了，又听见她问："那天是你？"

九

如果说平时打工是游击战，那么周末打工就是歼灭战——一天打三份工，凌晨出门，子夜归家。也许，被歼灭的还有我的气血我的精气神。然而那时我不这么想。自费生的日子和夜色绑在一起，不管凌晨还是子夜，你都得把它担在肩上，日子才过得去。

打过零工的人都知道，劳动有自己的节奏和惯性。同样是八个小时零工，打三个短工就比一个长工更累。因为你要跑路，要花心思适应新的工作节奏。老德国都喜欢干长工，就是为了获得劳动的节奏和惯性，让大脑有个休息。卖苦力同时卖着脑力，人就会身心俱疲。

李子熟了，就去水果厂干流水线，只一个动作：抓起一箱李子，转身倒进身边的流水线。一个动作重复八个小时，就有了某种惯性：一个人梦游似的动着，轻舒猿臂，款扭狼腰，睡着就把钱挣了。外人还一点儿也看不出来。

打短工就不能这么干，会出危险。有一回在服装店，我睁着半只眼，抓起一块抹布，从一溜儿时装柜上抹过去。谁想，临时增加了一面穿衣镜，就搁在半道儿上，我一头撞上去，幸好镜片没碎。丹尼丝在远处喊："那么大一面镜子，你睁着四只眼睛都看不见呀？"

我是新人，挑工作轮不到我，能四处跑着打三份工就已经算是幸运。谁想，周六一早就出了事。

我的车是街上捡来的，毛病不少。首先是没有刹车，幸好我腿长，用脚刹车，半年磨坏了一双鞋。再就是缺少零件。挡泥板上少了一颗螺钉，用铁丝拴着。闯黄灯时用力一蹬，挡泥板咔嚓一声掉下来，别进后轮里。后轮咯噔一下就站住了，前轮还在前面飞奔，两下里一拉扯，自行车就像一条游龙，腾空而起……

腾空而起的一刻，我看见 B 城的夜空正慢慢褪去诡异的面纱，从黛黑转为深灰。如果是晴天，过一会儿还将变成冰蓝、阿拉伯白，或者玫瑰红。新鲜的烤面包和炒咖啡豆的香气弥漫在夜空里。马路的左侧有一家面包店，店主人天不亮就起来炒咖啡豆，磨咖啡，特别香。每次骑车经过这里，我都会深吸几口气，心想要是能在她家打工就好了。

接着，柏油马路闪着星光，旋转着接引了我一个大大的拥抱。而那辆车，几周后，一位车行老板凝视它良久，问我车主人可还活着。我说还活着，车行老板死活不信。

那是一条南北向贯穿 B 城的干道，右侧有一家法国酒店，再往前就是 B 城久负盛名的樱花大道。幸好在周六，又是清晨，车少。车主们发现苗头不对，都远远地停下来观望。我在柏油路上躺了一会儿，左侧的手臂和腿都疼得不能动弹，衬衫和长裤上各有一块红色。

我也是摔晕了，心想又不是本命年，哪儿来的这么多红？

我右手撑地，站起来朝远处的车主们挥手，车主们回以笛声鼓励。我单腿跳着把自行车拽到路边，靠在法国酒店的灯柱上。

酒店里惊叫着跑出来一个穿着绛红色制服的女郎。在这个静悄悄的黎明，她看见我血人似的出现在她门前，许是给吓坏了，小嘴飞快地动着，打枪似的突突了一阵。我没跟上那语速，只听懂了大概："谁把您打成这样儿？要不要报警？"

谁把我打成这样儿？我一听就上火。这是给人打的吗？自己摔的！再说，这种事能报警吗？警察一来，反倒坏了。

我认识一个德国朋友，有天夜晚，他酒后骑车回家，平地里摔出一个跟头，半拉身子摔坏了。那倒霉蛋儿在家里躺了半个月，好容易能爬起来上班，警察局追来一封信，说他不遵守交通规则，酒后驾车。骑自行车也算酒驾？可警察偏说算酒驾，要他上学习班，自费的。他又在学习班里耽搁了半个月，加起来一个月，被老板开除了。老板也有不对，可谁让他当初报警呢？一个跟头，把工作摔没了。

我一急，忘记"摔"怎么说，大喊一声阻止她，说："我自己打的，别报警！"

红衣女郎傻了。德国人犯起傻来，表情特别有趣。我朝她大笑了两声，推起车就跑。看着我一瘸一拐地跑着，很快就消失在晨雾里，她肯定又吓了一跳。

来到服装店，丹尼丝像见了万圣节的魔鬼，摆着手说："不要，不要……快快……"

我说，车快摔烂了。

丹尼丝说快去看医生，打破伤风针。

来都来了，还是先干活儿吧。

丹尼丝也是有车的人，她找来急救箱，为我包扎好伤口。我坐着歇了一会儿，抄起吸尘器大干起来。

中午回到家，刮完胡子洗过脸，煮一碗方便面吃了，感觉好了许多。老话说，勤理头发勤刮脸，有点儿倒霉也不显。毕竟还年轻，拼的都是父母给的精血。

下午去一位老妇人家修花园，没说好干几个小时。退休前，老妇人是一家上市公司的会计，对马克的价值有着精准的把握。她说，两三个小时吧。我想，慢点干就是三个小时，完事儿回到城里，刚好赶上小鸡的餐馆开工。晚饭就在小鸡家吃，还能省一顿饭钱。

我操着一把铁剪子，一边剪灌木墙，一边盘算着时间。干得好好的，谁想会计师半道儿借来一把电剪。那家伙通上电就嗡嗡叫，转得飞快，不留神能把灌木墙捅出个洞来。我全神贯注地干了两个小时，累得身心俱疲，还少挣了 15 马克。你永远也算不过一个会计师。

来到市区，离小鸡家开工还有一个小时。打零工就怕遇到这种情况：回家吧？刚到家又得马上出来；街上转悠着消磨时间？却又累又渴又饿；找个地方坐坐？哪儿都不让你白坐；进餐馆吃点儿喝点儿？这零工算是白打了。

广场周围原本有许多长椅，平时总有几张空着，那天都坐满了人。五月节的周末，广场上搭起舞台，群众演员轮番上阵，又蹦又唱的都高兴得不行。台下新搭了许多条凳，也坐满人。男人们吃着烤香肠喝啤酒，孩子们喝着可乐吃薯片，炸鱼条的香味儿蹿出去多远。饥饿感就像一把螺丝刀，在我胃里转着圈拧。

小鸡的酒吧就像半个切开的鸡蛋，上面一条尺把宽的红木吧台，比水台高出大约有三十公分。不忙的时候，老客人都围坐在外面的高脚凳上，一边喝酒，一边与酒吧女调情。真忙起来，一切都要给酒杯让路。

酒吧女自称法国人，皮肤却棕里透红，估计是来自法属殖民地的混血。她穿一件低胸的小背心，露出脖颈上一层细软的绒毛，下边是一条刚好盖住屁股蛋的牛仔短裤。

论地位，酒吧女虽比不上跑堂，却享受着与跑堂一样的待遇，都拿小费，累了可以到垃圾桶后面抽支烟。饿了还可以点餐，端去角落里吃。酒吧帮工不一样了，不拿小费，晚餐是小冰箱里的面包。啤酒饮料倒是随便喝。可我喝酒上头，饮料也不敢多喝。吧台里空间狭小，并排容不下两个人。洗碗机和水池又都在里面，上厕所要挤着穿过整个吧台，很不方便。

小冰箱比微波炉略大一些，里面分为两层，放着七八只夹肉面包。有肝肠的、生肉馅的、奶酪生菜的。与超市卖的面包不同，小鸡家的面包都新鲜，带着食物自身的芳香。冰箱门是透明的，里面亮着灯，好让客人看清楚面包的种类和数量。卖不完剩下的，才是帮工的晚餐。

晚餐时分，舞台上已经热闹了几个来回，人困马乏了，这会儿只循环放着几支舞曲——华尔兹探戈布鲁斯。夜幕低垂，空气凉爽怡人。

露天餐桌上亮起了烛光，跑堂们里外穿梭，热餐都用9寸大盘盛着。客人们喝过啤酒，开始喝红酒了。男人叼着雪茄，鼻尖红得像一颗熟透的马林果。女人摇曳着身姿，抱住"马林果"翩翩起舞，向前三步，退后三步，旋转，撞人了！在这个蜂飞蝶舞的浓情季节，B城迎来了一年一度的、恣意妄为的时光。过一会儿，夜空中还将升起本年度最耀眼、最绚丽的礼花。

从露天餐桌后退十步，小鸡的餐馆里已经乱成了一团：用过的餐盘、铁板、刀叉顺着升降机，源源不断涌进厨房。厨房位于地下，没有窗户。一排排炉火狞笑着，烧得炒锅、平底锅和铸铁锅吱吱作响。大厨在炉火间跳来跳去，稍不如意就破口大骂，哈姆雷特说"像一个厨子那样骂人"，一点儿不假。到处都是浓烟和惨死的小动物。浓烟与气浪奔涌着寻找出路；排风扇一刻不停地嘶吼，声音都变了调儿，油烟却没见减少。洗碗的是一个黑人学生，他光着上身，短裤早已被汗水浸湿过几回，紧贴在屁股上。他照顾着两个蒸汽翻滚的水池，一个 80 度，一个 100 度。平底锅、铸铁锅、铁板和餐盘，先要在 100 度的池水中烫一下，再由他赤手捞起来，用毛刷极快地蹭两下，丢进 80 度的"温水"里继续清洗。每捞起一块铁板，黑人都跳起来，脚尖交替着蹦跶，仿佛挨烫的不是手指，而是他的脚尖。每刷完一块铁板，他都甩一下手指。这活儿要是干长了，鹰爪功也练出来了。

有位作家说过："如果你尝过挨饿的滋味，就不会抱怨在地下室里刷盘子。"洗酒杯虽然也累，毕竟是在地面上，不需要练鹰爪功，我知足了。

活儿在一瞬间压下来，快得几乎没有过程。四面八方都是人的喧嚣、人的吼叫、人的愤怒。跑堂的、酒吧女的、小鸡的，四面八方，都冲我来了："酒杯！酒杯！快给我酒杯！"

水台上挤满了瘦长的科隆啤酒杯（Kölsch）、足形的皮尔森杯（Pils）、胖肚的小麦酒杯（Weizen Vasa）、矮壮的健力士酒杯（Guinness）、柱形的杜塞尔多夫老啤酒杯（Alt Bier）、一升装的马克杯（Mass），还有可乐杯、芬达杯、鸡尾酒杯。红木吧台上也都摆满了，原先围坐在吧台喝酒的客人早已不见了踪影。

我低着头掏着洗碗机，听见一个声音在头顶炸响："蠢呀！洗碗机要半个小时，来不及了！"

抬起头，水台上、红木吧台上，杯子一排排一层层，高矮胖瘦，像一座闪着荧光的冰山。小鸡的脑袋在冰山上愤怒地显现。

"手洗！用手洗呀！"小鸡喊叫着冲进吧台，夺过两只酒杯，双手开弓插向池水中立着的毛刷，噌噌噌，水花四溅，泡沫横流。再来一个跳跃，酒杯画出一道弧线飞进旁边的清水池里。五彩缤纷的泡沫在空气中追逐着闪耀着，又纷纷摔碎在银色的吧台上。泡沫还来不及都摔碎，两只亮晶晶的酒杯就已稳稳地推到酒吧女面前。

"明白？！"小鸡瞪我一眼，转身帮酒吧女打酒去了。

浑身的血都涌上来了，我抓起酒杯左右开弓。整个吧台像一列轰隆作响、走风漏气的火车。火车头怒吼着，狂奔着，却怎么也逃不出眼前的一池碧水。池水由绿（放过洗涤剂的缘故）变浊，由浊变褐，最后变成一池深情款款的"杜塞尔多夫老啤酒"。毛刷间也积满了黏液，该换水了。

红木吧台上空了，再没有新来的酒单。酒吧女不见了踪影。餐馆的窗户、大门都敞开着，却不见有客人出入。十一点半了，焰火早已放完，我已经连续干了五个小时，该下班了。我发现，空荡荡的红木吧台上还探着一个脑袋，是一个蓄络腮胡的男人。他居高临下，若有所思地看着我，手里抓着半只面包。

面包！我想起来了，我还没有吃晚饭。刚才胃里有过一阵绞痛，后来又没了知觉。小冰箱里还剩着一块面包，它安静地躺在托盘上。我轻轻地取过来，把它放在一盏柔和的蓝灯下面。

"我要……那只面包。"络腮胡说，手指着空了的小冰箱。他把一枚5马克硬币重重地按在我眼前。我看着手里的面包，它是我的晚饭，给络腮胡吃了，今晚我就要饿着。可络腮胡付过钱，就是想吃的。不给他吃，老板知道了会怎样想？今晚，我可是挣了50马克呢。

我的目光一刻也没有离开那只面包。它距离我那么近，我都能闻见新鲜肉馅令人垂涎的香和洋葱的甜。

茶色的玻璃窗，闪着彩灯的老虎机，和赭红色的墙壁，它们都如电影背景般在那只面包后面移动，直到出现那双若有所思的眼睛。我把面包放到络腮胡眼前，又把5马克硬币摆在碟子旁边，说，我没有权利打单，面包您先吃着，等会儿把钱交给酒吧女。

络腮胡没碰那面包，也没有拿回硬币，他看着我，就像我心里只想着那只面包。

突然，空中落下来一条亮晶晶的手臂，它托起面包。赭红色的墙壁，闪着彩灯的老虎机，和茶色的玻璃窗，它们都如电影背景般在面包后面移动，这回全都反过来了，是酒吧女！酒吧女把面包放回到我眼前，又拿起那枚硬币，把它举高一点儿，对络腮胡说："对不起，厨房下班了，没有面包了。这5马克，如果是您奖给这位年轻人的小费，我替他感谢您。"

"完全正确！"络腮胡会心地笑了，他向我伸出手，说，"我叫彼得，您很棒！"

彼得走了。酒吧女拍拍我，说没见过你这么傻的。卖苦力的，身体垮就全垮了。她套上一件外衣，扭头朝我一笑，也走了。

我第一次被饿得这么狠，饿得连血管都干瘪了。酒吧女说过："你活该！"我确实活该。刚上班时，酒吧女就提醒我，说今天过节，晚上一定很忙。考虑到刚上班就吃东西，面子上过不去，我拒绝了。过一会儿，酒吧女又说，忙起来没时间吃东西，会饿肚子。我就纳闷，她怎么知道我饿着肚子来的？我又怎能让她看轻了自己？我满不在乎地说我在家吃过，一点儿也不饿。酒吧女很吃惊地看着我，仿佛在我脸上大写着三个字"我饿了"，她不再劝我，只用眼角冷冷地瞟我。那时我还想，扛一会儿就吃。谁知这一扛，客人来了，周围都是人，就更不好站在吧台上吃东西……

酒吧女说："你们太要面子了。我们不，我们有一千个面子，丢几个无所谓！"

那是一只生肉面包，它很厚实，肉馅新鲜得近乎透明，上面铺着紫色的洋葱，撒着黑色的胡椒。肉的香、洋葱的甜、胡椒的辛辣，沁人心脾，太香了！这么大一块面包，分量能赶上大学食堂的一顿正餐呢。

我来不及转身，就张开了嘴，露出槽牙，一口咬下去。我感觉我的牙齿穿透了面包的硬壳，斩断了洋葱的筋脉，碾碎了生肉的纤维……向下向下，向着生命的深处。我听见无数个细胞壁爆裂时发出的脆响，仿佛刚才夜空中爆响的焰火。肉的血、葱的汁在我的唇齿间激溅飞扬。晚食以当肉？那是因为你还没有被饿透。那天晚上，我吃到了细胞里面的味道。肉的血、葱的汁它们无须经过消化，就已经进入了我干瘪的血管。我的血管在胀满，我的血液在激溅飞扬。

我撕扯着，吞咽着，像恶虎，像豺狼，像世间最凶猛最无耻的野兽。

<h2 style="text-align:center">十</h2>

中午醒来，我头痛欲裂，臂肘、膝盖都疼。窗外是一个好天气，整个后园都沐浴在阳光里。阳台外有一块精心修剪过的草坪，周围没有大树遮挡，很适合晒日光浴。有三个女生光溜溜趴在上面，小鸟似的说着什么。春天时，老高说有眼福，指的是这个。我眯着眼看了一会儿，嘟囔一句，都看见了，也不害臊。

遇见晓蕾时，我胳膊肘上的纱布已经红得像秋天的枫叶。晓蕾见了，说声不好，拽着我出了厨房，上楼。我就这么稀里糊涂走进了她的"闺房"——那个带玫瑰花窗的房间。晓蕾的房间没有阳台，花窗占据了大半个墙面，窗外的风景油画般挂在墙上，各种色彩争先恐后，都拼着往屋里挤，比从屋外看到的还要绚丽。

安排我坐好，晓蕾找来剪刀纱布，动起手来。她才洗过澡，发梢还在往下滴水，一缕秀发贴在脸颊上。我有点儿口渴，想说个笑话，见她专注的样子，没敢开口。包扎好胳膊，她问我别处可还有伤，我说没有了。她不信，说一定还有。我头上冒汗。她盯了我半晌，说："别怕，我是学医的。"

脱去长裤，看着她蹲下身，脸贴得那么近，我心里一阵乱跳。晓蕾揭开纱布，皱了一下眉，嘴里啧啧地响着，一股温热的气息扑在我腿上，酒精似的在我周身弥漫。

晓蕾低着头，她用酒精清创，酒精就流到我小腿肚上，一股凉丝丝。她抓起一团纱布，抽开，湿头发就甩在我腿上。我感觉像有无数只蚂蚁在爬，瞬间爬遍了全身。我身体通红，像一只煮熟的大虾，心口狂跳不止。

我情不自禁地伸出双手，拢在晓蕾头上，没进她潮湿的发梢。滚烫的指尖相互交叉着，像拢住一轮明月。突然，我看见"明月"正眨着眼看我，发现我的双手正捧着她涨红的脸颊，慌着抽回手来。晚了，太晚了。

晓蕾红着脸站起身，走了。

我头脑里一片空白，过一会儿才回想起来。刚才是她慢慢抬起头来，于是我的指尖就从她的头顶，慢慢滑到她的脸颊，滑到她好看的下巴。她哪里有不好看的地方？我这么想。

跑？肯定不行。现在跑了，结果会更糟。没事人似的坐着？也不行。位置倒是没有错，屁股还在椅子上，可穿得少啊，又是在女生宿舍。在女生宿舍，让简单的事变得不简单了。

在国内上大学时，生物系有个女生趁着大家都出去春游，邀了男友去宿舍里玩。两人你一口我一口，吃了一听糖水葡萄，又打开一个鸭梨的，都是水果。后来又情不自禁地——坏就坏在这个情不自禁——相互亲了不该亲的地方。两个人以为，宿舍里没别人。当年的学生宿舍都是上下铺，住八个人。上铺一位女生刚好身上不舒服，挂起蚊帐在里面睡觉。她被下铺的响动惊醒，在上面把什么都看见了。那时，大学里不提倡谈恋爱，更不提倡在女生宿舍里谈恋爱。

班主任是一个有趣的人，他把谈恋爱说成"包饺子"。或许在他看来，饺子属于顶级美味，"好吃不过饺子"嘛。平时吃不上，逢年过节才能吃顿饺子解解馋。恋爱属于另一种美味，不是饺子胜似饺子，更解馋。在他看来，男女生之间暗送秋波，递小纸条，乃至西厢约会，都属于"包饺子"，或者"包饺子的前奏"。

班主任在大会上背着手，踱一步骂一句："两口子，在女生宿舍里包饺子。你喂我一口，我喂你一口……"

两人都受了处分，毕业时更棒打鸳鸯，各自分到很遥远的地方。

人家还穿着衣裳呢！

我抓过裤子盖在腿上，努力回想着晓蕾出门时的表情，她似乎是恼了，又好像……还没有。

晓蕾回来了，手里拿着一个鼓鼓的纸包。看见我遮在腿上的裤子，她扑哧一笑，把裤子拿起来叠放在一旁，再把纸包撕开，抽出两块四方形的纱布按在我的膝盖上。她的表情是平静的。我心里没底，就不停地夸她手艺好，不愧是学医，干什么像什么。她说都是她母亲教的，她父母都在医院工作。

我说怪不得，父母都是医生。她说，父亲是。

又说："母亲的理想也是医生，可惜当了一辈子护士。病人们都喜欢找母亲换药，说神了，经我母亲的手一摸，伤口就好得快。我考上医科大学那年，母亲才把这秘密告诉我。母亲说，换药就是一个小手术。一个伤口，好肉长，烂肉也长。每一次换药，母亲先仔细剪去烂肉，再换药，伤口才好得快。"

我想起晓蕾换药时认真的样子，叹道："有成就的人都注重细节。你母亲会是一位好医生。"

晓蕾说："当年，母亲考了全校最高分。可那时姥姥病了，母亲要照顾姥姥，还要照顾未成年的弟弟妹妹，只好退学当了护士。母亲在医院认识了父亲，本想等弟弟妹妹长大了，再进修。可后来，又有了我和妹妹……"

"你父亲就不能帮她？"

"父亲不会做饭，更不会照顾人，一下班就坐在炕桌旁念书，念一本英语书。母亲劝他小声念，别让邻居听见。有一回父亲烦了，撂下书走到外面。那是个冬天，我坐在炕沿上泡脚（我冬天时皴脚，要用热水泡），就拿起父亲的书来看，其实也看不懂。妹妹过来抢，把书打翻在脚盆里。母亲吓坏了，冲过来捞起书，用全家唯一的白毛巾包着，像包着一个婴儿，一点点往外挤水……"

又说："改革开放以后，父亲当了领导，除了业务还要忙管理，就更帮不上母亲。"

我说："你真幸福。"我父亲在外地工作，每年只有一次探亲。我羡慕晓蕾，羡慕每一个在父母身边长大的孩子。

晓蕾看我一眼，眼神里有一种说不出来的味道。她说："我心疼母亲，一点点把自己的梦想都泯灭掉了。母亲说每一次换药，都想象着自己是一位医生，在给病人做手术呢。"

包好伤口，晓蕾取出一个白色护膝，说在自己腿上试过，松紧正好。我感觉，小蚂蚁又爬上来了。

门外有人敲门，是马库斯的声音。他说："蕾，忘记告诉你，论文改好了。"

我头顶上轰的一响，小蚂蚁逃得片甲不留。弥漫在那个下午的，难以描述的东西消失得无影无踪。

十一

变了，周围的人全变了。先是金小姐，什么时候遇见，她都似笑非笑，眼神里飘着嘲讽。再就是马库斯，他黑着脸看我。老高呢？说话时带着表情，咂吧嘴，磨牙，叹息，还有几回莫名其妙的笑声，从听筒里源源不断地冒出来。他说："你也精神恍惚了？"又说，"真该多摔你几回！"

老高这人，讨厌就讨厌在这里。他离婚那会儿，我为他排忧解难。如今我也精神恍惚了，他却拿我开心。

我说，我是想帮她。

老高又笑，笑声尖厉得像一个女人。他说："你能帮她什么？打零工，老板喜欢要女生，卖苦力的除外。去衙门办事，女生更能把事说清楚。在大学读书，也是女生吃香。帮她修改论文？你又不是德国人。"

我觉得我真没用。

老高说："你没觉得，晓蕾有人帮吗？她是一个有背景的女人。"晓蕾的担保人"彼岸"在晓蕾父亲的医院里学过针灸。因为这层关系，"彼岸"这个"担保人"还真是个担保人。

又是"彼岸"！上世纪90年代，不少留学生一来到德国就寻找彼岸，想方设法转学到美国、加拿大、澳大利亚或者新西兰等移民国家。一个澳大利亚人说过，德国就这么想不开，自己花钱培养的人才自己不留，全便宜了别人。他们把花园修剪得干净漂亮，看见有外国人进来就瞪大眼睛，生怕你进来就不再出去。当然，只进来看看还是欢迎的。他们的《外国人法》还是俾斯麦时代的，讲目的，讲血统。你来留学，就很难再改成工作，除非你有超凡脱俗的力量（außergewöhnliche Kraft）。

许多留学生不学德语，反倒抓紧时间学英语，为的是几年后去其他国家。不许盖高楼，谁会在你家打地基？德国，就像河道上一块松动的踏石，踏一脚就得赶紧蹦过去，否则就掉水里了。过客有过客的活法。过客的活法是将就：能将就就将就，将就不了就走人。

可晓蕾不将就。她把日子过得枝枝蔓蔓，枝蔓中又生出无数条岔道。夏天，她和德国女生一起晒日光浴。假期她又要徒步，有时还野营，一出去好几天。她就不打工吗？这种日子让我只有仰视。她要是一个没有背景的女孩该多好。

在同学群里，晓蕾是一个有争议的人物。男人提起她就激动，毁誉的话都容易走极端。女人对她的评价相对平和，说她活得像一个德国人。可我觉得，这评价并不平和。

德国女生晒日光浴时，要涂好几个牌子的防晒霜，油质的乳质的粉质的……有的连胸罩都脱了，只剩下一条什么也兜不住的丁字裤。可晒半天，才晒成粉嘟嘟的模样。她们都说晓蕾的肤色好，像加过奶油的巧克力，看着就甜。

晓蕾是趴着晒的，像一条潜在水里，自由自在的鱼。日影在她身体上移动，柔软得像水面上的波纹，缓慢得仿佛不忍心错过每一寸甜蜜。那个夏天，让我一想起来就心跳不已。

马库斯两眼通红，走过来说："漂亮的女孩子，只做错了一件事。"他向我请教中文。他真有一千个面子，刚翻过脸，又回来求你，中间也没个过渡。

他问："我爱你怎么说？"我见他焦黄的脸上写着真诚，就把拼音写在纸上，又简单讲解了汉语的四声。马库斯学会了，把纸片攥在手里，想想，又送回来，说："再给我一个，想和你做爱。"我看着他，他没开玩笑。

马库斯说："给我一个……"

我说："给你一个大嘴巴！"

马库斯一向与我不和。都说男人是男人的敌人，我不想与马库斯为敌，可马库斯不这么想。他总不怀好意地找我谈中国的事，问过我许多意想不到的问题。当年，许多人都有这毛病，劝他们少操点儿心都不行。

中国人说"己所不欲，勿施于人"，说"一屋不扫，何以扫天下？"马库斯则相反。自己的事弄得乱七八糟，费着公家的电，养自家的鱼；花着政府的钱，七八年不毕业，却总想着抡起扫帚扫别人几下。

有一回我问他："你就不能谈点儿别的？"

"那谈什么？"马库斯一脸茫然。

刚开始，我还敷衍他。他说香港人吃蛇，一条蛇，活着就给剥了皮，蛇肉还会动呢。说着，他扭起了屁股，把周围的人全逗笑了。我说，香港由英国人管着（那时，香港还没有回归呢），这吃法也是从英国人那里学来的。

中国人讲究"温良恭俭让"，对马库斯不行。你一让，他更觉着自己有理，还上劲了。

马库斯走过来，从左屁股兜里摸出一张黑白照片：一名刽子手运斤成风，正在砍下一颗人头。我说那是大清国的事。他马上回我一句："现在还这样吧？"不等我反驳，他又从右屁股兜里摸出一张照片，这回是彩色的，好像是国内某地举办的狗肉节。照片上一排排小狗都剥了皮，黄蜡蜡挂在铁钩子上，龇牙咧嘴瞪着眼，把我都吓一跳。这都从哪儿弄来的？有这工夫把书读出来不好吗？

如果那天只是就事论事，也不会有事，可他借题发挥起来，说："冷酷的民族，像冰山一样冷酷！"我马上撑他："一个饮食习惯，犯得着上纲上线吗？说到冷酷，当年纳粹德国屠杀了六百万犹太人，才叫像冰山一样冷酷呢！"马库斯立刻闭上嘴，转身走了。

一个德国女生听到谈话，跑进厨房对我说："我支持你，站在你这一边。可有些人，你无法改变他。"

经过那一役，马库斯似乎明白了应该谈什么。他开始给我讲养鱼经，讲那一缸怪鱼的品种、水温和生长周期。他甚至告诉我那缸鱼是他的钱袋子，缺钱了就卖掉半缸。我担心他再讲下去，会把从哪里进鱼苗、如何喂养、到哪里卖鱼的整个产业链机密透露给我。

马库斯的行为让我糊涂了很长一段时间。小时候，我在胡同里打过架，比如跟东屋的大头、前院的阿臭，都打过。可人家没事不惹事，遇事不怕事，打不过也不认尿，至少表现得像一个战士。没见过马库斯这样的。还真是什么人养什么鱼。

学生宿舍有许多辅导员，都是学生们自愿担任，不定期地组织活动。体育辅导员组织徒步、划船。烹饪辅导员（Kochmentor）负责给大家弄吃的。

打听到晓蕾也做辅导员，我就跑去厨房做饭，炒饭烧茄子煎芙蓉蛋。许多女生都跑过来看，说没见过男人做饭。她们给我拍照，对我的厨艺评头论足，说的都是些外行话。她们管马来炒饭叫"拿贼鼓励"（Nasi Goreng），听着很像警察食堂的一种套餐。因为德语"鼻子"（Nase）的发音也是"拿贼"，又让我联想到了鼻涕。我在厨房里忙着，她们在隔壁台球室里拉桌子搬板凳，高兴得不行了，不时传过来一声惊叫："天哪！拿贼鼓励！"

我很激动，眼眶有些潮湿。德国人其实挺简单的，一盘"鼻涕"就给她们高兴成这样。

晓蕾一直没有露面，只见马库斯跑来跑去地帮忙。吃完"拿贼鼓励"，他又忙着收钱点钞票，然后说他赚了。我问："为什么是你？晓蕾呢？"马库斯说，蕾是体育辅导员，他才是烹饪辅导员，谢谢我来帮忙。我真想把吃剩的"鼻涕"全扣在他脸上。

晓蕾办了一个太极班，不收学费，只要求穿中式服装。报名相当踊跃。开班那天来了很多人，穿什么的都有。有扮成响马扮成日本浪人的；有披着黄马褂，戴着越南斗笠的；也有穿着老头儿衫，前面画个鲁智深的。马库斯最过分，他穿一身绿军装，头戴一顶狗皮军帽。大热的天，也不怕出痱子？我算看明白了，他们对中国文化的了解还停留在《丁丁历险记》的年代。

人来得太多，屋子就显得小，大家都去了后园。我前后跑着张罗，看见有穿奇装异服的，就往后园里引。有不想进被我拉进去的，也有想进我不让进的，比如流浪汉，都嚷嚷着要进去，说看见丐帮在里面开会，非进去不可。后园的草被踩平了一半儿，喧嚣声传出去多远。四邻六舍的窗户都大开着，里面晃动着人影。平时也没看见周围住着这么多人。

人都站定了，晓蕾开始传授基本功，太极站桩。先站半个小时吧，以后循序渐进。刚站了十分钟，马库斯大叫一声："腿都酸啦！"

晓蕾斥道："半小时都站不了？这是学我们老祖宗的太极拳呀。"

马库斯说："太极拳太无聊了。"

晓蕾说："我上去拿录音机，听着音乐练就不无聊了。"

晓蕾跑上楼拿录音机，我跑上楼拿照相机。上楼时，天上飘来一阵雨，下楼时，一阵雨又停了。德国的雨，一向是想来就来，想走就走。

雨虽不大，人却跑得一个不剩。只剩下我和晓蕾，站在湿漉漉的草地上面面相觑。在德国宣传中国文化，难。我估计，要是没这场雨，结果也差不多。

德国的天气，阳光不是按天，而是按小时供应的——太少了。在过去一周的阴雨，和未来一周的阴雨预告之间，总算迎来一个阳光灿烂的周末。

周日去莱茵河谷划龙舟，晓蕾组织的。经过太极拳班的挫败，晓蕾的号召力打了折扣。她找到马库斯。马库斯站在厨房的灶台前不住地点头，答应动用"楼长"的影响力帮助晓蕾。看见我进来，晓蕾问："来划龙舟吧？锻炼身体。"马库斯瞪我一眼，没好气儿地说："你去干吗？你不是要打工吗？"

我不需要锻炼身体，打零工够我练的。可经马库斯一激，我说："去。"我干吗不去？

那天来到莱茵河谷，总共只来了八个人，没看见马库斯。晓蕾站在路口巴巴地望了一会儿，一跺脚说："不等了。"莱茵河谷没有龙舟，都是几米长的小船，刚好坐两个人。我和晓蕾一条船，她坐船头，我在船尾。

那是一个被洪水冲积而成的河谷，两岸疯长着芦苇和不知名的灌木，野鸭在湿地上啄食嬉戏。别人都在河谷里划，晓蕾荡起双桨，朝着莱茵河划去。划了一会儿，她过来跟我交换位置。我坐在船头，盯着远处渐渐发黑的水面。

小船忽地一晃，回头看，见晓蕾已经潜入水中。她穿着一件金色的游泳衣，双手贴在腿上，只用两脚和小腿打水，鱼一样噌噌往前蹿。我猛然想起来，刚才岸边立着一个牌子——"禁止游泳"，就大喊一声："这里不能游泳！"晓蕾回一声"知道啦"，依旧一刻不停地向前游。我奋力划桨，紧追在后面。

前面就是河谷与莱茵河的交汇处了，水的颜色越来越深。晓蕾也游得更快。我忽然有种不祥的预感。上个月，这里淹死过一个任性的少年。为了招领尸首，警方公布了少年的头像和从他身上扒下来的游泳裤。是一个英俊的少年，他侧脸躺着，像是睡着了。

前方溅起了水花，晓蕾叫了一声，身子沉了下去。时近黄昏，莱茵河水还是很凉的，水面下的流速也快。我顾不得脱衣，一猛子扎进水里，奋力向前游去。我也是昏头，这么早下水干吗？以我的水性，还是划船更快一些。游到近前，我看见晓蕾散开的头发，像水草一样漂着，又见她双眼紧闭，嘴唇都紫了。一切都来得那么突然，我强忍着心痛，托起她往回游。谁知那条船竟也顺流而下，离我们越来越远。我大口喘着粗气，瞪着眼前深不见底的河水，感觉到了怕。

我经历过生死。不是马路上摔跤那一次，最危险的一回，死神是擦着我的头发丝飞过去的。德国的火车站台上都有一条白线，距离站台的边缘三四十公分的样子。起先，我不了解它的作用，就踩着白线等车。有一回，听广播里连喊两声："小心，2号站台有一列火车通过 Achtung！Gleis 2 ein Zug fährt durch！"少顷，一列火车以百多公里的时速穿行而过。后来我才知道，德国的客货快车途经小站，都是这种过法，贴着站台飞，如入无人之境！我被飓风卷出个趔趄，差一点点被卷进去了。媒体报道过火车把人从站台上卷入铁轨的惨案。

站稳脚跟，我发现站台上的人都瞪着眼惊恐地看着我。可事先，没有一个人走过来提醒我。这就是德国，人家以为你听懂了。听懂了，你爱站哪儿站哪儿。

在德国，规矩只是简单的一句话或者浅浅的一条线。规矩定好了，德国就是一列风驰电掣的战车，没有人再对你苦口婆心，没有人硬把你从站台边上往回拉，更没有人站在岸边，告诉你"这里不能游泳，危险！"生死全靠自己，生死也全在瞬息之间。自己不小心，真的会丢性命。

晓蕾呀，你怎么这么不小心！

我拼着命往回游，心里只有一个念头：晓蕾是跟我出来的，我就要带着她回去。游到船边，我用肩膀扛，用脑门顶。金色的游泳衣很滑，我拼尽全力才把她推进船舱。做完这一切，我双手抓住船帮，头伏在水面上，哭了。

小船一晃，晓蕾从船边探出头来，眼神慌乱地在我脸上寻找，像一只受到惊吓的小白兔。我哽咽着，说："你怎么能……"晓蕾闭上眼使劲摇头，水珠纷纷落到我脸上。

她把脸凑近我，叫了一声"哥哥"。我心头一震。一年多了，我是学生，是清洁工，是园丁，我是他妈的洗碗工。我唯独不是哥哥。没有人把我当亲人，也没有人这么亲切地称呼我。

她把冰凉的手伸给我，又叫了一声："哥哥。"

晚霞映在水面上，把整个莱茵河谷都照亮了。风从芦苇上吹过来。女孩扬起手臂，大团的面包屑飘落在水面上。野鸭、天鹅，和不知名的水鸟就从四面里飞过来。小鸭子在近处呱呱叫着，踩着水飞。天鹅从远处就已展开翅膀，贴在距离水面几米高的地方，高速滑翔，来到近前才忽地俯冲下来，帅极了。

晓蕾笑了，问我考过语言之后，想做什么。她看着我，眼里映着霞光。

那是她第一次跟我谈到未来。

我想得到一点点人生必须要有的东西，我想与你在一起。

我不敢说。未来是一件陶器，考古学家把陶器的出现视为定居生活的标志。过客是不可以拥有陶器的。

PNDS 只有两次机会，我见过男生两次落榜之后，很快从 B 城消失。我见过女生两次落榜之后，很快做了别人的新娘。

我想，等过了语言，平等了，再对她讲。

多年以后，每想起那个夏天，我都懊悔不已。我想用百倍、千倍的代价赎回那天——莱茵河谷的黄昏晚霞天鹅，和萦绕在我身边的一切。

十二

上次恶搞之后，我把苏珊告到了大学秘书处。我不爱告状。从小到大，总有人教育我：自己的事自己扛，别有事没事找老师告小状。告小状是最厉害最丢脸的事。说这话的，都是班里的孩子王，谁也打不过他。不告状，就只好自己忍着。"退一步海阔天空""息事宁人"，也是做人的美德。到德国以后，我发现人间的道理变了。

住私人公寓时，邻居隔三岔五找房东告状，说我做饭时油烟太大，夜里回来太晚（因为我要打工）。我已经相当小心了，邻居依然咬住不放。我总不能不吃饭、不打工吧。房东顾及与担保人的关系，私下给我支招儿："他告你，你也告他呀！"

邻居是一对儿年轻夫妇，平时总有吵闹。那个月，我像一名职业侦探，记下男人深夜大吼的钟点和次数，记下女人双膝跪地，发出的嘤嘤哭泣声。我把"作业"交给房东之后，邻居果然消停了。对于某些人，一味地忍耐礼让是不行的。你说"己所不欲，勿施于人"，他压根不懂。你说"以其人之道，还治其人之身"，他听懂了。

苏珊挨了批评，对我客气许多。我们相安无事地过了一个学期。笔试前的一天，我很早来到教室，那时班里除了苏珊，只有一位女生在。她们俩拿着一张纸，正小声说着什么。见我进来，那女生出去了，教室里只剩下苏珊和我。苏珊走过来，神秘地问我是否知道听力考试的内容。我摇头。

"鳄鱼！"苏珊扬了下手里的纸片，又问，"鳄鱼需要什么？"

光从教室的另一侧照进来，我们这边刚好陷在阴影里。苏珊眼里闪着诡异的光。我觉得有点儿蹊跷，没有回答。同学们陆续走进教室，上课了。

"需要水呀！"苏珊说完，转身就走。那堂课，她再没有理我。

鳄鱼需要水？苏珊的话能信吗？

笔试的内容有三项，听力占到一半的分数。大海航行靠舵手，舵手要看指南针。考试的方向就是指南针。一旦明确了方向，就可以调动知识储备，发挥想象，连蒙带猜，事情就成功了一半。可苏珊的话，能信吗？

那时，我已经掌握了两千多个德语单词。两千多个单词，在国内也就小学水平。可我是成年人，学过历史，遇见事我会用历史的头脑思考，这多少弥补了我语言上的不足，使我看起来更像一个成年人。

历史的经验告诉我：信息重要，非常重要。我虽然不相信苏珊，还是神差鬼使地恶补了许多有关鳄鱼的知识。

考试那天来了许多人，有些人看上去很老，像科举场上多年不第的童子。为了留出足够的空间防止作弊，考场选在莱茵大学最大的阶梯教室举行，从讲台到天花板差不多有十米。从最后一排望向讲台，感觉考官也就一条毛驴的体量。音响效果非常好——考官的每一句话都震耳欲聋。

考官在黑板上写下 Fotosynthese（光合作用），写得很大，好让最后一排的考生也能看见。怎么是光合作用？不是鳄鱼吗？鳄鱼也会光合作用？

我听说"一战"时，法国军队里有一位奇人——他能从空气中取氮，就像一株草、一棵树那样，不吃饭，靠光合作用活着。可惜他被德国人打死了，手艺也就失传了。莫非他死后投胎做了鳄鱼？原以为是一个科学问题，谁想又是一个投生的故事，《生死疲劳》的那种。可鳄鱼需要水呀。

我愣神的工夫，考官已解释完概念，课文也念过一大半。我命令自己，别再想鳄鱼，只想光合作用！

按照规定，考官需要把课文朗读两遍。第一遍用正常语速，只准听不许记。第二遍，考官会读得很慢，每两句停顿一下，让考生做记录。

读第一遍时，考官中气十足，声音在阶梯教室上空炸响。考过听力的人都知道，越是似懂非懂的东西，就越怕声音大。声音越大，就越听不懂，光顾着害怕了。许多考生仰天长叹，眼瞧着决定自己命运的声音在天花板上滚滚流过。

读第二遍时，考官柔声细语，仿佛阳光拂煦、雨露滋润。我连猜带蒙，"听懂"了一半，急着把它们记下来。最后的机会了，要是再考不过，我就要离开莱茵大学，离开德国，再也见不到晓蕾……

我感觉，全身的血都集中在右手上，右手眼瞧着肿胀起来。它有些发麻，它摇晃起来，就像我家胡同口卖爆米花的老汉。如果你出价太低，卖爆米花的老汉就摇晃起他毛发不多的脑袋，怎么说都不行。我抢起左手，反正面抽了几下（是抽右手，不是抽老汉），还是不行。它摇晃得慢一些，我还能记下几个实词；它摇晃得紧了，就只能记下一些虚词，比如"阳光拂煦""雨露滋润"之类的废话。复述课文，需要实词。

考官读过两遍之后，考场里静得瘆人。所有人都落笔如飞，为未来争分夺秒。只有我一个人直着腰，啪啪地抽打右手。时间一分一秒地过去，监考官注意到我怪异的举动，朝我这边走过来。

我提醒自己要冷静，可是晓蕾，她现在哪儿呢？在做什么？后园里的老树，已经那么老了，还是有年轻人攀到树杈上坐着。晓蕾那天穿着裙子，也坐到树杈上看书。午后的风从四面里吹来，撩起她的裙角。她拢拢头发，用书压了裙子。夏天的风，有一股麦子的味道，那种成熟的、醉人的芳香。

右手可以活动了，我抓起笔，拼凑着支离破碎的句子，取舍着各种废话，调动起一切知识储备，发挥惊人的想象力，终于捏造出一篇完整的文章。

眼看就要弄成了，时间到了，该交卷了。监考官人很好，他越过我，直取其他考生的卷子，留给我宝贵的两分钟时间。我一激动，右手又像胡同口卖爆米花的老汉，摇晃起脑袋。我知道，这下完了。

十三

"考试没过？上次不是过了吗？噢，这次是笔试。"老高在电话里说，"别急，口试一定要考好，好到天花板上。对，就能把总分拉上去。你口语怎么样？"

"上次考PNDS，口试没过。"

"这个嘛，"老高开始嘬牙花子，"再抓一所大学垫底吧，还有一点时间。"

当年，PNDS都是德国大学各考各的。它们互不买账，也互不通气。这给外国学生增添不少麻烦。然而有影的地方一定有光，万一在某所大学两次落榜，还可以去其他大学接着考。可话又说回来，移民局发给语言生的签证只有两年，要是在某所大学考两次不过，签证也差不多到期了。

晓蕾说："不能去其他大学，你没有时间了！"

我说："好，我不去。"

晓蕾说："不能放弃！还记得上次口语考试的题目吗？"

"好像是马歇尔计划与战后重建。"

晓蕾意味深长地看了我一眼，说："有些考题都反复使用，我去想办法。"说完就风一样跑出台球室，穿过圆形大厅出了楼门，身影在院墙与梧桐树之间的小路上消失。

她能去哪里想办法？找谁想办法？我想起那些关于她的毁誉的话。那些话曾经令我愤怒。如今，我倒愿意相信它是真的，至少一部分是真的。这想法令我羞愧，就拼命把自己往回拉，拉回到半年以前，梨花带雨的南希挽着她的德国丈夫，找主考官说事的那个清晨。不为了有人帮我说事，是那种亲密的、可以依靠的感觉让我心跳了许久，也焦虑了许久。焦虑感就像一座火山，爆发过后，又持续向天空喷射了一阵火山灰，全落在我身上了，在我身上越积越厚。

回来时，晓蕾手里拿着一本薄薄的历史书，大约有十章。我发现上次口语考试的内容，几乎全是从这本书上搬下来的。晓蕾双手滚烫，身体像在桑拿房里蒸过一般，热气腾腾的。

我不安地握着她。她问我是否知道联邦出版社，出版政治、历史方面的书籍，免费赠送给读者。我说知道，它家有一个赠书点在 B 城北面，紧挨着莱茵河……

"火山灰"轰然落地。我抱住她，在她的额头亲了一下。自从莱茵河谷那次"亲密接触"之后，我们之间好像有了某种甜蜜的约定：只要不是特别出格的举动，我都能得到她的原谅。然而这一回，我亲了她。

晓蕾在我胸前贴了一下，那里就湿了一片，她说："好了，我们开始吧。"

此后的几个下午，晓蕾读，我复述，把整本书过了一遍。地点选在台球室、电视房，和老树的枝杈上。就像总攻前必须清扫外围据点一样，我们围绕着晓蕾的宿舍"扫"了一圈。晓蕾说，多换环境可以帮助记忆。

"总攻"的时间终于到了。那些天，马库斯的目光越来越阴郁。他站在鱼缸前，像半截儿枯树，身体的末梢都支棱着，显得很有攻击性。他一上来就问我："你什么时候离开德国？"

他又来了！在这个大哲学家辈出的国度，初次见面，人们总爱问到一些人生的终极问题：

"您从哪儿来？到哪儿去？"

"打算在德国待多久？"

"您什么时候离开德国？"

就跟商量好了似的，这问题担保人问过，房东问过。去教会参加活动，在公园与陌生人攀谈，楼道里遇见一个邻居，他们都这么问："您什么时候离开德国？"我感到一种无以遁形的惶恐。报上也说：来了这么多外国人，德国这条小船会不会翻？

也许是虱子多了不咬，债多了不愁。等我在他们眼前晃悠久了，他们反倒不问了。

马库斯认识我半年，再这么问，就有点儿不对了。我发现他的黄脸已经变成紫色，嘴角向右边倾斜，就问他："你是不是喝多了？"

马库斯打了个嗝，大声说："德国是德国人的德国！"这口气，与街上的醉鬼没什么两样。他一定是喝多了。

门嘭一声开了，晓蕾站在门口，说："林，咱们走！"

马库斯的脸立即被醋意浸得浮肿起来。

晓蕾的房间几乎没有变化，只是窗台上多了一部老式电话。电话的听筒用绿宝石包着，黄铜的手柄已经磨得锃亮，闪着质感均匀的柔光。

晓蕾板起面孔，让我必须称呼她"考官"，然后像考官那样，步步紧逼地提问，声色俱厉地训斥，都是学着梅耶先生的口气、梅耶先生的声音。虽然，书上的每一个章节我都背熟了，还是被她问出错来。可我不怕，我想笑。因为我知道，这位"考官"是为我好的。

"考官"低头看书时，头发就垂下来，遮住了她半边脸颊，我微笑着看着她，想起了每一次回家，母亲炖的玉米鸡；想起了厨房里传来的，父母的低声絮语；想起了夕阳照在我刚卸下的行李上的模样。

到家了。我越过高山，蹚过河流，飞越了通古斯的荒原，到家了！在家里，谁还能忍得住笑？

似乎心有所感，"考官"抬起头，看见我笑着的眼神，一惊，说："咦，怎么你……还笑？"持续一周的"考试"，终于在那一刻落下了帷幕。

晚霞把墙壁照得很亮，风从玫瑰花窗外面吹进来，带着阳光烘烤过的花草的芳香。又从别的地方溜走，弄响了窗帘或者风铃，夏日絮语般流动的声响。

我说："那天你给我包扎伤口时，我想到了父亲。有一回上树掏鸟窝，不小心划破了手指，血流出来了。那天刚好父亲在家，他也像你那样坐在小炕桌旁边看书。我举着受伤的手指跑回家，很高兴找到了一个接受父亲关爱的理由。父亲却不看我的手指，只说了句：'臭屎蛋，把身上的土掸干净再进来。'又低下头看书。我举着流血的手指，一声不响地站在他面前，眼看着一滴滴鲜血砸在父亲脚下的地砖上。"

"后来呢？"她问我，肩膀紧挨着我，把我的胳膊都压麻了。小蚂蚁从她压着的地方爬出来，爬遍了全身。

"后来父亲看见了，他跳起来抱住我，问：'傻孩子，都流血了，怎么不说？'"

我停下来看她，等着她问："是啊，怎么不说？都流血了！"或者问："后来呢？"我就可以告诉她："如果你相信疼痛的后面有一个大大的拥抱，那么之前的每一点儿痛就都是幸福的！"

晓蕾笑了，说："你父亲一定是高个子，鼻梁也高，就像……"晓蕾想想，"就像《列宁在十月》里的瓦西里叔叔。"

"你怎么知道？"我大吃一惊，"当年，我们院的小孩都这么叫他。"

"你当真猜不到？"晓蕾笑着看我，说，"小时候看《列宁在十月》，我最喜欢瓦西里叔叔。如果你再勇敢一点儿，自信一点儿，就像他了。"

"可是我……"

晓蕾说："刚来的时候，听别人讲，德国是一个美丽的花园，我们都是过客，进来看看可以，坐一坐也行，留下来却不可以。过客终归要离开。还有人说，德国人也怕，所以才买了那么多保险。德国人有的保险我们没有，德国人有的权利我们也没有，所以在这里，许多话我们不能讲，许多事我们不能做……听到这话，我也怕过。可是我们正年轻，正是不需要害怕的年龄。我们在这里读书，在这里做工，在这里大把抛洒着只有一次的青春，我们不比谁矮！"

我说："你没打过工，不懂。"

晓蕾说："怪了，谁能不打工？"

我问她打过什么工。

晓蕾羞红了脸，说这件事涉及别人的隐私，要我先起个誓才行。我发誓为她保密。她又要我把手按在心口上，否则就不是真心的。我又把手按心口上，感觉心口处一阵狂跳。

晓蕾把嘴凑到我耳边，生怕被什么人听到似的，低声说："在老人院换尿片，就是把脏东西擦掉，在拉屎的地方喷一点儿爽身粉，再包上一个新的……"

我睁大眼睛，问："你跟我是一样的？！"晓蕾不解地看着我。我抱住她，吻她。她"啊"了一声之后，两只手使劲向外推我，却只推了一下就不推了，两只手顺从地垂了下来，任由我怎样吻她。

电话铃响了！窗台那部老式电话像一位患有肺病的老人，从胸腔里发出骇人的咆哮。

晚霞从绿宝石听筒上收起了最后一道余晖。

十四

"恭喜你,考过了!"穆勒做了一个擦汗的手势。一年多了,苏珊的嘲讽,打工的辛苦,多少次想到放弃……

"您打算读什么专业?"

"艺术史。"

穆勒叫了一声上帝:"能听懂三分之一就不错。"

那是一个温暖的夜晚,我骑着车穿过 B 城南郊的麦田。麦田上晾晒着成捆的麦秸,夜风中有股麦子的味道——那种成熟的、醉人的芳香。麦田的一侧种着梨树和苹果树,都已经挂果。路边的向日葵、留兰香和少女石竹竞相生长。万物得时,欣欣向荣。

上午,我没有找到晓蕾。下午,金小姐从门里探出头来,挖我一眼,说晓蕾要走了。我问她去哪儿,金小姐也不答,砰一声把门关上。

晚霞将要退尽的时候,我走进晓蕾的房间。她一见面就抱住我,一条丝滑的短袖衫在她背上紧绷着。我抱紧她,生怕她一滑就不见了。

晓蕾说:"林,家里出事了,我要离开一段时间。"

我马上说:"我陪你去!"

晓蕾在我怀里摇头,说:"不要。"

"为什么不要?"

"我这就告诉你。"

"因为彼岸?"我想起两周前,那个夜晚的来电。

"什么彼岸?"

"就是那个叫 Ufer 的医生,住在海德堡。"

说到"彼岸",我嘴唇哆嗦着,声音也变成另一个人的。

晓蕾一惊,睁大了眼睛看着我。

无力感像一把钳子,紧紧夹住我的喉咙,把事先想好的蠢话从里面夹出来，一句句撕碎了。我说："多好啊，彼岸。跟他比，我太寒碜了是不是？"

晓蕾睁大了眼睛看着我。

我说："告诉我，那天晚上的电话，不是他打来的。"

晓蕾先是摇头，又点点头。我看见她的嘴唇一张一合的，似乎在讲述她与"彼岸"之间发生的一切，可我什么也听不见了。

一周前还好好的，现在说变就变，可我又说不清变了什么。半年多了，我连一句瓷实话都没有得到过。我甚至不知道，她是不是爱我？男女之间，从最初的激情，之后的缠绵，到后来的珍惜与承诺，有一些过程是必不可少的。

即便爱，又能怎样？茉莉不是变了心，把老高甩得干干净净？

晓蕾，她还抱着我呢，我也用同样的姿势抱着她。要是有谁现在闯进来，看到这一幕，一定会以为我俩是恩爱的一对儿。其实那时，我俩已经什么都不是了。

我放开她，笑了笑，权作告别。我没有忘记祝福他们。

晓蕾忽地冲过来，从后面抱住我。她喘着气，问："你就这么走吗？你就不问问我为什么？你真的……真的爱过我吗？"

多想听到这句话，爱过？当然爱过。白朗宁夫人说："当我向上帝祈祷，为着我自己，他却听得一个名字，那是你的。又在我眼里，看见有两个人的眼泪。"

我转过身抱住她，两眼通红，一字一句地说："我就是来告诉你，我考过了，不怕了。我可以打工，我打十份工，我有力气。我不要你为老人家抹屎，我能让你安心读书……"

晓蕾吓了一跳，使劲地摇头，不等我说完，就伸手捂住了我的嘴。她深深地看着我，黑色的眸子就像在陶努斯山的泉水中浸润过一般，过了足有两分钟，才一字一句地说："打零工是没有未来的，我不能眼看着你10马克、20马克地卖掉你人生最宝贵的东西。不能在异乡打一辈子烂仗，一定要读出来。上专业课，你的语言还很不够呀。要加把劲儿，再加把劲儿，用丹田的力量拼！用跑的，用滚的，用爬的，尽快地闯过这一段呀。答应我！"

她的睫毛上闪耀着夕阳的光芒，眼里透出一股从未有过的狠劲。我脸上的每一块肉都在颤抖，点了点头。

一滴泪，从她眼里滚落下来。

晓蕾放开我，跑到写字台前，一把扯下短袖衫。金色的晚霞齐刷刷落在她肩上，好看极了。她在短袖衫上写下一个大大的"L"，又跑回来抱住我，任由我的手指抚过她的发、她的肩、她的背，向下滑落。我像从一座沙山上跌落，身体滑过细软的黄沙，坠入无尽的谷底。黄沙掩埋了一切，好像我从未来过。

"你来过，我记得。"她说，"一年后，我一定回来。如果我们还能相见……"一个硬物杵在我手里，是那枚玫瑰胸针。

我把短袖衫蒙在头上，泪眼滂沱。

十五

上午十点，一辆海德堡 HD 牌照的轿车就停靠在园子外面。有位中年人往车里装过几次东西。他身材高大，衣着讲究，体形保持得很好，看得出是一个自律的人。他就是"彼岸"吧？他发觉站在远处的我，朝我这边望了一眼。

两只行李箱占据了轿车后排的座位，猜不出里面装着什么。我感受到一种味道，一种曾经令我温暖至晕眩，又痛彻心扉的味道。

我凝望着玫瑰花窗，身边疯长着半人高的荒草，感觉浑身的血都凝在了双拳。我要跑上楼，砸开门，扯起"彼岸"。我要把"彼岸"扔进灯光昏暗的走廊，大声地对晓蕾说："我有力气，我能打十份工，能供你读书。我就是打工累死了，也不要你离我远去。"

"我不能眼看着你 10 马克、20 马克地卖掉你人生最宝贵的东西！"晓蕾的话像一条鞭子，抽打在我心上。我像一个弥留之际的老人，把所有的力气都用完了。我抬不起手，迈不开腿。我的力气都凝聚在双眼，我的双眼只凝视着玫瑰花窗。

玫瑰花窗后面，晓蕾正和"彼岸"在一起呢。我好……羡慕他。

中午，汽车不见了，只留下我站立在荒草里。

太阳燃烧了整整一个白昼，天上所有的云都被烤化了，滴落下来，这才有了碧空如洗。我痛恨 B 城的天空，它用一个阴冷的秋天迎接了我，又在一个阳光灿烂的夏日让我与她分别。

夕阳映照着玫瑰花窗上，像一团紫色的火焰。火焰越燃越小，缩成一朵玫瑰花的大小。

> 女孩儿，女孩儿
> 请你在夜晚仰望星空
> 在你的思绪里
> 我祝福你
> 从远方，从闪烁的群星
> 爱你
> 我小小的女孩儿
> 世上所有男子都渴望幸福快乐
> 谁也不想孤独寂寞
> 你是如此地忠诚勤劳
> 吻你，我知道
> 你是伊萨尔河与莱茵河的女孩儿……

马库斯坐在临街的窗台上，他的影子在荒草上无限地拉长。

德国人嫁闺女时，"娘家人"总要唱一首歌的。

十六

阳光，瀑布般倾泻下来。在那个阳光异常慷慨的夏天，我竟然感觉到了热。一桶冰水兜头浇下来。水跳着越过阳台溅到草坪上，惊起了蜻蜓和松鼠，空气中金蝇乱舞。晒日光浴的女生们惊叫着躲避。她们看见我精着身子，在刺眼的阳光下战栗。有一位波兰诗人说过："当我重病缠身，羞耻就离我而去。"

我病得不轻。晓蕾走后，每一个白昼都是刺眼的，每一个夜晚都是多梦的。我试着回到过去，报名了一个学生团去柏林旅游，与一位日本同学同住。

第一天晚上，我梦见晓蕾扑在我怀里，抡起拳头打我，说："林啊林，你怎么才来？"

我一惊，大声问她："你真要我来？"

晓蕾说："天天等你。"

第二天晚上，晓蕾凑在我耳边，轻轻说了声："回来。"

我噌地坐起身。

第三天，日本同学说什么也要下团，他说太吓人了。

我在小鸡家刷了一个月酒杯，手上脱了一层皮，又长出来新皮。这期间我发过一次烧，烧坏了嗓子，好几天说不出话，只能无言地看着这个世界。酒吧女从厨房找来一头蒜，切成片塞进我嘴里。我闻到她指尖上啤酒花的芳香。她说这方子还是一个中国人给的，特别灵。

我得到了片刻的安宁，却半夜里被痛醒过来几次。我发现，越到夜深，痛就会更痛。晓蕾走后，我扯去所有的窗帘，让阳光和星光直接照在我不知羞耻的身体上。窗外很安静，幽暗的夜空上闪烁着星光。那些星光不知飞越了多少光年才来到地球，又继续飞越了旷野，飞越了荒漠，一触到我的窗棂，迫切的思念就从我心的旷野弥漫开来。

我看见玫瑰胸针在暗夜里闪着光，不是金属的冷光，而是那种温暖的、紫色的柔光。我以为自己又在做梦，于是睁大了眼仔细看。晓蕾，她就漂在水面上，穿着金色的游泳衣。一个少年在岸边追着跑着，眼里淌着泪……

月光照亮了老高留下的油画。我第一次把脸凑近它，发现它金色的画框呈现出一种凝重的色调，一行手写的小字浮现在黑暗里："塞壬的歌声，优美的旋律，把他引入迷津。她们坐栖在草地上，四周堆满了白骨。"原来是塞壬。自从我踏进这栋老楼，故事的结局就已经写成。

老高够朋友，为了安慰我，他历尽了艰辛。他的火车一出科隆就遇到一个卧轨的，停下来不能动。他挤上一班地铁，好容易挨到布吕尔，大灯又烧坏了。他上了汽车。汽车不走直线，只在小村子里转，把老高载到莱茵巴赫，一座远近闻名的监狱的所在，没有人说在哪儿有过亲戚。老高又搭警车搭拖拉机，搭乘私家车，最后甩开两条腿跋涉……才来到我门前。老高从不表白自己，那天是个例外。或许他想让我知道，这世上灾祸不断，倒霉蛋不止我一个。

老高一进门就处于一种微醺的状态，我怀疑他一路上喝过来的。他抹把脸，开始讲茉莉。他说怎么人一出国，就变矮变没劲儿了？被抢走了人世间最珍贵的礼物——茉莉，他还算什么男人？

我劝他少喝，肚子受不了。老高拍着肚子说这不是肚子，这是一座熔炉。这些年，他把一切都吞下去了，在里面百炼成钢。老高撑着手，肩膀不住地颤抖。认识这些年，我从未见过他流泪。

我说你别哭，这回遭难的是我。

老高没哭，他唱了起来，也没个歌词，只拖着一个极苍凉的调子，没完没了地延长。

隔壁有人砸墙。我说："别唱了，再唱警察来了。不要再说茉莉，说点儿别的。"

老高红着眼看我，果真说起了别的。他说起他写过的一篇论文，题目是《驳普列汉诺夫的地理环境决定论》。他把我说糊涂了。我也是学历史的，可怎么也听不懂。老高看出来了，就给我解释，说结论其实就一句话："不变的地理环境不能决定变幻莫测的人类历史。"

老高咬开一瓶贝克啤酒，咕咚咚灌了几口，说："现在想想，历史是人写的。地理环境影响到人的性格，也就间接地影响了人类的历史。你看看德国人面对的自然环境，这天，多半是灰的，还天天下雨。这气温，一年有八个月必须用暖气，全年离不开棉被。痱子，他们见过吗？晴天出门要是不带一把雨伞，简直不好意思说自己是德国人。为什么？天气没准儿呀。昨天还炎炎夏日，今天就萧瑟秋风，隔一天能差一个季节。人在这种地方待长了，是不是也会变？"

他又绕回来了，还上升到理论的高度。我狠着心打断他，说："不怪天气，这是命。如果那次考试你不是'只差几分'，如果你肯放下面子，像南希一样去磨考官，或许能早半年过语言关。以你老高的为人，就是打零工把自己累死，也不会眼看着嫂子被一个货车司机载走。生活中没有如果，你认命吧！"

老高的手按着胸口，瘫倒在沙发上，半天才憋出来一句话："没人逼你走这条路。洋插队，也怨不得别人。"

老高好了，我心里更难受了。

我钻进网吧打了一个月游戏，打得分不清早晨还是黄昏，钱花得差不多了。小鸡打来电话，说，假如我再不露面，他就要找新人。于是，我又回到了小鸡家。

又是一个周末，我在小鸡家干到深夜，喝了许多酒。以前，我从不这样喝酒。

那是一个被载入史册的周末。半年以来，因为没有人中得大奖，乐透奖金积累到一个天文数字。报上说它是一代人罕见的"乐透炸弹"。乐观的情绪在 B 城蔓延，人人摩拳擦掌，瞳孔都在燃烧；有人四处活动，试图说服某位富豪投资，买下所有的数字组合。这当然需要一大笔钱。可他们算过，刨去开支，还能赚。没玩过的也想试试运气，"皇帝轮流做，明天到我家"。都盼着"乐透炸弹"刚好炸到自己头上，炸死得了。小鸡投注了百倍于往日的赌金，志在必得。

一周的时间，小鸡的酒馆天天爆满。从前一周来一次，花 20 马克就能让自己不省人事的客人，现在天天来了。许多人谈论股票、黄金，和环球旅游。他们要走了我的圆珠笔和记事本，在上面写写画画，又在所有的啤酒垫上签上姓名。啤酒的销量也像牛市的股票，蹦着高儿往上蹿。桶装啤酒被喝断了货，再预订需要等几天。啤酒公司也有困难，也在加班加点。小鸡跑到超市，搬来成箱的大麦啤酒，先顶上去再说。

周末了，开奖了，小鸡的状况突然间变得非常不好。他扯下围裙，脚底下拌蒜来到门外，半路上撞翻一张餐桌。一小时过后，有位客人飞奔着跑来送信，说小鸡昏倒在附近一个酒吧里，救护车来了说他有生命危险。

这消息让所有的人失去了理智。平时对小鸡毕恭毕敬的领班，一见到他就立正鼓掌微笑的跑堂，突然都发了疯。领班用极快的速度吃完了一盘炸鸡，把鸡骨头吐得遍地都是；跑堂则抱着胳膊，慢镜头似的移动着脚步，也不管客人们早已气急败坏，拍桌子敲酒杯。刷碗的黑人也得到消息，跑上来用拳头捶打吧台，说啤酒的来一杯。人人欢天喜地，个个都像中了大奖。

那一晚，急救车像发了疯的野猫，在老城区狭窄的街巷里叫唤着穿梭，彻夜不歇。

"我给你数着酒瓶子呢。你喝了八瓶啤酒，却连一片洋葱也没有吃。"酒吧女喊我，用拳头捶我后背，脚底下还踢着。我像一只供她捶打的沙袋，摇晃着身体，对拳脚茫然无知。

打烊了，客人都散了。领班正忙着给窗户上锁。我浑身湿透，不知是汗是酒，还是水。

我推起车踉跄着走在广场上，没几步就跌倒在地。有人从背后拽起我，是酒吧女。我站起身接着走，就听酒吧女在背后喊："你醉了，不能骑车，警察会抓你！"

她跑过来，抓住我说要送我回家。我说家远，不用送。她又说那就去她家，她家在前面一条街上。她还说给我煮醒酒汤。我用手在脖子上划了一下，说，没地方装了。

酒吧女摇晃着我，像孩子摇晃着一棵梨树。无数颗金星银星从我眼里跌落下来。酒吧女吼叫着："别傻了！被警察抓住是要留案底的！"

一个外国人，最怕留下案底。我身子一软，栽倒在车架上。

午夜的地铁班次，很少，错过了就要等一个小时。我赶上了，坐下才发现是一条船。我知道，北德汉堡有几条公交线是用船的，没想到 B 城的公交也用船，还能把船开进地铁站里。船很小，只有一排座位，在水面上忽忽悠悠地漂，周围没有一个能抓住的地方。我双手按住座椅，全靠着摩擦力才没被甩进水里。小船撞开一扇木门，冲进一条比老北京筒子楼还要阴暗狭窄的楼道，三拐两拐来到悬崖边上……

"别喊了，喝下就好了。"我发现，我躺在酒吧女家的地板上。

酒吧女托着我，灌我喝下一碗醒酒汤，一股暖流从胃里升上来透遍全身，酒醒了。我摇晃着起身，在墙上摸门把手，被酒吧女一把抱住。酒水汗水浸湿过无数遍的衬衫，被她的热身子一贴，融化了一般，能感觉到她乳房下面的心跳。有个东西砰的一声炸裂了，它蹿起来变成了一头野兽。我抱起酒吧女，把她扔到床上。

黑暗中，一个声音在喊我，很耳熟，却听不清她喊什么。我骨碌一下爬起来，身子落到地上。

那是一间百年老屋，黑魆魆的天花板深不见顶。屋里很暗，光线都来自临街的一扇老式木窗。木窗敞开着，挂着一层纱帘，晚风轻拂，透进来老城昏黄的灯光。

酒吧女问："怎么了？"我说："有人。"她说："只有你。"

酒吧女拧亮地灯，走到窗前翻找着什么。她的身体就像刚从巧克力火锅里捞出来一样，让人很想放进嘴里含一下。回来时，她手里捏着两个杯子，一只粗笨的瓶子，嘴里咬着一枝玫瑰。她把这些东西都放在床头柜上，两条浑圆的、文着花纹的胳膊就一次次伸到我眼前。

酒吧女从瓶里倒出一点儿液体，自己先喝了，再倒出一点儿，用玫瑰花搅了一下，递给我，说："别问，快喝！"

是一杯烈酒，喝下去就上了头顶。酒吧女把玫瑰一丢，俯下身用滚烫的嘴唇吻我……

老城的钟声响了，那种熟悉的韵律，熟悉的悲伤。在教堂旁边住久了，或许能适应这种古老的报时方式，无论白天与黑夜，都能照常安睡。我不行。那种冰冷与冰冷、陌生与陌生的碰撞，一下一下，砸在我肌肤，砸在我大腿，砸在我心扉。

这竟然是我来德国以后的第一次。我曾经有过机会，有过好得多的机会。可是今晚，你在何方？

我仰天长叹，抓过玫瑰一口咬在嘴里。一滴血，从我里面流出来。

酒吧女闭着眼，不要命地喊，一股穿透一切的力量砸在我肌肤，砸在我骨髓，砸在我心扉。钟声喊声撞击声，它们都来了。在一片混乱的喧嚣中，那个声音再一次响起，这一次我听清楚了。我这个笨蛋，不痛到极处，就永远不会明白。

"爱过我吗？"

"爱过？当然爱过！只要有你在。"

那声音发自肺腑，化成两行泪，流淌在我脸上。

B 城的夜晚，我热泪盈眶。

十七

我再没有去小鸡的餐馆。酒吧女和小鸡都打过电话，我没接。后来，小鸡把税卡寄给我，我"失业"了。

一个清晨，我从丹尼丝那里出来，穿过中心广场，有人在身后喊我，是酒吧女。好久不见，她满眼都是幽怨，问我为什不去找她。我随口编了个理由。她又抱怨新来的南欧帮工特别懒，有点儿钱就跑去喝酒，总想着度假，杯子却洗不干净，害得她被客人骂，少赚了不少小费。我说："杯子一定洗干净，否则客人喝坏肚子，会找小鸡打官司。"

酒吧女叹口气，问我去哪儿。她说小鸡说过，还是林好使唤。

我怎么知道我去哪儿？我不知道我是否还留在B城，是否还留在德国。

来到火车站，走上站台，感觉腰上被人杵了一下，回头看，还是酒吧女。她喘着气说："忘记告诉你，彼得找过你，说有好事。这是他的名片。给他打个电话吧。"

彼得在科隆开着一家公司，号称"服装大王"。那些年经济转型，倒了不少企业，彼得的买卖却越做越好。彼得说："危机伤不到我。如果你开着一家酒馆，像你的老板小鸡那样，看见客人们都跑去廉价超市，买那种狗都不喝的罐装啤酒，或许需要操心一下自己的生意。我的客户不一样，危机不会改变他们过该过的日子。"彼得说话时，办公桌上一颗硕大无比、缓缓转动的象牙刚好掉过头来，把明晃晃的尖齿指向我。

彼得问我学什么，我说艺术史。

彼得说："好！这个专业，将来能给你提供饭碗的博物馆不会超过六个，而想去那里混饭吃的傻瓜却有六百个。"

"也不一定去博物馆，我不想做学问，可以找其他工作。"

"那就更好了！你的老板必须证明，那工作非你莫属，否则你很难过移民局那一关。"

我看出他存心消遣我，气愤地站起身告辞。

彼得拦住我，诚恳地说："我有个职位，非你莫属！"

彼得的生意就是把旧衣服贩卖到非洲。当年，这买卖还不算坑国害民。等别人都干起来了，彼得及时收手，改做小商品，把目光转向中国，就想到了我。彼得给的报酬不低，应该说相当公道。他还承诺帮我办工作签证。

答应彼得，就要违背诺言——我答应过她不放弃学业，不在德国打一辈子烂仗。彼得给我一周时间考虑。他说："想好了再做决定，不要在将来后悔。"我关起门抄写《心经》，抄完了丢，丢了再抄。旧报纸攒在地上，厚得可以在上面游泳，多得能点燃整栋老楼。时间过去了两周，我还没有想明白。

金小姐来找我，说请我去跳舞。我没听懂"请"的含义，去了才知道那天收门票，刚要上楼取钱，却被金小姐一把拽进舞厅。钱不白交，那天有歌手，有乐队——比较专业的那种，还有免费的饮料，一种带西瓜丁、葡萄和甜瓜块的粉红色液体。我喝了两杯，里面有酒。

金小姐穿着紧身背心、小短裤，像刚从健身房里跑出来。我问她怎么没看见马库斯，她立刻得意起来，说马库斯失恋了。

我说："他也有今天？也算报应。"

"你就不想知道那女英雄是谁？"金小姐大幅度地扭着屁股，似乎那里很不舒服，一边面带嘲讽地看着我。

我怕我能猜出来，赶紧打岔说："是你吧？"

金小姐极响地吸溜了一口空气，说："我才不呢，跟他？身体伤害，精神伤害，还有那个……那个的伤害。"

又说："别总闷闷不乐的，女生们都说，看见你光着身子在阳台上洗澡。总这样可不行，咱们都是亚裔……"

　　歌手吼了一嗓子，比海豚音还犀利。金小姐把两只手搭在我肩上，仿佛"亚裔"一词让我俩之间有了某种不可告人的联系。"我教你个法子。老树上有一个女巫洞，只消凑近它，你就能看见想见的人啦。"她眨眨眼，又说，"或许，还能看到一场让你落泪的好戏！"

　　我感觉有一万支箭朝我射来，喝过的酒吃过的水果都争先恐后从原路返回。我丢下金小姐冲进洗手间，在里面吐得翻江倒海，眼里有了泪。学生舞厅只有一个洗手间，男女共用，进去时要锁门。洗手间不大，内容不少——门上全是字画，最醒目的一条是："去你妈的德国，再不想见到你！"字数不多，却占据了大半个版面，并且字体苍劲，全是干笔叉子。下面题着几行深浅不一的小字，就像名画下面，历代收藏家小心翼翼的批注。

　　我看了几条批注，有骂街的："这傻 × 是谁呀？您懂个屁！"一看就是德国人写的，骂人也不忘用尊称，只是称呼上有点儿混乱。

　　有表示关心的："您似乎受了委屈，看把这门板划的。"像一个女孩子的手笔。

　　也有反唇相讥的："不喜欢，干吗还留在这儿？"

　　再回到舞厅，我发现所有人都跟着歌手一起吼，群情激愤的样子。金小姐着急地冲我喊："王八蛋！王八蛋！"她是用中文喊的。

　　我问："你说什么？"

　　她说："这不是你们的骂人话吗？"

　　我说："你骂谁！"

　　金小姐这回不仅扭屁股，两条水滑的胳膊全都举过了头顶，一下一下从空中抓着什么。从四周听得出愤怒、听不清内容的吼声里，我明显听到了几句德国的国骂："狗屎！"

　　"骂人呀，想骂谁骂谁。"金小姐说，"谁把你害成这样的，你就骂谁！"

我能骂谁呢？骂晓蕾？她一直在帮我。骂天气骂别的什么？我干吗还留在这儿？

在这里，我遭遇了刻骨铭心的爱，也见识了无耻的混蛋，在我最没有力量的时候。

第二天，我打电话给彼得，说我明天就能来上班，说我永远不会为这个决定后悔。我想拥有力量，我必须拥有力量！我越说越快，越说越激动。我哭了，哭得像一个孩子。

彼得在电话那边静静地听，后来他笑了，说："欢迎你。"

"我后悔全副身心地渴望，好像我们都不会离开。"德国老汉这么唱时，我还暗地里笑他。现在，我也要离开了。搬来时，园子里开满了鲜花。离开时，只剩下枯枝败叶。半年，就经历了一次沧桑。

交房那晚，宿舍里干净得没有一张纸片，仿佛我从未来过。我走到后园，来到两个月前晓蕾坐过的老树下。那天中午，晓蕾穿着裙子，坐在这树杈上看书。四面的风吹来，撩动了她的裙角。她拢拢头发，用书压了裙子。空气中有一股麦子的味道，一种成熟的、醉人的芳香。

都说"月朗星稀"，其实并不准确。如果夜空是晴朗的，依然能看见繁星似锦。只不过，月与星相距遥远，彼此隔着无数光年。月光照亮了树干，和树干上所有的坎坷。我把手按在晓蕾坐过的地方，那只手就有了麻麻的感觉，并把那麻麻的感觉传遍全身。晓蕾是一个微胖的姑娘，这一点我过去从未仔细想过。我在树杈上摸到一个松软的地方，挖下去，竟是一个树洞。树洞不深，积着化成泥的枯枝败叶，有一股苹果酒的酸味。

多好的夜晚。我掏出玫瑰胸针，把它捧在月光下。"玫瑰"里忽地跳出一小串紫色的火苗，我认出那是壁炉里的火光。晓蕾正半躺在壁炉前，裹着浴巾，浴巾的边角都塞在腋下，就像当初在楼道里遇见时那样。"彼岸"坐在她身旁。我像被炉火烫到一样，胸针落到地上。

晓蕾走后，我在无数个梦境中见到过她，每一次她都漂浮在水中，只有这一次，我看到了"彼岸"。我在头上狠狠抓了一把，疼得几乎落下泪来，再把头发缠在胸针上，封好，埋进树洞。

该走了，我才发现，周围还是一个富人区呢。沿街的独栋别墅，有的通体灰白，终日落着卷帘，像一只冰冷的盾牌。有的亮着两扇窗，像一个人温暖的眼睛，正安静地看着你。晓蕾帮我做模拟考试那天，屋里也亮着这样的灯光。我拖着行李箱，一条街一条街地走，看见六角形的街灯，晓蕾的脸就浮现在街灯上。划亮一根火柴，晓蕾的脸又跳动在火焰里。我迷路了，又走回到宿舍楼前。月光照在梧桐树上，空气中弥漫着秋天的树叶的苦味儿。

我在异国的街头流泪了。梧桐树叶落在地上，都缩成巴掌大的一块，就像那个夏天最后的梦，被我的行李箱一压，就簌簌响着破碎了。

我听见有谁在唱歌，停下来找。发现那歌声，是从我嘴里飘出来的：

女孩儿，女孩儿
请你在夜晚仰望星空
在你的思绪里
我祝福你
从远方，从闪烁的星星
爱你

十八

五年后，我成长为公司的骨干，主管中国业务。同事都敬重我，也怕我。我发起火来，下属看我的眼神都是内敛的，这让我很受用。

晓蕾说得对，我不比谁矮。老板彼得是我最好的朋友，他帮了我，也顺便把我的过去一键删除了。我变成了另外一个人，一个情场"油条"，一个职场老手，一个所谓的，生活的"强者"。我嘴角上总挂着舍我其谁的冷笑。多少次我笑着从睡梦中醒来，说从前那个尿包、那个软蛋、那个蠢货是谁呀？

只有一件事，让我坚硬的外壳在一瞬间破碎得面目全非——我失去了晓蕾的爱。

五年里，我过得并非一帆风顺。头两年我干得很苦，许多东西需要学，许多关系需要打理。还有人们经常提到的文化差异，也要学着适应。我与我那时的主管——一个中年妇女闹过许多别扭。有一回闹得沸沸扬扬，全公司的人都知道了。老板彼得请我吃饭，我知道那是分手饭，我等着！老板彼得闭口不谈工作，他给我讲大龙虾的各种吃法——那是在一家希腊餐厅，酒红色的龙虾都还活着。付过账，彼得轻描淡写地说："明天起，你做主管。"你可以想象我那时的震惊。彼得说，我在小鸡家的苦干，给他留下过深刻的印象。那时他想，像我这样的员工，在德国再也找不到了。我一边在心里说"那是因为你没去过中国"，一边在脸上变换着感激、羞愧、惶恐等难以计数的表情，活像个川剧变脸大师。

起初，金小姐还来找我。她周末来，因为只有周末才能找到我。金小姐用她的商业头脑帮过我，可我知道我们俩不行。从多梦的子夜辗转着熬到懵懂的黎明，从懵懂的黎明苟活着坠入多梦的子夜，我知道我们俩不行。我在等一个人。两年后我对自己说："她不会回来了。"

我无法描述我那时心情，它像一首诗，一首别人早已写成的诗：

> 我抛弃了手中的真诚，
> 于是道路不再循环。
> 破碎的纸片落英般缀满天空，

哦，好大雪。

一个亮色的名字，

已记不清。

我结婚了，有了一个儿子。

一个秋天的中午，我在法兰克福圣诞礼品展的账单上签过字，又把春季消费展的报价打印出几份，放在桌面上，望着窗外龙爪槐日渐稀疏的叶子，想起来该吃午饭了。

一阵秋风过后，科隆的露天餐桌又少了一些。我随便吃了一块比萨，然后端着一杯咖啡坐到街头，闭上眼，让午后的阳光暖暖地照在我脸上。

我感觉眼前一黑，一个男人逆着光站在那里，叫出了我的名字。是马库斯！他胖了，脸上也有了血色，不似从前的焦黄模样。我们竟然坐在一起，像老朋友一样交谈。

马库斯毕业了，在科隆一家医院工作。人到中年，他总算修成了正果。我们谈到许多往事，谈到了五月节舞会和老汉的情歌，谈到了后园的草坪和草坪上晒日光浴的姑娘。马库斯对那些姑娘赞不绝口，说："德国女孩儿，怎么晒也晒不出太阳的颜色。还是亚洲女孩儿好，就像……"

他想说出一个女孩儿的名字，看看我，没说出口。我知道那女孩儿是谁。

我就拿马库斯开心，问他为什么让女朋友睡到大街上去。其实，我早已知道了答案。马库斯红着脸，说母亲还是爱他的，只是做法过于惊世骇俗，使他名声在外也声名扫地。此后，他的桃花运就被腰斩了，再交个亚裔女友比登天还难。

我们都笑了，又说了许多废话。我们都知道，许多话题都由一个人引起。我们又都刻意回避着，不提到她的名字。

绕了半天，我知道时间不早了，终于忍不住问他："你当年说'漂亮的女孩儿，只做错了一件事'，指哪一件事？"

我在问晓蕾，我发现我还在想她。我发现我一想起她，眼里就闪出了泪花。马库斯并不吃惊，他笑了，看了看手表，说："我该走了。"

我也该走了。我穿过行人稀少的广场，走到地铁站口，正要走下扶梯，背上被人拍了一下。拍得很重，如果是一位老人，我就摔下去了。还是马库斯，他好像变了个人，表情严肃，眼神古怪地看着我。他说："有件事还是告诉你。你知道蕾离开 B 城的真正原因吗？"

我心里猛地一跳，五年了！

那年夏天，晓蕾的母亲在体检中查出了癌症，还好是早期。家里人一直瞒着她，只对她说母亲身体不好。手术后，晓蕾的父亲托"彼岸"在海德堡找专家咨询。海德堡有德国最古老的大学，癌症研究在欧洲享有盛名。"彼岸"很快答复说：手术很成功，建议疗养一段时间。晓蕾从"彼岸"那里得知母亲的病情，当即决定回国……

原来是这样！我一直以为，晓蕾和"彼岸"在一起，过着幸福平淡的生活，谁知这里面还有一段隐情。她为什么不告诉我？怕我放弃学业？她真糊涂！我还是放弃了。

她没跟你说吗？四年前，蕾又回到了 B 城，等联系好导师，她又突然改变主意，去了另一座城市。

晓蕾，她回来过？为什么不来找我，却去找马库斯？我的脸被醋意浸得肿胀起来。我问马库斯："她去了海德堡？去了彼岸（Ufer）的医院？"

马库斯看出我情绪的变化，叹口气说："你看那栋楼里的留学生，打零工的，几年后都走了。不是嫁人，就是干了别的，没有一个读出来的。"

马库斯像念着个魔咒，念完就走。在他眼里，我他妈就是个打零工的。我对着他的背影大喊："你胡说！"

马库斯缓缓转过身，深深地看了我一眼，说："蕾爱的是你。"

他用中文说的。

老高打破了魔咒，靠勤工俭学完成了学业。回国前，他找到我，劝我同他一起回国创业，搞出个局面来。我说："你以为自己是方面军司令员？还搞出个局面来？"老高说："总比漂在国外，打一辈子烂仗好吧？那才叫疯狂呢。"

老高回国开了一家旅行社。他干得不错，中心广场的露天餐桌旁，时常能看到老高公司的客人。

我一直在找晓蕾，每年跑好几次海德堡，虽然，马库斯并没有透露晓蕾的去处。我跑遍了那座城市的大小医院，无数次穿过举世闻名的阿尔特古桥，徜徉在摩梭河两岸飘着酒香和流浪艺人苍凉低吟的街区，都没能找到她。我询问过医生、护士、私人诊所的清洁工，我在哲学家小道拦住沉思的路人，在勒默大街的红房子前面向最睿智、最了解城市隐情的老人请教。后来大家都认识我了，大家又都说不知道。他们还反问我："您是她的病人吗？您有什么病吗？"

我托朋友打听，也没有结果。朋友们都说，海德堡的华人圈儿里从未听到过这个名字。

十九

三十年过去了，祖国发生了翻天覆地的变化。B城一如往昔，与三十年前没有什么两样。

两年前我得过一场大病，历经几次全麻手术之后，我的记忆出了问题——许多近在眼前的事都想不起来了，却只对一些往事记忆犹新。

有段时间，我像老年人一样絮叨，给晚辈讲"洋插队"的往事。我给儿子讲，儿子冷笑着回我："您又讲打零工？"我给刚从国内来的孩子们讲，他们都以为我在编《天方夜谭》，都说等有了生活体验——他们管打零工叫体验生活，再与我交流。

我注意到他们的目光，注意到他们平视世界的笃定与当年的我多么不同。祖国强大了，他们再不必经历我们所经历的一切。

儿子大学毕业后，执意回国深造。我送他到法兰克福机场。走过安检，儿子在机场里向我挥手，年轻帅气的身影让我一愣，恍若看到年轻时的自己。刚来德国那年，我像他一样年轻，正值人生最美好的年华，这么快就老了。

我老了，就要退休了。立秋后的一天，我在科布伦茨办完一桩公事，去一家名叫"最好时光"的中餐馆吃午饭。餐馆位于一个不起眼的街区，顾客不多。老板的儿子放学回来，坐在我旁边的桌上玩纸飞机。我颇善纸功，一时技痒，就利用等餐的时间裁了几张报纸（中餐馆常有当地华文媒体免费赠送的报纸），折成轮船、帽子和花篮等小玩意儿送给男孩。男孩欢喜地跑去后厨，就引着他的父亲也出来，执意送我一杯梅酒作为答谢。我说下午还要开车，不能喝酒。结账时，男孩又跑过来，胖嘟嘟的小手里攥着一只"帽子"，是他自己折的。我拍拍男孩的头，把"帽子"装进衣袋。

返程时，我上了9号联邦公路，那曾是古罗马帝国莱茵驿道的一段。窗外，莱茵河秋色如歌，浮云美如剪影。接近B城时，我拐上高速公路，想加点儿速尽快赶回科隆。不想前方出了车祸，把我没头没尾堵在了路上。

两辆撞坏的私家车横亘在高速公路上，后面堵出去一公里。过一会儿，一辆警车尖叫着跑来，所有车辆都避向两侧，形成一个倒八字形的通道，让警车、拖车和急救车通过。

我想吸烟，却从衣袋里摸出男孩折的"帽子"。看得出，男孩先把我的"帽子"拆开，再比照着折上去的。他折得相当不错。我也把男孩的"帽子"拆开，展平，铺在方向盘上。夕阳从车窗外照进来，把报纸上的每一条折痕都映得清清楚楚。我想象着男孩用胖嘟嘟的小手折纸时的样子，笑了。

那是一张比 A4 纸略大一些的报纸，上面密麻麻印着一些字，细看，竟是一篇没头没尾的小说。堵在没头没尾的高速路上读一篇没头没尾的小说，倒也别有情趣。小说的主人公是一位女留学生，住在 B 城一栋老旧的学生楼里。楼里新搬来一位男生，是她最喜欢的那种，高大，帅气，两条大长腿……她都喜欢。可一接触，她发现男生很自卑。男生看她的眼神，都是向内收敛的。她很好奇，这么帅气的男生，怎么偏就不自信呢？男生还没有通过语言考试，可这不是自卑的理由。她没有瞧不起他，反倒心疼他。她早想对他说："我们在这里读书，在这里做工，在这里大把抛洒着只有一次的青春，我们不比谁矮！"

……

那次在莱茵河谷，她跳进水里，看见男生惊惊慌慌划船跟在身后，就想跟他开个玩笑，吓他一下。她看见男生没脱衣服就跳进水里，看见男生笨拙地划水，自己先怕了。她没想到男生的水性这么差。

后来，她听见男生粗重的呼吸，感觉他用肩膀一起一伏托着自己。她看见男生抓住船帮，把头伏在水面上。她知道，男生哭了。她伏在船上，也哭了……

报纸的下半截儿被男孩裁掉了，只在右上角留着一小段儿：

那天晚上，她本想告诉男生："手术后，母亲想去云南疗养。父亲不会照顾人，妹妹在上大学，我想去陪她去。"

她本想说："我只想陪母亲过一个春夏秋冬，就回来找你。你，还会在这里等我吗？"

她没有说。当年，大家都不容易，都太不容易了！她没有一个让他必须等待的理由，只好把一切托付给未知的命运。

一年后，她又回到 B 城，男生却早已搬走。她想天一亮就去科隆找他，却在走廊里遇见以前的邻居。邻居说："哟，你回来啦。他还留下东西给你呢。"

邻居递给她一个装胶卷用的小盒。她马上有种不祥的预感，快步来到后园，才敢打开来看。小盒里装着她临走时留下的玫瑰胸针。手握"玫瑰"，她落下泪来。她记得自己说过："一年后，我一定回来。如果我们还能相见……"她的意思是："如果我们还能相见，就把这玫瑰别在我胸前。"

月光如水，把后园里照得很亮。她发现"玫瑰"上还缠着一根头发，就把那根头发抽出来捋直，缠在自己的手指上，走了。

作者没有写主人公的姓名，可分明写的就是我和晓蕾的故事。我惊呆在高速公路上。

道路通了，后面的车主狂按喇叭。我猛醒过来，一脚油门去了 B 城。

多年不见，B 城的夕阳像鞭子一样抽打在我脸上。那里早已不是学生宿舍，主楼被改建成高档公寓，出售给当地的有钱人了。以前的厨房、台球厅和电视房都已变成时髦的住宅，玫瑰花窗修缮一新，我还记得它从前的模样。副楼被拆掉了，又在原地用红砖建起一栋新楼。一条长廊从新楼伸向老楼，好像一个青年正伸出手臂，挽住一位耄耋老人。

后园加了一道铁门，有园丁在里面劳作。我就喊他，说三十年前这里是一个学生宿舍，那时我住在这里。园丁停下手里的活儿，打开铁门放我进去。后园里变化很大，老树不见了，那里变成了一小片池塘。

"老树呢？"

"枯死了，挖掉烧柴了。"

"挖到了什么？"

"一株枯树，能挖到什么？"

我凝视着那一小片池水，秋风过处，荡起片片涟漪，涟漪中映照出老树的倒影。晓蕾就坐在树杈上看书。四面的风吹来，撩起了她的裙角。她拢拢头发，用书压了裙子。空气中有一股麦子的味道——那种成熟的、醉人的芳香。

我对她说："最好的时光！"

晓蕾也不看我，只低头看书，嘴角微微向上翘着，像一个笑着的月牙。

这时，天上飘下来一首歌，慢悠悠落在园子上：

> 我伯伯离开故乡那年，还不满二十岁，
> 从不来梅港登上海船，他去了蒙特利尔。
> 多年以后，他重回故乡，
> 已是一位富有的老人。
> "最好的时光，转瞬即逝"，
> 再度远离时，他这样对我说。
> 你永远走不出你的故乡，
> 它与你如影相随。
> 无论多久多远，
> 永远离不开母亲的指尖……

三百多年前，曾经有大批德国移民远赴北美，他们留在了那里，成为目前美国人数最多的一个移民族群。

园丁一直跟在我身后，他小心地观察我。听到歌声，他也仰着头听了一会儿，对我说："一位退休的医生，住在顶楼，那个带玫瑰花窗的房间。"

（京权）图字：01-2024-4594

图书在版编目（CIP）数据

北京人在德国 / 昌宏著. -- 北京：作家出版社，
2024. 10. -- ISBN 978-7-5212-3064-2

Ⅰ. I247.7

中国国家版本馆 CIP 数据核字第 2024ZU5889 号

北京人在德国

作　　者：	昌　宏
责任编辑：	史佳丽
封面设计：	周思陶
出版发行：	作家出版社有限公司

社　　址：北京农展馆南里 10 号　　　邮　　编：100125

电话传真：86-10-65067186（发行中心）

　　　　　86-10-65004079（总编室）

E-mail:zuojia @ zuojia.net.cn

http://www.zuojiachubanshe.com

印　　刷：三河市北燕印装有限公司

成品尺寸：152×230

字　　数：218 千

印　　张：17.5

版　　次：2024 年 10 月第 1 版

印　　次：2024 年 10 月第 1 次印刷

ISBN 978-7-5212-3064-2

定　　价：55.00 元